El Gran Juego

Leticia Sánchez Ortiz

EL GRAN JUEGO

algaida
eco

La novela *El Gran Juego* de Leticia Sánchez Ortiz, obtuvo el XVI Premio de Novela Ateneo Joven de Sevilla.

Diseño de cubierta: Masgrafica.com

Avda. San Francisco Javier, 22
41018 Sevilla
Teléfono 95 465 23 11. Telefax 95 465 62 54
e-mail: algaida@algaida.es
ISBN: 978-84-9067-350-8
Depósito legal: SE. 1783-2015
Impreso en España-Printed in Spain

A mi madre.
A mi padre.
Somos suma.

MI MADRE LE CONOCIÓ SIENDO NIÑA. A Perotti, digo. Paraba todos los días en el bar de mis abuelos. Cuando veía a mi madre acurrucada detrás de la barra o vagando aburridamente entre las mesas, le hacía un gesto con la cabeza para que se acercara, y los dos salían del bar cogidos de la mano, rumbo a la confitería de enfrente, donde el anciano le compraba a mi madre todos los pasteles que ella señalase con el dedo.

Otras veces mi madre se sentaba con él en su mesa de siempre. Con la nariz llena de mocos y la trenza torcida, hacía los deberes o jugaba con sus recortes meneando en el aire las piernas, mientras Perotti hojeaba el periódico, encendía un puro, tomaba un trago y, de vez en cuando, le acariciaba la cabeza a mi madre.

Porque Perotti siempre se sentaba solo. La única compañía que aceptaba era la de la hija pequeña de los dueños del bar. Vivía ajeno a las tertulias, a los estudiantes apoyados en la barra, a los médicos y concejales que unas mesas más allá engullían buñuelos y carne guisada y trataban de arreglar el mundo entre los dientes.

Por aquel entonces Perotti tenía más de cien años, y los aparentaba. Parecía un cadáver que se había escapado de su tumba. Tenía una piel colgona del color de la ceniza y tantas arrugas que apenas se le podía distinguir en la cara más que su nariz aguileña. Su cuerpo estaba muy empequeñecido por los años, lo que hacía que el abrigo le quedara desmesuradamente grande y el sombrero le bailara en su cabeza del tamaño de un alfiler. Sin embargo su edad no le impedía beberse a diario medio botella de vino blanco y encender con cerillas un Farias tras otro. Leía el periódico con unos pequeños anteojos y miraba constantemente la hora en un viejo reloj de bolsillo que sacaba de la chaqueta.

Los parroquianos nunca se olvidaban de saludarle con mucha pompa; a veces con una palmada en la espalda, muy suave, por el miedo que tenían a romperle. Se apresuraban a abrirle la puerta cuando le veían llegar al bar medio ahogado, apoyándose en su bastón con puño de plata. Perotti era algo así como un hombre venerable, aunque no se le hubiera conocido honor ninguno.

Se sabía que era rico y que debía de venirle de familia. Contaban que una vez, allá hacía mil años, su tía le había regalado unas entradas para ir a ver una corrida de toros a Santander. Él había cogido un barco en el puerto para ir hasta allí, pero nunca llegó a la plaza y se pasó diez años navegando por las rutas del Caribe.

Pero de esto Perotti nunca hablaba, como nunca hablaba de nada. Sólo conversaba con mi madre. «Cuando llegó la Guerra Civil, yo ya era medio viejo, pero oí decir que a los soldados les daban una lata de leche condensada y decidí alistarme voluntariamente. Que no te engañen, Cucurucho, que dicen que en el mundo las batallas se libran por honor, y no se libran más que por hambre o por disparate». Cucurucho era como tiernamente la llamaba.

Mi madre también le hacía confesiones. «Mira, Perotti —le decía señalando sus pies tristemente—, tengo los zapatos sucios». «No te preocupes, Cucurucho, Cucuruchito, que cuando crezcas siempre vas a tener los pies resplandecientes».

Una tarde, a la salida del colegio, mi madre se encontró con mi abuelo. Llevaba el abrigo azul y el sombrero de los días de fiesta. Se puso en cuclillas para que su hija le oyera bien y, en un gesto nervioso, comenzó a abrocharle correctamente los botones de la chaqueta del uniforme.

—Mira, nena, Perotti ya es muy mayor, ¿sabes? —Mi madre le miraba pestañeando. Sí, sabía—. Creo… creo que se está muriendo. ¿Quieres que vayamos a verle?

—Pero, papá… ¿y el bar?

—Hoy me sustituye tu hermano en el mostrador.

Y por aquellas palabras entendió mi madre, por primera vez, que la muerte debía de ser algo muy importante.

Entraron juntos en el hospital y fueron por un pasillo que olía a medicamentos y verdura hervida. Mi madre se aferraba a mi abuelo, que por entonces le parecía enorme.

—Aquí es.

Se pararon ante una habitación con un número impar en la puerta. Antes de entrar, la niña se arrodilló para atarse los cordones y limpiarse el polvo de los zapatos con la manga de la chaqueta. Mi abuelo aprovechó para hablar con la enfermera. «Está en las últimas —dijo aquella mujer de blanco con las gafas colgando de un cordón sobre el pecho—. Ya ha perdido hasta la razón. Lo único que hace es repetir una frase sin sentido».

Mientras los dos adultos hablaban en la puerta, mi madre entró en aquella habitación pequeña y ruinosa llena de goteros. Dio un saltito y se encaramó en la cama de hierro. Así pudo ver cómo agonizaba y se hundía entre almohadones aquel anciano decrépito que era su amigo. Perotti estaba más empequeñecido que de costumbre, como si le faltase poco para desaparecer. Presentaba el color y el tacto de la cera, la cara afilada como un sable. No pudo ver a mi madre a los pies de la cama porque su mirada estaba perdida y sin retorno; tenía unos ojos que ya no pertenecían a los vivos. Alrededor de la boca arrugada se le iba acumulando la baba reseca. Lentamente movía los labios gemebundos, aquellos labios como una herida, y parecía que quería decir algo que le salía de dentro, como un estertor. Mi madre se acercó un poquito porque pensó que le estaba hablando a ella.

«El Gran Juego —entendió que balbuceaba su viejo amigo—. Sólo quiero volver al Gran Juego».

EL BAR QUE REGENTABA MI FAMILIA ERA GRANDE como un salón de baile y tenía baldosas blancas y negras. Se hacían tertulias a la hora de la siesta, se jugaba a las cartas, se oía constantemente el sonido de las fichas del dominó sobre las mesas, se servían los cafés en vaso. Había un altillo en el que se daban comidas y un perchero a la entrada para dejar los gabanes y los sombreros. De la cocina no dejaban de salir bandejas de metal con platos humeantes que Ausencia, la camarera, llevaba con prisa a todas las mesas sorteando a mi madre, siempre por en medio, a las sillas y a los clientes. Ausencia tenía una carcajada sonora, unas piernas fuertes y unos ojos negros por los que suspiraban los estudiantes.

En las mesas había mantelitos de cuadros y ceniceros de Cinzano. Cada cual tenía su lugar muy bien distribuido. Los universitarios, con trencas azul marino y gafitas redondas, se quedaban de pie, con los codos apoyados en la barra y las carpetas en la mano. Al fondo, se sentaban el médico, el abogado y el concejal a brindar con coñac y a hacerse trampas al tute de tres. Los indianos, vestidos con trajes claros como si fuera una clase de etiqueta o de legado, ocupaban la zona cercana a los baños; los periodistas de la gaceta se agolpaban junto a las ventanas de la calle. Falla el ferretero siempre al fondo de la barra, disponible y fiable, como el lápiz que se pone al lado del teléfono. El resto de parroquianos, los que no tenían grupo definido, se hacían hueco como podían. A veces venía de pronto un soplo como de tristeza o de risa, un aire de ceniza y aceite, una compacta fermentación.

Mi abuelo vivía parapetado tras la barra del bar golpeando las sonoras teclas de la caja registradora, con la bayeta al hombro como el loro de un pirata, con una mano secándose el sudor de la frente y la otra debajo del grifo en el que lavaba los vasos. Por las noches, después de cerrar, se quedaba allí solo mucho tiempo, probando a echarle al vermú más ajenjo, mezclando sin cesar el vino blanco y el tinto para hacer el manchado perfecto, actualizando sus dotes de alquimista. Iba apuntando todos sus descubrimientos en una libretita que siempre guardaba en el bolsillo de la camisa. Mi abuela, mientras tanto, le esperaba sentada en una silla del comedor, durmiéndose, con el bolso sobre las piernas.

Mi tío Cosme, de vez en cuando, trataba de entrar en la barra para echar una mano. Pero mi abuelo le espantaba, le echaba de allí a pequeños empujones y le decía que volviese al otro lado del mostrador que era donde tenía que estar, con sus compañeros, con los estudiantes, que aquel era su primer año de universidad. Cuando decía estas palabras, mi abuelo se iluminaba como una bombilla. Mi tío, que no insistía demasiado, regresaba a su tertulia con el resto de muchachos con los que compartía facultad y, a escondidas, bebía sorbos de vino de sus copas para que su padre no le viera. Mi tío Cosme, que era alto, desgarbado y sabía hablar inglés.

En la cocina, mi abuela soportaba los calores del aceite hirviendo. Llevaba un mandil blanco lleno de manchas de tomate, levantaba las tapas de las enormes cacerolas para olisquear los potajes; con la sal se le inflamaban en las manos los cortes que se había hecho partiendo cebollas y tenía los dedos llenos de las heridas que le causaban los afilados dientes de las merluzas. A mi madre siempre la empujaba para que no estuviera cerca de los fogones, no se fuera a quemar en cualquier descuido. Mi abuela tenía que mirar a tantos sitios que ni siquiera la podía atender, así que prefería apartarla y que se quedara sentada en un rincón, junto al cubo donde tiraban las mondas de patatas y amontonaban los calendarios atrasados. Mi abuela golpeaba la carne con sus manos enrojecidas para reblandecerla, revolvía las lentejas, cortaba en cuadraditos la bechamel de las croquetas. Cada dos por tres entraba en la cocina Ausencia, empujando con sus caderas la puerta volandera, y convertía la cocina en un alboroto. Contaba en pocos segundos todo lo que se estaba hablando en el bar, decía los nuevos pedidos, ponía a toda velocidad los platos sobe la bandeja y se marchaba canturreando con su vozarrón de chica de pueblo.

El bar de mis abuelos estaba en la calle La Luna, cerca de la estación de autobuses. Cuando alguien decía «voy a la calle La Luna» no se refería a la ferretería, la confitería, o a recoger un pariente que venía de visita; «ir a la calle La Luna» significaba ir directamente a los vinos, al café y a la baraja, ir al bar de mis abuelos, como si la calle entera estuviera encerrada allí dentro.

Tras la muerte de Perotti, la mesa del anciano permaneció vacía durante varias semanas. Era una especie de homenaje que los parroquianos le dedicaban. Nadie se sentaba allí. Nadie, excepto mi madre. Con su falda de cuadros, un calcetín bajado y otro subido, su trenza a medio hacer y los cordones de los zapatos atados como si fueran las orejas de un ratón, se sentaba sola cuando venía del colegio y dejaba su cartera colgando de la silla. En aquella mesa escribía en sus cuadernos de cálculo. De vez en cuando levantaba la cabeza y miraba hacia la puerta como si estuviera esperando a alguien.

Si alguno de los clientes habituales la llamaba Cucurucho, le miraba enfadada y no le respondía.

Una tarde empezó a oírse un murmullo en todo el bar, como si se estuviera gestando una revolución. Los clientes se levantaban, iban pasando la noticia de una mesa a otra y se formó un grupo de hombres junto a la puerta.

—¿Qué ocurre ahí? —peguntó mi abuelo desde la barra.

—Que van a ir a abrir la casa. La casa de Perotti.

Mi abuelo se limpió las manos en el pantalón.

—Cosme —dijo cogiendo por el brazo a mi tío, que estaba al otro lado del mostrador riendo con los amigos—, vete con ellos y llévate a la nena. Que vaya bien abrigada.

PEROTTI VIVÍA EN UN QUINTO SIN ASCENSOR. NO demasiado lejos del bar, a dos calles, en un edificio haciendo esquina. Era una construcción antigua y elegante, de techos altos, columnas y grandes balcones. La última planta del edificio estaba reservada a los desvanes. El quinto. Los vecinos les dijeron que hacía ya muchos años, Perotti había hecho obras y había acondicionado el desván como vivienda. Aquella fue la primera sorpresa.

El pequeño grupo que se había formado para abrir la casa se miraron extrañados, encogieron los hombros, se resignaron a las extravagancias del anciano, y fueron subiendo las escaleras. El grupo estaba compuesto por el abogado Elías, el médico Ángel Mones, el político Riera, el indiano Mágico García; Guillermo Lumpén, el periodista más joven de la gaceta; Vázquez, el más viejo de la gaceta, y Orejas, el fotógrafo. Mi tío y mi madre, cogidos de la mano, iban en la cola.

—Qué callado te lo tenías, cabrón.

—Son cosas del trabajo —argumentaba don Elías, que durante años mantuvo en secreto a sus amigos que era el abogado de Perotti.

Al parecer, el anciano había dejado escrito en su testamento que a su muerte, y sólo a su muerte, se abriera su casa. Había renunciado a cualquier otro tipo de funeral; un enterrador le había metido en una tumba sin nombre. Pero Perotti no había precisado quién debía abrir su casa, ni cuándo, ni cómo. Por lo que su abogado, que era el que tenía las llaves, decidió hacerlo él mismo y que le acompañase quien quisiera en aquel ritual que parecía sustituir al entierro. Don Elías miró con extrañeza las llaves doradas con un pez grabado.

La puerta de Perotti era vieja y no había ningún nombre escrito en ella. Sólo un número y una letra: 5 A. Tenía una enorme mirilla redonda color cobre. Así se distinguía aquella puerta del resto de las de la planta, pequeñas y endebles; los desvanes de los propietarios. Don Elías, que era grandote y bonachón, metió las llaves en la cerradura.

Todos tuvieron que parpadear dos veces para poder mirar bien lo que tenían delante. La casa de Perotti era una especie de habitación con una inmensa claraboya en la que se acumulaban las cosas más absurdas. Mapamundis, gramófonos, negras máquinas de escribir, dibujos a lápiz de mujeres extrañas, violines, monóculos, miniaturas de bicicletas, trajes de terciopelo... Y sobre todo, paraguas. Un centenar de paraguas negros de todas las clases perfectamente ordenados en una esquina. Igual que perfectamente ordenado estaba todo, distribuido por el suelo, en mesas y estanterías como si se tratase de una exposición. No había ni una telaraña ni una gota de polvo. En la estancia se oía el tic tac de los relojes, había empezado a llover, en la claraboya golpeaban las gotas de lluvia y ocho hombres y una niña miraban cientos de paraguas oscuros.

—Esto, señores, es la tristeza —dijo Vázquez.

Cada uno comenzó entonces a curiosear por donde más le convenía. Don Elías y el médico abrieron una carpeta llena de partituras escritas a mano, Mágico García se entretuvo comprobando si aún funcionaban los gramófonos, y el político Riera no dejaba de coger y volver a colocar en su sitio diversas cosas preguntándose el por qué de todo aquello. Vázquez se quitó su sombrero austriaco de pluma como el que guarda respeto ante la tumba de un muerto. El fotógrafo Orejas no dejaba de disparar con su cámara, aunque no sabía demasiado bien qué tenía que retratar. Era un desván acondicionado como vivienda con una cama pegada a la pared, un hueco azulejado y lleno de plantas con un inodoro, un plato de ducha y un hornillo; el viejo había decidido vivir entre sus trastos.

—¿Estás bien? —le preguntó a mi madre mi tío, que iba vestido con la misma trenca azul con forro de cuadros en la capucha que llevaban todos los universitarios.

La niña asintió con la cabeza.

—¿Podemos llevarnos lo que queramos? —preguntó Guillermo Lumpén, que estaba manoseando una Underwood casi sin usar que era mucho mejor que la Hispano Olivetti que tenía en la redacción.

—Aún no lo tengo muy claro —contestó don Elías—. Tú, por si las moscas, no cojas nada, que si eso ya volveremos.

Mágico García abrió la puerta de un armario de madera con grabados ecuestres.

—Miren.

Dentro, perfectamente colocada en una percha, como si la mantuviera una persona invisible, estaba la ropa que solía llevar Perotti. El abrigo que le quedaba gigantesco, el sombrero que le bailaba en la cabeza, el bastón apoyado en el fondo.

Mi madre abrió mucho los ojos y estiró sus manos hacia aquel armario, como si quisiera tocar algo. Luego se le llenaron las pestañas de lágrimas y se cubrió la cara con la bufanda.

Después de un largo rato deambulando por la casa, inspeccionando aquellos objetos sin polvo, preguntándose cómo diablos Perotti podía mantener a su edad un hogar tan limpio y lleno de cacharros, el grupo decidió dar la visita por concluida. Antes, le echaron a todo un último vistazo y departieron para qué tendría guardadas el viejo todas aquellas cosas.

—Cosme —dijo mi madre tirando a su hermano de la manga de la trenca.

—¿Qué?

—Yo creo que estas cosas las usaba para jugar.

—¿Para jugar a qué?

—Al gran juego que decía Perotti.

Todos escucharon a la niña, pero ninguno dijo nada. Don Elías esperó en la puerta a que fueran saliendo de uno en uno, y después la cerró, olvidándose de echar la llave.

—¿PEROTTI RICO DE CUNA? ¡JA! ESE VIO el dinero cuando ya usaba dentadura postiza y tuvo la suerte de que su tía muriera dejándole la fortuna. Hasta entonces, señores, era pobre como los ratones de agua. Dígaselo usted, don Elías, que seguro que está enterado de todo.

Pero el abogado, apurando su copa de Soberano, enrojecido y demasiado ebrio, espantó la pregunta de Vázquez con un gesto de manos que quería decir que a él no le metieran en el asunto. El concejal Riera le pedía a Ausencia un caldo de gallina y una tapa de riñones al jerez y disfrutaba mirando los pechos de la camarera, tambaleantes y relucientes como dulces de membrillo.

Vázquez se había cambiado de mesa, había dejado a sus jóvenes compañeros de la gaceta junto a la ventana, y se había sentado con el abogado, el médico y el concejal para conversar sobre Perotti, cuya vida habían visto tras aquella puerta con mirilla de cobre. Mágico García, en otra mesa jugando al dominó con los indianos, tenía las orejas como periscopios.

—Pues sí, así era Perotti antes —continuaba el viejo periodista—. Pobre, y feliz y loco.

Aunque no estuviera en la redacción, Vázquez llevaba dentro de sí el furioso sonido de los teléfonos, el traqueteo de las máquinas de escribir, el calor de la imprenta, el olor a tinta. Sabía el nombre de todas las calles de la ciudad, la fecha en la que se construyó cada edificio o se inauguró cada establecimiento, los chismes que se cocían en las porterías y en los despachos. Cenaba con barrenderos y políticos, nunca se perdía un partido de fútbol, una corrida de toros o unas obras municipales. Hombre de misa y manifestación, espía de bullicios, constituía la memoria histórica de la cuidad y desde el periódico, silenciosamente, iba escribiendo sus crónicas. Su padre, que era zahorí, le había enseñado los secretos del péndulo. Durante la guerra, le habían encargado al periodista que buscara agua. Vázquez sabía que la ciudad se asentaba sobre varios manantiales, por lo que no le resultó difícil encontrarla y, durante los días del cerco, fue el único soldado que pasaba de unas líneas a otras con la mayor naturalidad. Siempre se las había arreglado para estar en todas partes.

—Yo nunca le vi hacer otra cosa que estar allí sentado con la niña y caminar apoyado en su bastón —dijo el concejal Riera.

—Eso fue más tarde —continuó Vázquez—. Al envejecer se hizo callado, prudente, meticuloso. La vejez tiene extraños mecanismos que, por suerte o por desgracia, pronto conoceremos, señores.

«¡Mágico!», se oyó en la mesa de los indianos, «¡Atento al juego, cojones, que ya nos han cerrado dos veces!».

—Yo lo tengo todo aquí —dijo Vázquez señalando con el dedo su brillante cabeza sin pelo llena de motitas marrones—. Y de esto vivo. Cada vez que olvido algo, pierdo dinero. Soy el mejor archivo de la gaceta.

Don Elías se frotó los ojos, se tocó la panza y se relamió antes de volver a pegarle otro trago al Soberano.

—Recuerdos son precisamente lo que les faltan a aquellos ciudadanos —continuó el periodista indicando la mesa junto a la ventana en la que se sentaban sus jóvenes colegas—. Nadie les culpa de que no los tengan. Lo grave es que no los respetan y que no les importan. Cerebritos blancos, así les llamo yo.

—Pues a mí me pareció muy completo el artículo sobre la casa de Perotti que escribió Lumpén —dijo el doctor Ángel Mones con esa sobriedad en las palabras que le caracterizaba. Tenía en el tono la misma frialdad del material quirúrgico que usaba—. Yo estuve allí, y sin embargo, me contó mucho más de lo que pude ver.

—Ay, amigo, pero es que Guillermito es caso aparte. Un día nos jubila a todos. Eso sí, si no le dejan sin nariz. Ya se lo he advertido muchas veces: la mete en demasiados sitios.

Guillermo Lumpén, al contrario que Vázquez, apenas tenía más amigos que los que se sentaban con él en la redacción y en el bar. Y ni siquiera esos. Bastante osco y demasiado guapo, no era un personaje querido. Las mujeres solían mirarle sin recato cuando se apartaba de la cara el mechón cobrizo que le caía sobre los ojos. A la gente le resultaba insultante su juventud, su descarada belleza, su desafecto y, sobre todo, su talento. Aunque apenas hiciera preguntas y se paseara por los sitios con indolencia, al llegar a la gaceta, parapetado tras su máquina, escribía las mejores páginas del periódico.

—Pero esos sí que tienen algo bueno —dijo el veterano periodista levantándose de la mesa del concejal, el médico y el abogado—. Y es que no saben hacer trampas tan buenas a las cartas como ustedes. Me voy a desplumarles un rato. Con Dios, señores.

Justo en el momento en que Vázquez se levantaba, mi madre entraba por la puerta del bar arrastrando los pies por las baldosas blancas y negras. Mi abuelo estaba muy ocupado tras la barra sirviendo caldo, tapas de higadillos y vino caliente con galletas, que era lo que se tomaba para asustar el frío de noviembre. Pero cuando vio a su hija, intentó hacerse un hueco en el mostrador entre la clientela y comenzó a agitar los brazos con el periódico en una mano.

—Nena, nena, mira, sale Perotti. —Mi madre levantó la cabeza y volvió a bajarla con pesadumbre—. No sale él. Sólo su casa.

—Pero...

—Que no, que no está.

Mi abuelo hubiera intentado decirle algo más, pero un parroquiano le pidió una nueva consumición y otros dos aprovecharon para preguntar cuánto se debía.

No, Perotti no estaba allí, en aquellas fotografías. Y tal vez no estuviera en ningún sitio. Mi madre lo entendió al ver en el armario toda su ropa sin él dentro. Entendió que había desaparecido. Porque aunque días atrás había comprendido que la muerte debía ser algo muy importante, tuvo que pasar algún tiempo para que asimilara que morirse significa que el que se va, no vuelve.

Mi madre fue arrastrando su tristeza inmensa hasta la cocina y empujó la puerta volandera. Mi abuela estaba con el delantal sucio, el pelo sudado pegado a la cara y olía a grasa. La niña no podía acordarse de la época en la que su madre llevaba faldas entalladas y encajes plateados.

—Nena...

Mi abuela la miró de reojo, bajó el fuego para que no se le quemaran las croquetas y así poder abrazarla sin prisa. Pero mi madre salió corriendo y casi tira a Ausencia, que en ese momento entraba con una bandeja llena de platos vacíos.

Cosme se rascaba la cabeza y, apoyado en la barra, hablaba con Martín de la nueva canción que habían escuchado por la radio, mientras otro de sus colegas trataba de decirle algo sin que mi tío le hiciera demasiado caso. Cuando Cosme y Martín hablaban de música, el mundo desaparecía. Mi abuelo le lanzó una mirada recriminatoria. Le había pedido que estuviera pendiente de la niña, y no parecía estar cumpliendo el trato. «La chiquilla lo está pasando muy mal. Cosme, parece mentira para ti». Mi tío entendió con resignación aquellos ojos amenazantes que le recordaban sus obligaciones. Palmeó las espaldas de sus amigos y alegó que le tocaba hacer de niñera como siempre, con aquella mansedumbre desapasionada que mi tío lucía en los ojos y en los ojales. Antes de que se diera la vuelta, le abordó el muchacho al que antes no estaba haciendo caso.

—Espera, Cosme, ¿este no es el nombre de tu hermana?

El estudiante le tendió a mi tío un sobre en el que, efectivamente, alguien con buena letra había escrito el nombre de mi madre.

—¿Y esto?

—Ni idea. Lo encontré sobre la barra.

Aquel día el perchero del bar estaba vacío porque todos llevaban el abrigo puesto. Los clientes entraban frotándose las manos para calentarlas.

Cuando Cosme buscó con la mirada a su hermana y la encontró en la mesa de Perotti, descubrió que no estaba sola. Alguien se había sentado a su lado.

A mi madre no le impresionaba el flequillo de Guillermo Lumpén, pero sí le gustaba cómo olía; igual que su padre por las noches cuando salía del baño. Lumpén la interrogaba con elegancia pero sin tacto mientras la niña continuaba escribiendo en su cuaderno de cálculo y encogía los hombros. No tenía ganas de hablarle de Perotti.

—Déjala, Guillermo. Es sólo una cría.

Mi tío Cosme apartó como pudo al periodista de su hermana. No solamente porque le molestó que la asaetara a preguntas, sino porque su sola presencia le escocía como sal en una herida. Mientras Guillermo Lumpén se levantaba de la silla, él y mi tío cruzaron una mirada de fiereza.

—¿Es para mí? —preguntó mi madre cuando Cosme se sentó junto a ella.

—¿Qué?

—Eso que llevas en la mano, ¿es para mí?

Cosme se había olvidado ya del sobre. Lumpén le hacía hervir la sangre.

—Claro, aquí lo trae escrito, ¿para quién si no iba a ser? —dijo mi tío intentando fingir la dulzura con la que se consuela a los niños. Cosme se movía de forma torpe en el mundo de su hermana.

Mi madre sonrió y rasgó el sobre con la misma rapidez y alegría con el que se rompe el papel de regalo. Mi tío le pasó la mano por el hombro. Pensaba que tal vez se tratasen de algunas pesetas que su padre le había sacado de la caja para que se comprara un cuento y así hacerla un poquito más feliz. Probablemente lo había dejado en la barra para dárselo más tarde.

Pero no era nada de eso. Dentro del sobre sólo había una nota. Y en ella estaba escrito: *Bienvenida al Gran Juego*.

PEROTTI LA CONOCIÓ SIENDO NIÑO. A SU TÍA CLOtilde, digo. Era una mujer que venía del otro lado del mar.

El padre de Perotti era un hombre que pintaba. Retratos de las mujeres del barrio, manos, caballos, carbones, máquinas de vapor, árboles con pájaros. Y a todo le cambiaba el color que realmente le correspondía.

La tía Clotilde apareció unos meses después del entierro de su hermano para ver en qué tumba le habían metido. Llegó a la ciudad envuelta en plumas y perlas. Plumas y perlas. De esa forma era como su sobrino la habría de recordar siempre.

Ella fue la única que le llamó por su nombre.

—Jorge.

Al principio el niño ni siquiera sabía que se refería a él. Hasta su madre le llamaba Perotti y era a su apellido a lo que se había acostumbrado.

—Jorge —repitió.

—¿Qué?

—Dime qué es lo que sabes de mí.

—Que eres mi tía y que vienes de las Américas.

—¿Algo más?

—Que estás casada con un judío.

—¿Y sabes qué es un judío?

—No.

Clotilde le pidió a su sobrino que le ayudara a llevar hasta el barco el baúl que había traído repleto de vestidos. Antes de que ella subiera al transatlántico, los dos dieron un largo paseo por el puerto.

HACIA LAS OCHO DE LA TARDE, EL BAR DE LA CAlle La Luna parecía cambiarse de muda, vestirse de noche. Los parroquianos entraban sin prisa, iban dejando por las esquinas los restos de su jornada de trabajo, pedían bebidas con hielo e intentaban hablar en voz baja, aunque que lo cierto es que a esas horas era cuando comenzaba el ruido. Otra clase de ruido, uno parecido a la conspiración y al descanso, que olía a sudor, a serrín y a cigarrillos. Esa clase de charla de retirada. También oscurecía allí dentro. Ya no era la hora de los colegiales. Mi madre entonces desaparecía de la vista de los clientes e iba a esconderse en la cocina. Se sentaba a esperar en la silla junto al cubo donde arrojaban las mondas de patatas y apilaban los almanaques caducados. El mundo de las ollas tenía su propio alboroto. El calor, el humo, la mezcla de olores, el burbujeo que salía de las cazuelas, los chisporroteos del aceite, el clan clan clan…

Mi abuela batía huevos en un plato con un tenedor para hacer las tortillas francesas que servirían a sus hijos de cena. Clan clan clan. Aquel era el sonido que mi madre escuchaba todas las noches. Mi abuela metía las tortillas en una tartera y la guardaba en la cartera del colegio de mi madre. Le daba un cariñoso azote en el culo que quería decir, «ya te puedes ir. Hasta mañana».

Cosme esperaba a su hermana leyendo en la barra los periódicos usados que ya nadie consultaba a esa hora. Las páginas olían a anís y algunas letras tenían la tinta corrida de haber pasado por muchas manos.

Mi tío y mi madre abandonaban el bar cuando en la calle comenzaban a encenderse las farolas. La niña iba jadeando, con la trenza mal hecha botando de un lado a otro, la cartera a la espalda dando brincos y el ruido de la tartera golpeando sus libros y el estuche de los lápices. Intentaba seguir el paso de Cosme, que caminaba con velocidad de legionario y, de vez en cuando, miraba hacia atrás para comprobar que mi madre siguiese allí y no se hubiera quedado parada en ningún semáforo.

La cocina de casa era oscura. Pendía del techo una bombilla sin lámpara, y encima del fregadero había una pequeña ventana que daba a un patio de luces. Mi madre jugaba con el tenedor, y cuando se cansaba, se metía el pedazo de tortilla en la boca. Su hermano, a su lado, picoteaba en el plato sin mirar para él, ocupado en leer el tebeo de la editorial El Molino que tenía abierto sobre la mesa. La mayoría de las noches sólo miraba las ilustraciones.

Al terminar, mi tío trataba de levantarse para recoger, pero mi madre se lo impedía. Negaba con la cabeza y empujaba a Cosme fuera de la cocina. Su hermano tenía que estudiar, eso repetían constantemente sus padres. Así que mi tío, que no insistía mucho, se encogía de hombros y se marchaba. Mi madre se quedaba sola en la cocina con la tortilla a medio comer, cogía un taburete, lo arrimaba al fregadero y se subía encima de él para lavar los platos.

Cuando no hacía demasiado frío y había luna luminosa, la niña salía a la terraza del salón y jugaba con las plantas que crecían en la jardinera. Les servía bebidas imaginarias en unos pocillos de plástico y reproducía torpemente las conversaciones que había escuchado en la calle La Luna. Los juegos de mi madre consistían únicamente en emular los comportamientos de los adultos. Era poco fantasiosa y tenía mucha memoria.

«Buenas noches, Cosme», decía la niña acercándose al umbral de la puerta de la habitación de su hermano. Solía encontrárselo sentado en el escritorio, en penumbra, alumbrado por el círculo de luz del flexo que caía sobre sus apuntes. Junto al escritorio había un montón de tebeos, una bola del mundo y un tocadiscos. En un cajón ocultaba una lata de café llena de colillas y de cáscaras de pipas. «Eso mismo», decía Cosme sin alzar la vista.

Mi madre por entonces no lo sabía, pero en aquella habitación había un prendedor de mujer escondido bajo la almohada. Su hermano lo apretaba por las noches y lo llevaba en el bolsillo los días de examen para que le diera suerte.

Mis abuelos llegaban de madrugada. Regresaban caminando por la mitad de la calzada, aprovechando que a esas horas apenas pasaban coches. Mi abuelo, que era muy miedoso, temía que si iban por la acera alguien en la oscuridad saliera de un portal para atracarles. Al entrar en casa no encendían la luz del pasillo para no despertar a sus hijos y, caminando a oscuras, solían tropezar con los cuadros y los maceteros. Mi abuelo cada noche se encerraba en el baño, se untaba las manos con jabón, se lavaba el cuello, se rociaba con colonia las axilas, metía sus pies hinchados bajo el grifo de la bañera. Mi abuela se tumbaba sobre la cama con la ropa puesta. El último esfuerzo del día era desvestirse, y le costaba mucho dar ese impulso final. Lo hacía poco a poco y, algunas veces, ni se tomaba la molestia.

«¿Papá?». La llamada de mi madre solía llegar justo un segundo antes de que mi abuelo se metiese en la cama. «¿Qué?». «Agua». Mi abuelo le llevaba hasta la habitación un vaso mal enjabonado lleno hasta arriba y se sentaba con ella en la cama mientras lo bebía. Cuando su hija lo acababa, le daba un beso en la frente y se marchaba bostezando, arrastrando las pantuflas. Lo cierto era que mi madre raramente tenía sed. Sólo pedía agua para poder estar un rato con su padre. Y olerle.

Mi abuela decía que era como un pulpo porque ella también tenía tres corazones. El primero solía quedarse dormido encima de los apuntes con el flexo encendido y el tocadiscos sonando. El segundo se hacía un ovillo en la cama con sus pequeñas manos oliendo a platos sucios. El tercero, el que tenía ella dentro, dormía cada noche encogido pensando en los otros dos que tenía fuera.

CUANDO APARECIÓ AQUEL SOBRE EN LA CALLE LA Luna con el nombre de mi madre, mi tío interrogó a su hermana hasta que se enfadaron. Que no, que ya se lo había dicho, que ella no sabía nada, que le devolviera la nota, que era suya, que seguro que era un regalo de Perotti, sí, de Perotti, que no volviera a decir que era un viejo loco, que era su mejor amigo, que las niñas sí andan con los viejos, que no, que con las niñas del colegio no, que eran tontas, tontísimas, que la dejara en paz.

—Ellas no me quieren.

—¿Por qué dices eso?

—¡Se ríen de mí! ¡Dicen que huelo a aceite! ¡Y a vino!

Mi madre se levantó de la mesa sin probar la tortilla y se marchó corriendo a su habitación. El cuarto de mi madre era el de una anciana. O, mejor dicho, lo había sido. Nadie se molestó en cambiarlo cuando se mudaron a aquella casa. Continuaba la misma cama de muelles en la que había dormido su anterior propietaria, y el tocador de cajones y espejos. Encima de él, la niña había puesto algunos juguetes que su hermano le había hecho con clavos, gomas, bombillas usadas y corchos cultivando su espíritu de ingeniero. Mi madre era una niña que nunca sentía hambre, apenas tenía imaginación, olía a bar y se rodeaba de vejez. Se sentó en la cama de muelles con la nota en la mano y la apretó en el puño como quien protege un pájaro a punto de morir. Esa noche fue mi tío quien recogió los platos.

Mientras fregaba, Cosme entendió que durante mucho tiempo había estado muy equivocado. Pensaba que su hermana, al ser tan pequeñita, no podía recordar cuando todo cambió. Y no lo hacía, pero en ella se depositaban todas las tristezas. La infancia alegre se la había quedado enterita para él.

«Esta pobre sólo tenía un viejo que le compraba pasteles». En esos momentos, mi tío pensó en Martín, como si la ausencia de amigos de su hermana le hiciera recordar a los suyos.

Martín y él compartían los discos que llegaban al puerto, y con un viejo diccionario de inglés descubrían qué era lo que decían los Beatles. Así aprendió mi tío aquel idioma que luego le sería tan útil en su vida. Juntos tomaban cafés reparadores y copas a deshora. Los sábados por la noche, de la que volvían del cabaret El Suizo, iban abrazados por las calles intentando no tropezarse con todos aquellos obstáculos que el *whisky* suele hacer aparecer como por arte de magia. El Suizo tenía mesitas con unos viejos manteles rojos y en el escenario actuaban coristas celulíticas, músicos inexpertos, ventrílocuos y un hombre con una guitarra llamado Manolín Pi que intentaba imitar sin éxito a Juanito Valderrama.

Encima del cabaret vivía Maruja la Larga, una anciana con zapatillas de cuadros que vendía tabaco de contrabando. Cuando alguien iba a comprar, Maruja se ponía la dentadura postiza y sacaba los cartones que guardaba debajo de la cama.

Martín y mi tío se conocían desde el colegio. Se sentaban juntos en clase y se clavaban la escuadra en las rodillas por debajo del pupitre. Martín tenía una capacidad innata para mentir. Lo hacía con frecuencia porque era algo que le resultaba fácil y no quería desaprovecharlo. Martín solía vivir así, como si todo resultara sencillo. Educó a mi tío en las artes del embuste de la misma forma que alguien busca con quién compartir un juego. Le enseñó a no titubear los segundos previos a decir una mentira y rebuscar en el cerebro una excusa plausible en menos tiempo del que se tarda en chascar los dedos. Como ambos conocían esta táctica, tomaron la costumbre de no mentirse entre ellos.

Cosme pasaba las tardes en casa de Martín haciéndole los deberes a escondidas de sus padres. Hasta que tuvo que empezar a hacerse cargo de su hermana, mi tío estaba todas las tardes merendando chocolate espumoso con bizcochos blandos en aquel lugar feliz. La casa de Martín era un piso con piano y muchas licoreras de cristal. En la terraza tenían un loro al que llamaban el Peter y que no sabía hablar, pero se pasaba los días silbando, como Cosme, por eso Martín le llamaba a veces como el loro. Ahora mi tío iba de vez en cuando, sobre todo los domingos después del cine. Aquella casa y toda la felicidad escondida plácidamente allí dentro, enrollada en las alfombras y en el piano, el único refugio que le consolaba al salir del cine, aquella casa que se le aparecía en sueños.

—¿Qué tal, Cosme? ¿Cómo... cómo están tus padres? —le decía la madre de Martín con un tono de compasión que mi tío no podía soportar.

Todos los días quedaban en el bar de mi familia antes de ir a clase, para que Cosme matara las horas muertas entre dejar a mi madre en el colegio y entrar a la facultad. Desayunaban juntos un café con leche al que les invitaba mi abuelo. Los dos intentaban dejarse el pelo largo en secreto, estudiaban la misma carrera no por casualidad y cada día tenían una cara más parecida. Martín, Martín Lumpén, era el hermano pequeño de Guillermo y el mejor amigo de mi tío.

AL DÍA SIGUIENTE, COSME LE HACÍA LA TRENZA A mi madre frente al espejo del baño y le ponía, como le había dejado indicado mi abuela en una nota antes de marcharse, la bufanda, el gorro y las manoplas.

—¿Me perdonas?

Mi madre asintió con la cabeza y le dio un abrazo.

A Cosme le hacía gracia ver a su hermana caminar tan abrigada porque parecía un osito. Iba riéndose de ella bajando las escaleras del portal cuando se dio cuenta de que su buzón estaba abierto. Dentro había una carta sin sello que, de nuevo, traía escrito el nombre de mi madre en letras góticas.

—¿Es para mí? ¿Es para mí?¿Es para mí? —decía la niña pegando saltitos alrededor de su hermano.

—Psss. Calla —contestó mi tío poniéndose el índice sobre la boca y abriendo el sobre.

Esta vez la nota era más larga.

Mi muy distinguida señorita Cucurucho...

—¿Ves?¡Yo tenía razón! ¡Es un regalo de Perotti!

—¿Quieres que siga o qué?

—Perdón, perdón, perdón —dijo mi madre sentándose en los escalones del portal y tapándose la boca con las manos.

Mi muy distinguida señorita Cucurucho —continuó mi tío en voz alta— *si estás leyendo esto es porque yo no estoy. No estés triste, Cucuruchito, las personas nunca se van del todo. ¿No me ves a mí? Por ti he vuelto. Ahora necesito que me hagas un favor. Debes continuar con algo que yo empecé y tiene que ser acabado. Sólo tú has de hacerlo. Puedes elegir, si quieres, a una persona que te ayude en esta búsqueda. Pero una sola. Es muy importante que nadie más lo sepa. Es un secreto, ¿lo entiendes, Cucurucho? Es un secreto gigante. Vas a ir recibiendo pequeñas pistas para descubrirlo y tienes que ir avanzando. Es el Gran Juego. Si logras descifrarlo, el resultado te cambiará la vida. Es una partida que viene disputándose desde hace muchos años y de la que yo he tenido la fortuna de formar parte. Te cedo mi sitio. Bienvenida, Cucurucho, y mucha suerte.*

Martín Lumpén miraba el reloj con impaciencia y el café se enfriaba en la barra. Por primera vez era Cosme quien se retrasaba. Mi abuelo trataba de darle conversación con cierta condescendencia, como si intentara excusarse por la tardanza de su hijo. Los dos pudieron ver, a través del cristal de la puerta, cómo en la calle comenzaba a nevar.

Don Elías entró en el bar bufando, balanceándose de un lado a otro basculado por el peso de su propia panza. Con la cara congestionada del potaje y la siesta, se sentó en su silla de siempre, se desabrochó el cinturón y le pidió a Ausencia un coñac para espantar las telarañas del sueño y de la hartura. Dejó bajo la mesa el paraguas moteado de hielo porque el paragüero estaba repleto a causa de la tormenta de nieve, y no hizo gala de tener ni una gota de frío, como si en su piel enrojecida y llena de venillas no pudiera penetrar el invierno. Aún no habían llegado sus compañeros de tertulia y decidió ir disponiendo el tapete verde sobre la mesa. El abogado tuvo que frotarse un poco los ojos para darse cuenta que Mágico García, desde la mesa de los indianos, le estaba haciendo señas. «Venga acá, don, venga un momento». Mágico García, con su aspecto de finlandés orondo, barba nívea, ojos cristalinos, su traje claro, y aquella chabacanería de rico que exhibía como si fueran unos gemelos de oro. Solía llevar consigo una especie de bastón de bambú con una empuñadura en forma de cabeza de cacatúa. Un adorno más para su galería de esperpentos. Lo llevaba bajo la axila cuando caminaba, y al sentarse lo dejaba sobre sus rodillas. Cuando don Elías aceptó su invitación y fue hasta su mesa, García descabezó el bastón, miró a ambos lados, cogió un vaso vacío y vertió sobre él el líquido que contenía la vara hueca del báculo. «Tome», dijo tendiéndoselo al abogado. «Esto no lo va a encontrar aquí por ningún lado. Allá lo usan para festejar las celebraciones y cerrar los buenos tratos». Después de tomarse de un trago el mejor licor que nunca había bebido, don Elías escuchó cómo Mágico García le proponía un negocio que el abogado hacía mucho tiempo que estaba esperando que le propusiera.

Mi madre, mientras tanto, daba vueltas por el bar como una loca. Inspeccionaba el suelo, miraba a los parroquianos apretando los ojos como si fuera china, se metía debajo de las mesas hurgando entre las servilletas de papel arrugadas, los mondadientes usados, los huesos de aceitunas y las piernas de los clientes. Cuando alguno se quejaba, Ausencia la cogía por los hombros, pedía perdón al ofendido y se la llevaba consigo. «Estate quietecita, no te vaya a ver tu padre. Hija mía, no sé lo que te habrán dado hoy…».

Pero mi abuelo aquel día no estaba para ver a nadie. Los comerciantes de una editorial vasca habían llegado a la ciudad y, avisados de la fama del vermú de la calle La Luna, se apilaban en la barra. La mayoría eran jóvenes que olían a nuevo y el traje les quedaba grande. Mi abuelo incluso se prestó voluntario a hacerle bien a alguno el nudo de la corbata y a decirles con quién podían hacer los mejores tratos. Si no hubiera sido por todo aquel bullicio, tal vez Cosme le hubiese advertido a su padre sobre la carta. Podía habérselo dicho a su madre, que durante mucho tiempo había sido su aliada para casi todas las cosas. Pero no comentó nada. No dejaba de repetirse para sus adentros la posdata de la nota.

P.D. El Gran Juego es casi como un gran puzzle. Necesita muchas piezas. Tus propias piezas. Ellas formarán una llave que te permitirá entrar donde debes hacerlo. Para empezar, debes buscarme. Recuerda, Cucurucho, que la ciudad es como un mapa invisible.

«La ciudad es un mapa invisible. La ciudad es un mapa invisible», repetía mi madre loca de contenta dando brincos camino a casa, fijándose en las baldosas que iba cubriendo la nieve, en los letreros de las tiendas, en las ventanas y en los tejados.

LA PRIMERA PISTA APARECIÓ SIN BUSCARLA. MI madre la encontró en su cartera del colegio. Ya estaba en pijama y metía los libros para el día siguiente. Casi se le sale el corazón por la boca.

Mi tío estaba sentado en la cama a medio vestir, con la camiseta interior blanca de tirantes que mostraba unos hombros rectos y una piel lechosa llena de lunares marrones y rojos. Su hermana le zarandeaba y se mordía las uñas. Cosme leyó de nuevo la nota con letra idéntica a las otras. La misma que solía utilizarse para cubrir las partidas de nacimiento y las actas de defunción.

—¿Tú sabes lo que significa? —le preguntó a la niña.

Mi madre negó con la cabeza.

Cosme se tapó la cara con las manos, respiró profundo y tomó una decisión.

—Está bien. Pues si quieres, lo descubriremos —sentenció.

Aquel fue el mejor regalo que le pudo hacer a mi madre. El mejor que le haría en la vida.

MI MADRE LE CONOCIÓ SIENDO NIÑA. A Miguel Strogoff, digo. Le conoció porque ella fue él.

El patio del colegio estaba completamente nevado. Parecía que se habían borrado los colores, como en las fotografías. Mientras las otras niñas permanecían en una esquina, mi madre brincaba por aquella nieve llena de huellas sucias. No le importaba estar sola mientras sus compañeras de uniformes impolutos la señalaban con el dedo y le cantaban aquella malvada cancioncilla, ni le importaba llevar un agujero en el leotardo porque su madre no había tenido tiempo de coserle la rotura, ni le importaba tener los pies congelados ni las manoplas mojadas. No le importaba nada de esto porque entonces mi madre era Miguel Strogoff, el invencible correo del zar.

La maestra había traído a clase aquella novela de Julio Verne. La puso encima del pupitre de mi madre y le mandó que empezara a leerla en voz alta. «Tú, por hoy, serás Miguel Strogoff», le dijo. Ninguna otra niña lo fue, porque aquella joven maestra que tan poco les gustaba a las monjas no volvió a llevarlo. Cuando sus alumnas le preguntaron por la novela, bajó la cabeza y comenzó a escribir en la pizarra los cinco libros del Pentateuco. Había ciertas aventuras que no eran para señoritas.

Mi tío tenía aquel libro en la estantería de su habitación, junto a otros volúmenes ilustrados de la colección Julio Verne que alguien le había regalado por su santo. Cosme le prestó la novela a mi madre y esta acabó de leérselo sola en casa, llorando a lágrima viva cuando a Miguel le dejan ciego con un sable ardiendo, y llorando aún más cuando, a pesar de su ceguera, logra entregar la carta y vencer a los tártaros. A mi tío le dejó el libro lleno de mocos y de lagrimitas.

Ella era Miguel Strogoff. Mi madre cabalgaba furiosamente por la estepa siberiana con su trenza mal hecha al viento y sus zapatos sucios clavándose en el vientre del animal.

Ella era Miguel Strogoff más que nunca en aquel patio nevado. «La ciudad es un mapa invisible», repetía mientras apartaba la nieve del suelo con sus dedos helados bajo las manoplas. «La ciudad es un mapa invisible». Y Perotti estaba escondido en ella.

ATRAPA EL TIEMPO. ESO ERA LO QUE PONÍA LA nota que encontraron en la cartera. Las únicas tres palabras escritas con aquella letra con la que se rellenaban las partidas de nacimiento y las altas de defunción.

En la facultad, mi tío extrajo la nota de su bolsillo mientras pataleaba en el aula, moviendo las piernas para ahuyentar el frío de aquella clase sin calefacción y activar la sangre del cerebro. Al fondo se escuchaba la voz radiofónica del profesor. Cosme le quitó el capuchón a la pluma y garabateó en un papel las posibles combinaciones de aquellas catorce letras por si la nota llevaba dentro de sí un mensaje encriptado.

—¿Qué haces? —le susurró Martín sentado a su lado, mirando por encima de sus codos.

—Nada, nada.

Mi tío arrugó el papel y volvió a guardarlo, tratando de esconder que en sus ojos brillaba la misma codicia con la que atesoramos las misteriosas sonrisas que nos dedican las mujeres de otros.

Cuando llegó al bar, Cosme se encontró a mi madre oculta tras el perchero, revolviendo entre los sombreros y los abrigos, buscando a un anciano muerto que debía esconderse en alguna parte.

Alrededor de la mesa del doctor Ángel Mones, don Elías y el concejal Riera, solían formarse colas. Parecía que los tres estuvieran vendiendo boletos de lotería. La gente acudía a la calle La Luna a pedirles consejo, como si las consultas de bar fueran algo espontáneo y gratuito y no tuvieran que esperar citas ni recibos. Venían con los sombreros en la mano, como agachando la cabeza, y abrían sus gargantas con bultos carnosos ante Mones, le explicaban a Elías sus problemas de lindes o le lloraban a Riera por un pariente sin trabajo o por la mala recepción de la señal televisiva. Ausencia tenía que abrirse paso entre ellos con pequeños codazos para poder dejar sobre la mesa los coñacs, los ceniceros limpios y los cafés en vaso. Mones les escribía recetas en las servilletas y les aconsejaba usar jabón. Riera, sin embargo, les atendía con agrado. Al fin y al cabo, pasaba más tiempo allí que en el ayuntamiento, y a él le gustaba la gente. Riera, de orejas pacientes y abiertas, prefería los apretones de mano a las firmas, interrumpía la partida constantemente para atender peticiones y era el único de los tres que les ofrecía a los que venían una silla para sentarse. No se atrevía a pedirles que le chivaran al oído las cartas de los otros dos por si se labraba la fama de tramposo. «Pero qué quieres, Elías —decía el concejal con su alegría de cascabeles cuando le protestaba el abogado—, en el Ayuntamiento entran cagados de miedo, allí no saben ni cómo tienen que hablar. ¿Dónde quieres que vayan? Pues al bar, hombre, al bar». «Mi padre tenía una fábrica de fuegos artificiales, y cuando alguno de nosotros le ayudábamos y nos quemábamos los dedos, no íbamos a un bar a buscar a nadie», rezongaba Elías.

Cuando el trío no les daba ninguna respuesta, acudían a mi abuelo. A veces iban a la barra directamente. Mi abuelo les escuchaba pacientemente, limpiándose las manos en el trapo que llevaba colgado del hombro. La mayoría de las ocasiones era él quien les resolvía los entuertos gracias a los contactos de la gente que paraba por el bar. Siempre conocía a alguien que conocía a otro alguien que tal vez pudiese ayudar, ya fuera un frutero, un recaudador de impuestos o el marido de una modista. Todos bebían por igual, y la única diferencia residía en el precio de las consumiciones. A veces ni eso. Mi abuelo sabía que la gente guardaba cierta gratitud con quien le daba de beber, que en ocasiones regalar una copa era más provechoso que cobrarla, que tras la barra se ejerce una especie de protectorado. Descorchando botellas, sin moverse del mostrador, allí dentro enclaustrado, lograba mantener toda una red de favores. «Algún día tú y yo acabaremos sacando a alguien de la cárcel», le solía decir el ferretero. «Me pregunto, Falla, si no lo habremos hecho ya», respondía mi abuelo.

Mi madre surgió entre los abrigos, apartando los fieltros y los botones como si estuviera descorriendo el telón de un escenario.

—Aquí tampoco está —le dijo con pesadumbre a mi tío.

El rincón de los periodistas siempre estaba ocupado, desde los desayunos hasta las copas de después de la cena. Venían por bandadas y algunos, los más rezagados, se quedaban allí esperando a que llegara el grupo siguiente, el que le tocaba salir a comer a las dos, tomar el café a las once o los que acababan antes la jornada. Los periodistas devoraban los menús del día, fumaban cigarrillos sin filtro uno tras otro, bebían como rusos y se interrumpían los unos a los otros para hablar. La gaceta estaba en el edificio de al lado, y en la redacción había una estrecha escalera interior que daba al taller. La actividad de la noche se concentraba en aquella escalera y en la calle La Luna, que era como el patio trasero del periódico. Los periodistas, noctámbulos crónicos de elegante figura y forma anticlerical, como si se requirieran estas condiciones para desempeñar el oficio o con el tiempo fueran adquiriéndolas como un uniforme impuesto por la profesión, alargaban las tertulias en el bar casi hasta la madrugada. Algunas veces bajaban a buscarlos porque se había cometido una barbaridad, había que cambiar los titulares o porque la linotipia renqueante necesitaba un toque de destornillador y llave inglesa.

Además de los de la gaceta, también acudía al bar algún locutor de la radio regional, que estaba a dos calles de allí. «No os quejéis —les decían a sus colegas de Olivetti y plomo— los verdaderos pirados van a la radio a contar sus historias, que tiene como más notoriedad». A los periodistas radiofónicos les gustaba llevar a la calle La Luna las cartas que llegaban a la emisora pidiendo canciones dedicadas. Las esparcían por la mesa y las examinaban con glotonería de *voyeur.* Se reían de las que escribían las chicas solicitando pedidos para sus novios que estaban haciendo la mili, porque la mayoría olían a colonia. Pero las cartas más celebradas, las que pasaban en la mesa de una mano a otra como si fueran contrabando, eran las que enviaban desde fuera del país. Las que escribían los emigrantes desde Alemania, o Suiza, o Bélgica diciendo que les escuchaban, dando las gracias, mandando recetas, pidiéndoles que desde la radio saludaran a sus parientes. Aquellas cartas eran la muestra más palpable que tenían de que allí fuera existía un mundo.

—Lo que escribimos hoy, mañana envolverá el pescado —peroraba Vázquez.

Los más jóvenes escuchaban esta frase como si se tratara de los rezos de una vieja beata, pero los que llevaban más tiempo en el oficio asentían con la cabeza. Es imposible, decía Vázquez, ser periodista si uno no tiene cierto grado de escepticismo y un poquito de dipsomanía. Tal vez por eso Azcona, el director de la gaceta, era un hombre que guardaba una botella de *whisky* en su despacho, tenía una carcajada inconfundible y no se fiaba de nadie.

Mi abuelo le advirtió a su hija que no podía seguir sentándose en la mesa de Perotti como si fuera suya y gruñendo a los parroquianos que se acercaran a ella. El luto ya había pasado. «Sé que este no es el mejor lugar para hacer las tareas. Pero, nena, cuando no haya un hueco libre en el bar, puedes ponerte en un taburete dentro de la barra conmigo y apoyarte en las latas de aceitunas. No podemos espantar a los clientes, que son los que nos pagan los recibos». Mi madre, que nunca se atrevió a desobedecer a mi abuelo y que en cualquier otra ocasión hubiera estado feliz por estar tras el mostrador junto a su padre, sintió que el mundo se le venía encima. La mesa era lo único que le quedaba de Perotti y pensaba que sólo allí volvería a encontrarlo. Ahí debía de estar Perotti, escondido en las patas o en la silla. Así se lo hizo saber a su hermano, obligando a prometerle que la vigilaría. De esa forma, cuando la mesa quedaba libre, bien mi madre o mi tío corrían a inspeccionarla.

Cosme andaba en ello cuando uno de los periodistas le llamó desde el rincón de los trabajadores de la gaceta, junto a las ventanas.

—Cosmecito, majo, dile a tu guapa tía del pueblo que traiga para acá otra ronda.

A mi tío le sabía a rayos que llamaran de esa forma a Ausencia, con la que no nos unía ni un coágulo de sangre, pero no porque la tomaran por parte de la familia, sino por el menosprecio con el que lo decían.

—¿Qué te dijo? ¿Qué te dijo? ¿Qué te dijo? ¿Algo del juego? ¿Algo del juego? —chillaba mi madre colgada de la manga de mi tío.

—No, nada de eso —contestó Cosme.

Mi tío se dio la vuelta y observó a los parroquianos. Eran un enjambre. Hilillos de humo de cigarro que suben hacia el techo. Naipes pegajosos del sudor de las manos. Una carcajada, el ruido seco de un ficha de dominó que alguien estruja sobre una mesa. Zumbidos. Cosme aspiró el aire grasiento y viciado del bar; si resolvían el Gran Juego, tal vez pudiesen deshacerse de todo aquello.

Había empezado a nevar de nuevo. Tras los cristales, las calles parecían estar siendo espolvoreadas con harina. Los de la gaceta les reprochaban a los de la radio que no hubieran dicho nada en el parte meteorológico. «Las cuentas se las pides a Dios, Faustino, que es el que a última hora nos cambia las cosas», ladraba uno de los locutores.

—Menos mal que no te ha cogido la nevada, Vázquez, que en los pueblos estas cosas tienen su peligro.

—Calla, calla, a perro viejo todo son pulgas —contestaba el veterano periodista acariciándose la calva llena de motitas marrones—. No sabéis lo que nos ha pasado. Parece que el mundo se empeña en decirnos que vivimos para sorprendernos. ¿A qué sí, Orejas? ¿Quieres contarlo tú?

El fotógrafo, sin ninguna gana de hablar, apuraba el vino y le daba la vía libre a su compañero de entuertos.

Orejas y Vázquez se habían encaminado aquella tarde hacia un pueblo pesquero porque les habían llamado diciendo que un buque mercante había aparecido a la deriva en el mar. Cuando llegaron, se encontraron que el barco abandonado llevaba en su interior ocho mil toneladas de maíz y trigo. En la cubierta, medio aturdidos, hallaron a los únicos seres vivos de la embarcación: una gallina y un gato.

—¿Y dónde está el resto de la tripulación?

—Pues ahí, querido ciudadano, está la cuestión —pronunció Vázquez solemnemente—. Azcona dice que será cosa de los rusos, y probablemente no seguiremos investigando. Aunque ya sabes que hay alguno con la nariz muy larga y yo creo que cuando se lo cuente no se va a quedar parado.

—Mira, y hablando del rey de Roma. Ya le estábamos echando de menos.

Guillermo Lumpén entraba por la puerta con su cartera marrón cerrando un paraguas y sacudiéndolo de nieve. Un paraguas sospechosamente negro, sospechosamente triste.

A PESAR DE QUE YA HABÍA PASADO UNA SEMANA y no habían tenido ninguna otra pista ni ningún indicio de qué podría significar *Atrapa el tiempo*, cada día inspeccionaban la ciudad, y el bar y la casa, y mis abuelos comentaban entre sí a qué vendrían los extraños paseos que últimamente daban sus hijos.

Mi madre se ponía de pie sobre la cama de Cosme y abrazaba el aire. «¡Mira, lo atrapé! Atrapé el tiempo. ¿Será eso?», decía poniéndose muy seria con los brazos agarrando la nada. «No, nena, no creo que sea eso». «Pues no sé por qué...». Cosme la mandaba callar para poder seguir estudiando tranquilamente, encendía el tocadiscos, se ponía a silbar y mi madre se quedaba quieta pensando, allí junto a él, cogiéndole pipas de vez en cuando, alisándole la colcha de la cama. En ese tiempo, en aquel cuarto, mi madre descubrió que le gustaba la música, que le gustaban los Beatles.

Hasta que un día mi tío lo encontró. Lo encontró en la mesa de Perotti, como la niña había pronosticado.

Cosme sacó a mi madre en volandas de detrás del mostrador. El cuaderno de gramática se quedó abierto sobre la lata de las aceitunas. Antes de que mi abuelo pudiera preguntar nada, los dos desaparecieron por la puerta de la calle.

Se sentaron en el banco que estaba junto a la iglesia. Mi tío se desabrochó la trenca y envolvió a mi madre en un abrazo que los protegía del frío y les amparaba el secreto. Allí acurrucados abrieron el sobre. El sobre que llevaba el nombre de mi madre y que alguien se había tomado la molestia de pegar con cinta de embalar bajo la mesa de Perotti. Era una carta distinta a las otras; esta pesaba. *Para que te sirva de brújula,* decía la nota. Cosme sacó del sobre lo que la hacía pesar. Una llave dorada con un pez grabado.

PEROTTI PARECÍA NO MOVERSE, PERO SE MOVÍA. Quien le viese avanzar por la calle pensaría que no caminaba, sino que eran sus temblores los que le iban impulsando. Apoyándose en su bastón que se iba hacia todas las partes, bailándole el sombrero en la cabeza y el abrigo en el cuerpo. Así, renqueante, llegaba cada día al bar. Cuando le daba la mano a mi madre para llevarla hasta la confitería empezaba su firmeza.

Cosme se preguntó cómo aquel hombre centenario podía bajar y subir al quinto sin ascensor en el que vivía. Debía ser una labor que le costara horas. Fue algo que no se había preguntado unos días antes, la primera vez que estuvo en aquel portal que olía a lejía.

Mi madre y mi tío subieron juntos las escaleras, mirando a todos los sitios con miedo de que les viera el portero o algún vecino. Había algo que les hacía sentir que en realidad eran ladrones. Cosme metió la llave en la cerradura y la giró.

Al principio no era más que un tumulto de sombras. Cosme palpó la pared junto al marco de la puerta y encendió el interruptor de la luz que estaba a la altura de la mirilla. La buhardilla de Perotti seguía igual, ordenada en su caos, repleta de cachivaches y ahora también de quietud, como si todos aquellos artilugios fueran pequeños fantasmas dormidos. La otra tarde, cuando el grupo de hombres que fueron a abrirla peregrinaba por sus rincones, la buhardilla parecía un bazar populoso. Ahora, con mi madre y mi tío solos y callados, ladrones de puntillas, se asemejaba a una guarida, a un camarote naufragado en el tiempo. Exhalaba el olor de lo antiguo, esa fragancia mohosa de las horas almacenadas. Había un calor burbujeante que mecía toda la estancia. Las paredes ardían; por ellas discurrían los tubos de la caldera. Se escuchaba el tic tac de los relojes y la nieve lenta sobre la claraboya.

—Cosme… ¿todo esto es nuestro?

—La nota no decía nada de eso.

—Ah.

Mi madre y mi tío comenzaron a observarlo todo, aquel cuarto lleno de extraños objetos que tenía que servirles como aguja imantada. Allí seguían los centenares de paraguas negros como receptáculos de tristeza junto a un ventilador redondo. Tres violines con las cuerdas rotas y unas partituras escritas a mano. Trajes de terciopelo oscuros y brillantes. Miniaturas de bicicletas hechas con alambre, grandes veleros encerrados en diminutas botellas, figuras de retorcidos tigres azules, frascos llenos de piedras, cascarones vacíos de tortuga, lupas con mangos de plata, mapamundis de todas las épocas. Las máquinas de escribir calladas, un caleidoscopio en forma de catalejo, cometas chinas con largas colas como dragones de papel, frascos de tinta. Una rosa de los vientos pintada en una tablilla de madera, un estuche con brillos de nácar para guardar el carnet de baile, baúles por el suelo. Y máquinas, extraños artilugios para medir las mareas, la luz o los sonidos; mecanismos con ruedas, botones y manillas, como pequeños autómatas. Todos los objetos sin un orden, sin una simetría; algunos sobresalían un poco, otros estaban sacrificados, comprimidos. Les llevaría días revisarlos, encontrar.

Allí seguía, en una esquina, el cuartucho decorado con azulejos, grandes plantas de hojas verdes, un hornillo, un inodoro y un bidé con una pastilla de jabón desgastada. Ese extraño rincón que hacía las veces de cocina y baño. Pero parecía más un enorme macetero en el que guardar las plantas. Mi tío se preguntó cómo un hombre de cien años podía cocinar y lavarse en aquel cubículo. Tras el armario de madera que había abierto Mágico García y en el que estaba guardada la ropa que siempre llevaba Perotti, estaba la cama, sin cabecero, encajada contra la pared. Tenía muchos almohadones y una colcha granate que arrastraba por el suelo.

Mi madre y Cosme vagaban por la buhardilla sin hacer ruido. Temían que en cualquier momento alguien abriera la puerta. Mi tío le quitaba de las manos a la niña las cosas que podía romper. Lo hacían todo con un silencio conspiratorio; coger las estrellas de mar, los antifaces, la cámara fotográfica de madera, el bote lleno de cazoletas de pipas. Todo aquello, decía la nota, les tenía que servir de brújula. Pero, ¿qué norte les tenía que indicar? ¿Atrapar qué tiempo? A mi tío le gustaban las brújulas. A través de ellas había descubierto años atrás los prodigios de la ciencia, el magnetismo terrestre, ese conjunto de patrones y fórmulas que movían el universo. Pero esta brújula no la entendía.

Mi madre guiñó un ojo para poner el otro en la mirilla de un viejo telescopio.

Mi abuela miraba con ojos suplicantes a Ausencia cada vez que esta entraba en la cocina.

—¿Han aparecido?

La camarera, llenando la bandeja de platos, negaba con la cabeza.

—No, todavía no. Pero no te preocupes, en cualquier momento entrarán por la puerta. Los niños son así.

Mi abuela, aquel pulpo, tenía el pecho encogido por los otros dos corazones que le faltaban. Esa tarde las natillas le salieron agrias.

EL SONIDO DE LAS CAMPANAS DE LA CATEDRAL LE trajo de nuevo al mundo. Mi tío se había entretenido mirando los entresijos del kinetoscopio, un artefacto que solamente había visto en las ilustraciones de la enciclopedia. Mi madre tenía la cabeza metida en la trompeta de una gramola.

—Pero, ¿qué hora es?

Por la claraboya ya no entraba la luz sino un cielo negro. Se había hecho de noche sin que se dieran cuenta. Habían pasado la tarde atrapados con los objetos de la buhardilla.

—Tenemos que irnos —dijo Cosme levantándose con prisa y sacando a mi madre de la campánula de madera—. Nos van a matar, son las…

Las diez de la noche, quería decir Cosme. Pero no lo dijo, algo le detuvo. Había visto la hora en un reloj cuadrado de una estantería. Un reloj. Un solo reloj no podía meter tanto ruido. El tic tac envolvía toda la buhardilla como si fueran los latidos de un corazón mecánico. Cosme se acercó al estante, cogió el reloj, que estaba entre unos monóculos para ver la ópera y una lata de té con algo escrito en francés, y detrás de él vio los demás. Pequeños relojes de cuerda, relojes de muñeca con correa gastada, un cuco, relojes de arena, clepsidras... según iba apartando objetos de la estantería, más clases de relojes iban apareciendo al fondo. «Atrapa el tiempo», pensó, «atrapa el tiempo». Y cuando apareció el último reloj, precisamente el de bolsillo que siempre llevaba Perotti, Cosme descubrió que debajo de él había una nota.

—*Debes empezar de nuevo* —leyó mi tío en voz alta.

MI ABUELO, DETRÁS DE LA BARRA, LIMPIABA un vaso con el trapo. Falla el ferretero iba a pedir un vino, pero lo dejó para más tarde al darse cuenta de la situación.

—Papá...

—Cosme, id a ver a vuestra madre.

—Papá, déjame que...

—Id a ver a vuestra madre. Ya hablaremos.

Mi madre y mi tío se encaminaron hacia la cocina con la cabeza baja, sorteando a los clientes.

Mi abuela los abrazó, los cubrió de besos, les palpó las caras y les impregnó de su olor a aceite. «Pero dónde os habíais metido —sollozaba—. Y con este frío».

—Anda, Cosme, anda, vete a llamar a casa de los Lumpén para decir que ya habéis llegado, que teníais a los padres de Martín muy preocupados —dijo mi abuela sonándose la nariz con el mandil.

—¿A los padres de Martín?

—Sí. Martín y Guillermo nos han hecho el favor y llevan horas buscándoos por las calles. Vete, hijo, que no quiero seguir molestando. Me pongo ahora mismo a haceros la cena.

Clan clan clan. El tenedor chocando contra el plato al batir los huevos. El mundo volvía a su sitio.

—«DEBES EMPEZAR DE NUEVO» —Había leído Cosme en voz alta en la buhardilla.

Mi madre, despeinada, le miraba con la boca abierta.

—«Debes empezar de nuevo. Todo esto ya no sirve. Bravo, Cucuruchito, me has encontrado. Estaba convencido de que sabrías dónde buscarme. Continúa atrapando el tiempo».

Seguía en la estancia el tic tac de los relojes y el silencio de los artilugios.

—Eso es. Ya está. ¡Eso es! —comenzó a decir mi tío mientras daba vueltas sobre sí mismo mirando todos los objetos de la buhardilla—. ¿No lo entiendes? La carta del buzón decía que el Gran Juego es casi como un gran puzzle, que necesitaba muchas piezas. Ellas formarían una llave que nos permitirá entrar donde debamos hacerlo.

—¿Estas son las piezas de un puzzle? —preguntó mi madre señalando a su alrededor.

—Supongo que sí. Pero la nota decía que debíamos de buscar nuestras propias piezas. Perotti fue reuniendo esto durante años. Creo que esa es la clave. Que debemos empezar de nuevo, que debemos hacer nuestra colección y, cuando la acabemos, ese será el mapa.

—La ciudad es un mapa invisible… —murmuró mi madre.

—¿Puedes entender lo que te estoy diciendo?

—Sí. Es como el mapa de un tesoro.

DON OLEGARIO ENTRÓ AL BAR TRIUNFANTE, CON los brazos en alto.

—¡Ya le queda poco! ¡Ya le queda poco a Fidel! El tirano se nos cae y nos deja la Cuba libre.

—No empiece, don Olegario —decía mi abuelo vaciando los ceniceros del mostrador.

—Que sí, de esta va. Se nos va Castro a tomar por la puta su madre.

Cada semana don Olegario entraba en el bar con la misma cantinela. Llevaba años pronosticándolo.

—Y usted —decía señalando a mi abuelo— ya puede ir enfriando las botellas de champán para que brindemos todos.

Luego, se acercaba más a la barra, para que no le pudiera oír nadie, y le susurraba:

—Algún día brindaremos por la caída de «todos» los dictadores.

Mi abuelo afirmaba y le miraba con gratitud. Don Olegario le encargaba, como todas las semanas, lo más caro que hubiera en el bar para ir celebrando, y se marchaba casi bailando a sentarse en la mesa de los indianos. Los parroquianos que estaban apoyados en la barra, riéndose, se llevaban un dedo a la sien y le daban vueltas, escenificando el estado mental de aquel pobre hombre que olía a medicamentos. «Para ti mejor, oíste. Que este te deja aquí un pastizal cada semana». Mi abuelo les pedía respeto y callaba lo que bien sabía.

Ausencia empujaba sin parar la puerta de la cocina, de la que salía un vapor con olor a calamares fritos que inundaba el bar y lo calentaba.

—Olegario, aquí ya sabe que no hablamos ni de política, ni de religión, ni de deudas, así que no nos venga con el cuento de siempre —le reprochaba Mágico García a su pareja de dominó.

—Pero quién habla de política, mendrugo. Yo te hablo de la libertad, y la libertad es belleza, y de la belleza se habla aquí y en la Conchinchina.

A don Olegario, con su olor a farmacia ambulante, ya nada le unía a Cuba más que el recuerdo de la juventud y los atardeceres rosados. Había nacido en una casa de piedra llena de charcos y, como de ninguna parte le llovía la fortuna, se metió en un barco para poder buscarla. Llegó a La Habana un día de febrero y casi se le caen los ojos porque en su vida había visto tanta luz. Se casó con una mujer mayor que él, y cuando su esposa le abandonó, comenzó a conocer con otras los placeres de la cama. Por entonces, sus muebles de madera ya se vendían en toda la isla. Se enamoró de Rafaelita, y Rafelita le llevó hasta Brasil para montar juntos un nuevo taller del que salieron los armarios y ningún hijo. Cuando empezó a envejecer y a Rafaelita se la llevaron al cementerio en una caja que habían fabricado en uno de sus talleres, echó de menos la lluvia y se volvió para su casa. Pero, ahora de rico, su patria no le parecía tan hermosa como aquella de su famélica infancia. O al menos no le parecía tan hermosa como en sus recuerdos. Decía que cuando eres de tres países, realmente no eres de ninguno y que vayas donde vayas, siempre vas a sentir la añoranza del otro, porque eso es lo que le ocurre a quien se carga de nostalgia: que se acostumbra a vivir en ella.

Los indianos, llenos de años y dinero, jugaban al dominó, compartían sus recuerdos y creían dominar el mundo. Y sin embargo, de lo que más hablaban era de las miserias que habían pasado a este lado y al otro del océano, como si la forma en la que consiguieron salir de ellas constituyera su verdadera patria.

Mágico García, que nunca pagaba en el bar de mis abuelos, le guiñaba un ojo a don Elías, en la otra mesa, y acariciaba su bastón relleno de licor. El abogado se relamía y seguía atento al concejal Riera, que no dejaba de mirar los labios de Ausencia, siempre brillantes.

—Y para usted, doble ración de guiso, concejal. Por lo adulador que es —le decía la camarera dejándole el plato sobre la mesa y rozando sin querer sus pechos con el hombro del político.

A Riera los ojos le relucían como bengalas.

—El amor, a cierta edad, es más peligroso que algún infarto —anunciaba trágicamente el doctor Ángel Mones.

En ese momento mi madre entraba por la puerta con el uniforme del colegio deshilachado. En la calle La Luna los parroquianos se hacinaban huyendo del frío. Todas las mesas estaban ocupadas, incluso la coja pintarrajeada del fondo, y la niña no encontraba a Cosme por ningún lado por más que buscó su cara entre las de los clientes. Los muchachos con trenca le dijeron que estaba en casa de Martín. «¿En casa de Martín? —pensó mi madre—. Pero si tenemos que buscar un tesoro…».

Mi abuela sintió alivio cuando vio que la niña empujaba puntualmente la puerta de la cocina. Llevaba el abrigo lleno de escarcha. Apartó una ristra de ajos del taburete y se sentó a observar cómo su madre arrancaba con saña los corazones de los pollos. De repente, abrió los ojos como dos grandes platos de sopa, y sonrió. Lo había descubierto.

Mi abuelo, tras la barra, sirviendo vino, escuchando conversaciones, limpiando vasos, secretamente las guardaba. Guardaba en el almacén las botellas de champán para poder brindar algún día por la caída de todos los dictadores.

A MI MADRE LE GUSTABA EL OLOR DEL HÍGADO mientras se freía. Solía decirlo quieta y sentada en el pequeño taburete, junto a los desperdicios, con las manos sobre la falda. Mi abuela la miraba con piedad; aquel no era un comentario propio de una niña y temía que las circunstancias de su infancia estuvieran convirtiendo a su hija en una adulta prematura.

—¿Pero para qué quieres eso?

—Lo quiero —respondió mi madre sin más.

Mi abuela se lo dio sin rechistar, porque aquella hija suya no solía pedir nada. Ni siquiera jugaba con los cucharones. Se lo metió en una bolsa con la que mi madre apenas podía cargar.

Tirando de ella, pasó agachada delante de la barra para que su padre no la viera salir a la calle. Empezó a caminar arrastrando la bolsa, que iba dejando un rastro en la nieve. Miguel Strogoff, el correo del zar, nunca se rendía.

HABÍAN DOBLADO LA ESQUINA A LA VEZ, EL UNO al lado del otro, con las bufandas rojas azotadas por el viento y las trencas abrochadas. Las manos en los bolsillos y el mismo ritmo militar en el paso.

La señora Lumpén, con el pelo translúcido recogido en un moño lleno de prendedores, les llevó a la habitación de Martín una bandeja con dos jícaras de chocolate caliente acompañadas por unos bizcochos. Desde allí escuchaban los silbidos del loro. Martín, al llegar a casa, se había puesto un elegante pijama y una bata con un escudo que le hacía parecerse a su padre. Cosme escupió las últimas pipas que le quedaban en la boca y cogió uno de los pocillos humeantes. Escuchaban «Norwegian Wood». Sólo eso. Martín no era una persona de preguntas, porque la confianza que había entre ellos estaba exenta de cuestiones; era sólida y sin fisuras. Simplemente se decían lo que querían decirse y el resto ni siquiera dejaba espacio a la intuición, porque entonces el silencio se haría espeso. Vivían juntos, y vivían respetándose y vivían como un liquen. Eran la mano izquierda y la mano derecha. Martín era la sonrisa de mi tío y mi tío era el cerebro de Martín. En aquella simbiosis tenían el derecho tácito de moverse por separado sin dar explicaciones, de la misma forma en la que se reparten las distintas funciones lo órganos de un cuerpo.

A mi tío le gustaba el Cosme de Martín, la persona en la que él se convertía estando a su lado. Todos somos muchos, todos dependemos del observador para convertirnos en el observado. No fingimos, simplemente nos transformamos, como si los demás fueran la gota que penetra en nosotros cambiando la sustancia de la que estamos hechos.

Los bizcochos blandos se deshacían en el chocolate caliente mientras Cosme tenía en la boca el gesto agrio que se le formaba cada vez que llevaba dentro una de las broncas de su padre.

—Aprovecharía para decirte que te cortaras el pelo.

—Me dijo que si no iba a la peluquería, me lo arrancaría él mismo a tirones.

Cosme, el de Martín, llevaba un abrigo cruzado de botones y un flequillo que le cubría los ojos. El de mi abuelo, unos pantalones cortos y una nuca despejada a navaja por un barbero.

—Por cierto, gracias por haber ido a buscarnos —dijo Cosme.

—Era eso o tener que seguir aguantando las preguntas del jefe. Pensé que acabaría sacando el garrote de debajo de la barra.

Desde el salón comenzó a llegar la música de Mozart. Alguien, sentado al piano, estaba tocando. Mi tío sintió que el alma se le hacía un nudo. Solía ocurrirle en esa casa. Esa casa era un peligro. Soñaba con sus paredes cada noche. Soñaba que sus paredes se deshacían.

—Además, fue mi hermano el que me vino a insistir para que fuéramos.

—¿Guillermo? —inquirió mi tío, volviendo a la realidad—. Es verdad, ¿qué pintaba Guillermo yendo a buscarnos?

—No me digas, últimamente anda muy pesado con vosotros.

—¿Con nosotros?

Se oyó el sonido del timbre. Alguien dejó de tocar el piano.

—Cosme —dijo la señora Lumpén apareciendo inmediatamente en el cuarto de Martín—, es tu hermana.

MI MADRE ESTABA EN EL RECIBIDOR DE LOS Lumpén. Una niña pequeña despeinada y con los cordones de los zapatos mal anudados. Jadeaba un poco y, a sus pies, había dejado una bolsa pesada y húmeda llena de basura. Parecía que venía a pedir limosna. Cosme se disculpó, vergonzosamente se limpió con la manga el chocolate encima de su boca, cogió la bolsa y a mi madre, y en una cabriola se las llevó de allí.

Había atravesado media ciudad esperando en los semáforos y siguiendo a los autobuses. Pero a mi tío no le importaron estas hazañas que a mi madre ni siquiera le dio tiempo a contarle. Le habló a la niña como su padre le hablaba a él. Esas pesadas y punzantes palabras de riña y desaprobación. Ese momento en el que el que reprende deja de ser cómplice, y parece que jamás volverá a serlo. Mi madre creyó entonces que la lejanía de su hermano era irreversible, porque sólo sabía sentir lo que se siente en el momento. En las esquinas de las calles se amontonaban restos de nieve sucia como vasos rotos después de una fiesta. Los dos hermanos caminaban rumbo a casa sin hablarse.

El teléfono del bar, cuando sonaba, era como el silbato de un barco a vapor. La mayoría de las veces aquel timbre lejano se perdía entre el barullo de conversaciones, y copas, y puertas que se abren y se cierran, y gente cantando las cuarenta. El aparato estaba colgado junto a la máquina registradora como si fuera un salchichón, y cada vez que mi abuelo llegaba a tiempo a cogerlo, carraspeaba y respondía con una fingida serenidad de oficinista o de mandatario. Para él, eso era importante. Su voz al auricular le había cambiado la vida.

«Ya se nos está poniendo versallesco el jefe», dijo uno de los parroquianos cuando mi abuelo se dio la vuelta para responder a la llamada telefónica adoptando modales afectadamente corteses. «No te vi entrar a buscarla», se le oyó decir mientras inspeccionaba con la mirada la calle La Luna tratando de hacer acopio de lo que había sucedido allí las últimas horas para poder cerciorarse de lo que le decían.

Aquella corrección de mi abuelo al teléfono, esa desafección con la que hablaba desde el bar como si este fuera una correduría de seguros o un departamento de correos, había salvado muchas veces a don Elías. «No puede beber tanto, abogado. ¿No ve que no le dice más que disparates a la gente que viene al bar pidiéndole consejo?», le sermoneaba con serenidad mi abuelo, con aquel convencimiento que tenía de que era mejor inculcar la honra que dejar a los parroquianos a su suerte. «Pues que vengan al despacho como Dios manda y me paguen. Que yo, en el trabajo, no bebo», mentía don Elías apurándose otro Soberano, metiéndolo en aquella enorme panza inflada de grasa y de líquido. A veces, en la partida, se quedaba dormido, hipando, y tenía que despertarlo el concejal Riera a base de codazos.

Cuando se marchaban sus compañeros, Elías se quedaba en la calle La Luna aduciendo que no podía irse hasta terminar la copa, una copa que solía convertirse en cuatro más. Cuando ya eran cinco, el abogado comenzaba a hablar solo y babeaba encima de la mesa. Si se hacía tarde, mi abuelo llamaba por teléfono a casa de don Elías y, tranquilizándola con su voz educada y ceremoniosa, le decía a su mujer que iba a retrasarse porque habían venido clientes a deshora a solicitar sus servicios. «Tanto trabaja, Encarna, que hasta en el bar no lo dejan en paz». La mujer del abogado le daba las gracias y le mandaba que le dijera que ella ya se iba para la cama. El número de teléfono de don Elías estuvo durante años apuntado en un papel junto a la caja registradora.

Algunas noches el abogado ni siquiera podía andar. Mi abuelo y Falla el ferretero lo cogían cada uno de un brazo e intentaban arrastrar aquel cuerpo mastodóntico hasta su portal. «Si al menos fuera borracho y delgado», mascullaba Falla cargando con el peso, mientras don Elías iba farfullando su lenguaje incomprensible y basculaba la cabeza de un sitio a otro como si fuera un muñeco roto. Mi abuela cerraba el bar con llave y esperaba a que volviesen, sentada sola en las mesas del comedor.

Pero en aquel invierno, poco después de que muriera Perotti, don Elías dejó de beber tanto. Aquel invierno en el que quedaba con Mágico García a escondidas todas las semanas y el indiano le daba sobres llenos de dinero cerrados con lacre púrpura.

Desde el salón de casa, Cosme llamó por teléfono al bar. Explicó que la nena estaba con él. «No te vi entrar a buscarla». «Había mucha gente, papá». Siempre había mucha gente, y siempre servía como excusa.

Mi madre estaba sentada en el sofá burdeos viendo a su hermano mentir a través del auricular negro.

—Como descubra que atravesaste sola media ciudad para ir a buscarme, papá no me corta el pelo, sino la cabeza —le dijo mi tío volviendo al tono acusador que había sustituido por el silencio—. Te podría haber pasado cualquier cosa. ¿No podías esperar a que volviera al bar?

—Perdón —acertó a decir de nuevo la niña.

A Cosme no se le iba de la mente la cara de conmiseración de la madre de Martín mirando a su hermana en el recibidor. La cara de compasión y extrañeza de todos los Lumpén.

—Y encima con esa bolsa de basura —pronunció mi tío con desprecio sin saber a ciencia cierta si lo decía en alto o se le escapaban las palabras.

—No... no es basura.

—¿Qué?

—Que no es basura. Te lo quería enseñar.

Cosme se quitó la trenca de malos modos, la tiró sobre el sillón y se arrodilló con hastío para hurgar en aquella bolsa húmeda que estaba en el suelo del salón, la que su hermana había arrastrado por la nieve y que él había traído desde casa de Martín. Emanaba un olor a podrido y parecía que estaba llena de periódicos viejos. Al mirar dentro de ella, encontró los almanaques atrasados que sus padres amontonaban en la cocina del bar junto a las mondas de las patatas.

—¿Para qué me traes esto?

—«Atrapa el tiempo» —dijo la pequeña Miguel Strogoff bajando del sofá de un saltito.

TIRADOS SOBRE LA ALFOMBRA, MI MADRE Y COSme fueron sacando uno a uno todos aquellos calendarios con los días de fiesta marcados en rojo. Mirando entre las hojas descubrieron que alrededor de algunos números había un redondel hecho a lápiz y debajo estaban garabateadas palabras con la torpe letra de mi abuela. Correspondían a los cumpleaños de todos los miembros de la familia, y un círculo oscuro de grafito rodeaba el 27 de septiembre, San Cosme. Las páginas estaban acartonadas y pringosas por los restos de fécula, llenas de polvo y del hollín de la cocina.

—Aquí no hay nada —protestó mi tío, que momentáneamente había vuelto a la emoción del Gran Juego.

Le había preguntado a su hermana por qué no había esperado a que él volviese, pero mi madre mascullaba algo sobre que le quería dar una sorpresa y ni siquiera se atrevía a traslucir su desencanto porque no hubiera salido como ella esperaba. Pero ella qué sabía, qué sabía que iba a avergonzarlo en casa de Martín. Pensaba que se alegraría al verla, que estaría orgulloso de que hubiera sorteado los peligros de la ciudad. Mi madre ni siquiera le confesó el miedo que había pasado caminando sola por las calles.

—Espera. —La niña continuaba metiendo la mano en la bolsa, sacando los calendarios, abriéndolos en el suelo y buscando el mes de febrero para ver su cumpleaños marcado por la mano de mi abuela. Cuando lo encontraba, sonreía satisfecha y pasaba a otro.

—Aquí no hay nada —seguía rezongando mi tío.

Hasta que en uno de los últimos almanaques, que correspondía a dos años atrás, encontraron pegado con cinta adhesiva un nuevo sobre escrito en letras góticas. Cosme lo despegó y miró sorprendido a su hermana.

—¿Tú sabías algo de esto?

Mi madre negó con la cabeza meneando su trenza, y casi se le cae la baba de la satisfacción. No lo sabía, pero estaba convencida de que lo encontraría allí.

Muy bien, Cucurucho —decía la nota—. *Si lees esto es que has hallado la primera pieza. No siempre será tan fácil. Yo tuve que reunir cientos de relojes porque no sabía cuál era el apropiado. Ahora te tocará a ti. No va a haber más notas que te digan cuál es el correcto, sólo esta. El resto tendrás que adivinarlo tú. Recoge cuantas más cosas, mejor. Pero sólo una, únicamente una, será la apropiada en cada caso. Será la que te permitirá construir el mapa, este mapa invisible que nos rodea. Tendrás que elegirla al final. Y ten en cuenta que no siempre serán objetos, también pueden ser lugares o seres vivos. Recuerda que todo es posible en el Gran Juego. Incluso hablar contigo después de la muerte.*

Suerte, Cucuruchito, hasta dentro de mucho tiempo no podré volver a saludarte.

—¿Pero cómo… cómo dedujiste que eran los almanaques? —preguntó mi tío con la carta aún temblándole en la mano.

—¿Dedu qué?

—Que cómo lo supiste.

—Ah, me lo dijo Perotti.

—¿Perotti?

—Sí, siempre me decía… —mi madre cerró los ojos y los puños para tratar de concentrarse, recitando las palabras exactas del anciano como si fueran un salmo— que el tiempo sólo se quedaba atrapado en los almanaques y los viejos; era donde se iba acumulando.

—¿Perotti te decía eso?

—Sí, siempre.

Cosme empezó a pasar las hojas del calendario buscando fechas señaladas, alguna rareza, comprobando si aquel año había sido bisiesto. Mi madre, tirada sobre la alfombra, pensaba que si realmente el Gran Juego consistía en ir reuniendo misteriosas piezas, en guardarlas, tal vez sus padres también estuvieran implicados en él.

FALLA ABRIÓ EL ALMANAQUE QUE LE HABÍAN REgalado en la carnicería. Anticipándose a que comenzara el año, buscó el último fin de semana de agosto, marcó la fecha de la fiesta de Villaverde, y lo dejó junto a las llaves inglesas esperando a que acabara diciembre. La ferretería de Falla, que estaba frente al bar de mis abuelos, al lado de la confitería, olía a pesticida, a humedad y a cartón, y era oscura como una cueva llena de murciélagos. Sus ojos cansados encontraban las cosas más por la costumbre que por la vista, y se movía por ella como si fuera un sonámbulo. Detrás del mostrador tenía un mueble de madera con cientos de compartimentos, había cajas de cartón abiertas por toda la tienda, y del techo pendían regaderas, ollas de metal, apeos de labranza y cadenas de hierro.

Falla tenía un físico delgado y retorcido que recordaba a un muelle, y el bigote duro y espeso como un cepillo de barrendero. Era el cómplice silencioso y eficaz de mi abuelo, el tipo de persona que la gente necesita para vivir o para robar un banco. Con bastante frecuencia colgaba en la puerta de su negocio el cartel de «ahora vengo», y cruzaba la calle. A veces iba solamente a echar un vistazo y a asegurarse de que las cosas marchaban bien en el bar. Si mi abuelo le necesitaba para algo, ni siquiera tenía que llamarle; sabía que tarde o temprano aparecería por la puerta con el mandilón gris que usaba en la tienda y un lápiz de carpintero en la oreja. Siempre pedía vino de su tierra y advertía que no le pusieran otro, porque no le haría falta ni siquiera olerlo, ya que tan sólo con el color podría diferenciarlo a un kilómetro de distancia. Aunque sabía que mi abuelo no iba a cometer ningún fraude, necesitaba evidenciar estas dotes que le unían a su tierra. Pero lo cierto era que si le hubiesen puesto un borgoña o un vaso de vinagre oscuro, ni siquiera hubiese notado la diferencia. Falla había abandonado Villaverde de Rioja cuando tenía tres años y nunca había vuelto. Los únicos recuerdos que atesoraba de su pueblo ni siquiera eran suyos, sino inculcados; se limitaban a los relatos que escuchó a sus padres antes de que se quedara huérfano y solo en la nueva ciudad. Un primo lejano le había mandado en unas pascuas una fotografía de la casa en la que nació; las ventanas estaban trancadas con madera y clavos y había un burro delante de ella. Falla tenía la fotografía guardada en el cajón de los tornillos y la miraba de vez en cuando. Ni él mismo sabía cuánto había de verdad en las historias que relataba en el bar sobre su pueblo y sobre las eras, o si existían realmente aquellas personas de las que hablaba familiarmente llamándolas por el apodo. Pero, como le decía mi abuelo descorchando el vino, todos necesitamos una patria.

MI MADRE SE DESPERTABA TEMPRANO LOS DOmingos, más temprano incluso que cuando tenía que ir al colegio. Se quedaba en la cama con los ojos abiertos porque aquella sensación acogedora era mejor que el sueño: escuchar el rumor de la casa, la radio en la cocina, la conversación de sus padres, oler el café y el pan en la sartén. La calidez de las mañanas de los domingos, con sus padres en casa, sin prisa. Levantarse y encontrarlos a los dos, mi abuelo leyendo el periódico, mi abuela planchando las camisas. Cosme que duerme plácidamente sin aprovechar ese momento de calma, de paz en la casa. A veces mi tío también se levantaba pronto y mi abuela se sentaba junto a él en la cocina para verle desayunar, acariciándole el pelo y haciendo que no se daba cuenta de lo mucho que le había crecido.

Los domingos por la mañana olían a limpio y la casa era como la de cualquier familia. Mis abuelos no tenían que abrir el bar hasta las doce, que era la hora en la que terminaba la misa y los parroquianos cambiaban a Dios por el vino. Mi abuela entonces mutaba la casa, cambiaba las sábanas, barría las habitaciones, abría las puertas, ordenaba las cosas y con sus manos encendía el mundo. Alguna de esas mañanas, cuando disfrutaban sentados de la luz que se colaba por las ventanas, mi abuelo se encerraba con mi madre en el comedor y sacaba una caja del armario donde guardaban las copas, las ensaladeras y el costurero. «Esta caja esconde un imperio», le decía a su hija. Le recordaba a mi madre que pasase lo que pasase no le dijera a nadie dónde ocultaban la caja, y que cuando ella y su hermano tuvieran sus propios hijos también deberían enseñársela y contarles. «Hay cosas, nena, que no se deben olvidar, que ni el hambre te haga olvidarlas. Porque de todo se sale. Tu padre lo sabe bien».

Tras encontrar la nota en los almanaques, mi madre se levantó de la alfombra, le pidió a mi tío que la siguiera y le llevó hasta el comedor. Cosme la miró con ternura.

—No, nena. Esto no tiene nada que ver con el Gran Juego. Esto es otra cosa —dijo mi tío cerrando la caja que su padre también llevaba años mostrándole.

La tía Clotilde venía de visita, aproximadamente, cada tres años. Llegaba en el barco sin marearse y bajaba con paso firme al puerto. No se le movía ni una sola pluma. Pagaba generosas propinas para que le llevaran el equipaje porque a Perotti hacía tiempo que le había prohibido hacerlo. Le quería de acompañante y no de mozo.

Se alojaba en el mejor hotel de la ciudad y llenaba su tocador de afeites y polvos de talco. En los salones de té invitaba a su sobrino a pastitas de colores. Le regalaba trajes que luego su madre vendía para comprar acelgas y tabaco de liar.

Cuando el barco se marchaba, y se llevaba al otro lado del océano a aquella mujer maquillada y envuelta en plumas y perlas, Perotti se quedaba esperando.

—Si no te vas a fumar el cigarrillo, mejor me lo das a mí —le dijo Martín Lumpén a mi tío, que llevaba un largo rato chupando la boquilla del pitillo sin encenderlo—. Que es de los americanos, de los de Maruja.

—Ah, sí —contestó Cosme distraídamente prendiendo la cerilla que hacía tiempo sostenía en la mano.

En el cabaret El Suizo debutaba por octava vez consecutiva Manolín Pi, el camarero cojo llevaba una bandeja de huevos cocidos con pimentón y en algunas mesas estaban pidiendo barajas francesas. De vez en cuando entraban pintorescos personajes que se dirigían con mucho sigilo hacia la cocina del local. Era allí donde se celebraban las verdaderas tertulias. Junto a los fogones de Pilar, la viuda de Olivier Walser, se juntaban los pintores y los poetas para sintonizar la Pirenaica en un transistor que sacaban de debajo del fregadero.

Martín y mi tío se habían pedido dos vasos de Peppermint, que era lo que mejor quitaba el aliento a tabaco y a licor. Manolín Pi cantaba sin éxito una canción sobre abanicos y violetas.

—Martín —dijo mi tío mirando cómo se consumía el fósforo entre sus dedos—, ¿tú qué entiendes por un tesoro?

—¿Por un tesoro? Qué sé yo… ¿un cofre lleno de monedas de oro?

—Sí, eso mismo pensaba yo —contestó mi tío apagando la cerilla de un soplido.

—Joder, Cosme, qué rarito andas últimamente.

MI TÍO LLEGÓ A CASA Y ENCENDIÓ LA LUZ DEL flexo. Bajo aquel pequeño foco dispuso encima del escritorio todas las notas que habían recibido sobre el Gran Juego con la escrupulosidad de un ingeniero que repasa los planos de un túnel. Acalorado por la bebida, se desnudó en la silla, dejándose únicamente la camiseta blanca de tirantes que llevaba bajo la ropa.

Cosme lo había sabido desde el día en que empezó a nevar, cuando recibieron en el buzón la primera nota y la leyeron en el portal. Al principio sospechó que también podía tratarse de una broma. Sin embargo sabía demasiado sobre el viejo y, además, les había dado las llaves. Tenía que ser cosa del propio Perotti.

Perotti era un anciano chalado. Decían que un excéntrico. Un carcamal que sólo conversaba con una niña en un bar. Después de su muerte, por la calle La Luna corrieron durante días las habladurías sobre la fortuna de aquel viejo venerable; nadie sabía a ciencia cierta dónde había ido a parar. Don Elías repetía constantemente que la apertura de su buhardilla era lo único que venía estipulado en el testamento. Pero aquel dinero tenía que estar en algún sitio. Mi tío estaba convencido de que las pistas les conducirían a él.

Cosme sabía mejor que nadie que cada fórmula tiene su desglose y cada código su clave. Entendió que mi madre era la descodificación del criptograma. La niña memoriosa custodiaba en su interior las palabras que Perotti le había dicho durante años, y que ella sabía y repetía aunque no llegara a entenderlas realmente hasta mucho tiempo después, pero ahí habían quedado, como el poso del café, refugiadas en su infancia aguardando a la adulta que sería. Quién le conocía mejor que la niña o cuánto le conocía ella. Eso, barruntaba Cosme, era la verdadera prueba. Lo más probable era que el anciano solitario hubiera querido probar a sus herederos, comprobar si mi madre sería digna de aquel legado. Tal vez otros también estuvieran recibiendo pistas, otros corriendo contra ellos en aquella búsqueda.

Alguien les espiaba. Alguien conocía sus movimientos y podía colarse en el bar, en su portal, en la cartera de su hermana. Alguien cercano. O tal vez alguien enemigo. O tal vez alguien neutral. Por eso no le había dicho nada ni siquiera a Martín; no porque no confiara en su amigo, sino porque temía que si guardar el secreto, como bien habían recalcado las notas, era una de las pruebas, el desvelarlo supondría romper con el pacto y perder la partida. Alguien podría averiguar ese paso en falso.

Sin embargo, cuando había entrado en la buhardilla de Perotti, cuando había estado allí a solas con su hermana rodeado de todos aquellos artilugios recopilados con paciencia y tiempo, mi tío tuvo una extraña sensación y se preguntó, por primera vez, si el Gran Juego sería la trastada de un anciano estrafalario o si se trataría de otra cosa.

Marga entró al bar de la calle La Luna con sus piernas largas, su uniforme rosa y el pelo recogido detrás de las orejas. Entró tiritando, con los brazos manchados de nieve, azúcar y harina. Era la hija de Falla, y le unía a él la sangre, la delgadez y una nariz picuda y voluminosa. Como el ferretero consideraba que su negocio no era el apropiado para una mujer, había metido a su hija de aprendiz en la tienda de al lado, cuyos dueños le debían algunos favores. Por eso, aunque Marga fuera joven, ya llevaba muchos años tras el mostrador de la confitería. Casi desde el día que logró verse entera en el espejo del baño sin necesidad de subirse a una silla.

Mi madre había conseguido coger esa tarde la mesa de Perotti. Después de inspeccionarla por si a su amigo le daba por aparecer otra vez por allí, se sentó a intentar colorear unos dibujos sin salirse de la raya. Y hubiera sido más fácil si aquellos dibujos se hubieran estado quietos. «No os mováis —les susurraba mi madre—, que si no, me riñe la maestra».

—Hola —le dijo Marga acariciándole el pelo.

—Hola.

—A la confitería nos han mandado una carta para ti.

—¿De Perotti?

—No, hija, creo que no. No sé de quién es pero trae tu nombre.

Marga le dio a mi madre un sobre con letras góticas que le era conocido.

—Y esto es de mi parte —le dijo en voz baja la pastelera mientras se sacaba un paquetito del mandil y lo posaba casi a escondidas en el regazo de mi madre.

Cuando la niña lo abrió se encontró con una enorme bomba de limón cubierta de azúcar. De repente, a mi mamá se le ocurrió que en el interior del pastel había un reloj. O una llave. O una canica de cristal. El Gran juego le había empezado a hacer ver cosas donde no las había porque en cualquier sitio podría encontrarlas. Por si acaso, comió la bomba de limón con mucho cuidado.

Aquella noche, en la habitación de Cosme, mi madre sostenía el papel en la mano y le daba vueltas.

—Entonces, ¿no te dice nada esa palabra? —dijo mi tío sentado en la cama comiendo pipas—. Algo que te contara Perotti… algo que te cantara.

La niña negó con la cabeza.

—Perotti no cantaba.

Mi madre volvió a leer en alto el escueto contenido de la carta: *Música*. Y encogió los hombros.

—¿Qué te dice a ti, Cosme?

Pero su hermano no le contestó, y continuó mordiendo las cáscaras con la mirada perdida. A mi tío Cosme, que era fan de los Beatles y podía silbar casi cualquier melodía, sólo se le venía una palabra a la cabeza: Gabriela.

MI ABUELO SIEMPRE SE FIO DEL GUSTO DE LOS estudiantes, aquella tribu de gafas redondas y trencas azul marino. A pesar de que el bar de la calle La Luna fuera antiguo, con humedades en las paredes, y estuviera lleno de viejos y trabajadores, los universitarios acudían en tropel después de las clases, se acomodaban en la barra y, de vez en cuando discutían con los indianos o con los empleados de la imprenta. Era a los estudiantes a los que mi abuelo siempre daba a probar primero su vermú y sus manchados. Se los ofrecía a precio ridículo y se quedaba quieto mirando para ellos, esperando su veredicto. Quería saber si resultaban sus dotes de alquimista. Las tardes de prueba en la calle La Luna eran famosas en todas las aulas de la universidad. Para mi tío Cosme, sin embargo, estaban prohibidas. Su padre le daba mostos y le miraba con ferocidad ante cualquier gesto de queja. Así que Cosme, acostumbrado como estaba a ser el chiquillo de los pantalones cortos en el bar, brindaba burlonamente con sus compañeros, y esperaba que el jefe se diera la vuelta para que le dejaran robar un trago.

Mi abuelo confiaba en la opinión de los estudiantes, en parte porque la juventud poseía algo de lo que el resto carecía pero siempre quería tener, en parte porque eran listos y el que es listo lo es para todo, y en parte porque fue un universitario el que muchos años antes le había traído la suerte. Y mi abuelo siempre fue muy supersticioso.

Los estudiantes probaban aquella tarde un nuevo combinado que mi abuelo pensaba servir. Habían entrado en el bar todos en grupo con las trencas abrochadas. Venían de un pase de un ciclo de neorrealismo italiano que daban en el cine Capitol.

—¿Tú has entendido algo? —se decían entre ellos.

—Nada.

—¿Vamos a la próxima?

—Al estreno como un clavo.

—¿Y crees que la vamos a entender?

—Ni idea. Pero aquello está lleno de chicas que piensan que las entendemos.

—Mira, por allí viene el Cosme. A ver si nos la explica.

Mi tío les solía contar a sus amigos de qué pensaba que trataban las películas que acababan de ver, pero lo hacía de forma interrumpida, callando cada vez que aparecía mi abuelo por aquel extremo de la barra, para que su padre no se enterara que había ido otra vez al cine y no le tuviera que justificar de dónde había sacado el dinero. Y si no las explicaba Cosme, las explicaba Martín. Mucho menos preciso, pero bastante más espectacular en el relato. Aunque era extraño ver por allí a esas horas al menor de los Lumpén; solía quedarse hablando a la puerta del cine con aquellas chicas de jerséis vueltos por las que iban a ver las películas de Passolini.

Aunque a mi tío verdaderamente le gustase el neorrealismo italiano, como años más tarde demostraría incluyendo todos aquellos títulos en su colección de vídeos y visionándolos con añoranza, prefería las tardes de domingo, cuando iba al Capitól solamente con Martín y luego se marchaban a casa de este a oír silbar al Peter, a comentar la película y hablar de mujeres. Mi tío sabía perfectamente que los únicos acercamientos que había tenido Martín con las chicas se reducían a un par de besos sin lengua y el roce áspero de aquellas faldas de cuadros. Lo cual ya era bastante más de lo que había tenido mi tío. Cosme sonreía a las chicas, les miraba los pechos embutidos en los jerséis, y luego se marchaba silbando.

Lo cierto era que mi tío Cosme siempre supo que no podría compartir el corazón, el pan y la música con otra que no fuera Gabriela. Aunque no se lo dijera a nadie, y mucho menos a ella. Al menos de momento. Seducir a Gabriela era una tarea que a mi tío le daba vagancia y miedo. Era difícil y muy costoso conquistarla; la mayoría de las mujeres tenían menos recovecos que aquella. Constituía un quehacer al que había que dedicarle mucho tiempo y estar muy preparado, porque debía ser definitivo, y si fracasaba, mi tío temía que jamás pudiese recuperarse de aquel rechazo o que no hubiera espacio para una nueva tentativa. Como pensaba pasar con ella la vida entera, intentar que Gabriela le quisiera era algo que dejaba para más tarde; era un deseo a largo plazo. Una ecuación escrita en una gran pizarra que llevaba años mirando, ante la que se sentaba en una silla pequeña y, de vez en cuando, tomaba apuntes, la desglosaba, analizaba una por una todas sus partes y garabateaba supuestos en una libreta, pero nunca cogía la tiza.

Además, todo era mucho más complicado. Porquc Gabriela, era Gabriela Lumpén.

Mi tío Cosme la conoció siendo niño. A Gabriela, digo. Era la hermana gemela de Martín. Habían nacido abrazados y esa había sido casi la última caricia que se habían dedicado el uno al otro. Los gemelos Lumpén habían crecido ignorándose a pesar de que no hubiera ningún rencor entre ellos. Simplemente no se interesaban. Cada uno tenía su propia habitación y nunca sintieron la necesidad de mirarse en aquella otra persona que les devolvía una imagen de espejo. Compartían los mismos ojos oscuros, las pecas en la nariz, los huesos como de aire y ese gesto en la boca que nos hace a cada uno irrepetibles; los dos gemelos sonreían con las comisuras hacia abajo. Pero a Gabriela le gustaba la soledad y Martín prefería el bullicio. Gabriela buscaba los silencios en el despacho con su padre y Martín jugaba a las cartas con su madre en el salón. Martín dormía larga siestas y a Gabriela tenían que darle leche caliente para que pudiera conciliar el sueño. A la hora de comer, cada uno se sentaba en el extremo opuesto de la mesa y no cruzaban palabra. Cuando la una quería pan, el otro necesitaba agua. Ni para discutir se encontraban. Sólo hubo una cosa que durante un tiempo compartieron: a mi tío Cosme.

La primera vez que mi tío fue a jugar de niño a la casa de los Lumpén, vio a través de una puerta entreabierta a Gabriela frente al espejo del armario probándose la ropa de su madre. Se había puesto unos zapatos de tacón que le quedaban enormes, una pamela que le cubría la cabeza y los ojos, una blusa de flores que le servía de vestido y un collar de perlas que arrastraba hasta el suelo. Mi tío le preguntó a Martín que quién era aquella mujer pequeña.

Un día Gabriela apareció con su pulcro cuaderno de sumas por el cuarto de Martín. Sin decir nada, le señaló a Cosme una multiplicación de su libreta. Mi tío le explicó. Mi tío se sintió importante. A partir de ese momento empezó a alternar a los gemelos porque a ellos no les gustaba estar juntos. Cada tarde se aseguraba de entrar en la habitación de Gabriela por si necesitaba cualquier cosa. Ella le indicaba con el dedo las dudas que tuviera, sin darle nunca las gracias por esta ayuda. Cuando jugaban al escondite, y Martín se quedaba dormido en la caja del reloj o tras el sofá, Cosme y Gabriela trotaban juntos por aquella casa enorme y se metían debajo de las camas para hacerse cosquillas y buscar las trampas de los ratones.

Los Lumpén habían comprado el piano del salón para Gabriela. Cuando empezó a estudiar las partituras, Cosme ya no pudo ayudarla. Ella le enseñó a mi tío los distintos nombres de las notas y qué tecla le correspondía a cada una. Cosme le decía que los fabricantes de pianos no eran muy listos, porque si cada tecla sonaba distinta, no sabía por qué las hacían todas iguales. La niña le miraba con desdén y resoplaba.

Gabriela solía vestirse de fiesta y sentarse en la banqueta del piano a mirar por la ventana, como esperando a que alguien viniese a llevarla de viaje. Para estas ocasiones se ponía en el pelo los prendedores de su madre, uno a cada lado de la cabeza. Uno de estos prendedores era el que guardaba mi tío debajo de la almohada. Se lo había ganado a Gabriela en una partida de cartas. Ella se lo desprendió del pelo y le dijo que no lo viera como un trofeo, porque si no quisiera no se lo daba, así que lo tomase como un regalo.

Los vecinos pensaron durante un tiempo que Martín, Gabriela y mi tío Cosme eran trillizos. Los tres tenían la misma edad, la misma altura, los mismos huesos, el mismo color de pelo y ojos; sólo les diferenciaba el gesto de la boca. Sin embargo, mi tío jamás encontró ningún parecido entre Martín y Gabriela, ni entre Gabriela y él mismo. Así de distinta la veía.

Cosme no sabía cómo o cuándo había empezado, ni siquiera por qué. Sólo sabía que había sido poco a poco, sin que nada lo desencadenara. Gabriela y mi tío se fueron distanciando a pasos lentos. Como si el ir creciendo fuese incompatible con seguir conservando la confianza que tenían de niños. Ella fue borrando todo lo que les unía con aquella capacidad innata que tenía para volver invisibles las cosas. Cuando se encontraban por la calle, Gabriela le saludaba distraídamente y así también lo hacía mi tío, sin pararse a hablar y bajando la cabeza, por puro rubor. Las tardes de domingo, cuando Martín y él llegaban del cine y se topaba por la casa con Gabriela, ella le preguntaba cortésmente si le había gustado la película. Entre los dos comenzó a labrarse un silencio denso. Un silencio lleno de cosas. Lentamente Gabriela se convirtió en aquel sonido de piano que Cosme escuchaba desde la habitación de su amigo, en un fantasma de sombras bajo las puertas y pisadas en el pasillo. Mi tío soñaba cada noche con las paredes de aquella casa; soñaba que al fin las paredes se deshacían y nada le impedía verla.

Gabriela siempre fue la lejana. Era una condición que guardaba desde niña y que continuó creciendo con ella. No se le conocían gestos de cariño, ni ninguna amiga, ni ninguna inflexión en la voz. Era una pianista perfecta que jamás desafinaba. Se paseaba con la cabeza alta, como si nunca le molestara el viento. Mi tío Cosme no tenía pistas para conquistar a aquella chica infranqueable; únicamente sabía que una vez, hacía muchos años, en la infancia, él había estado allí, del otro lado, junto a ella. Cada día se preguntaba qué sería lo que tenía que hacer para volver a dar aquel salto.

Pero había una persona con la que Gabriela no mantenía su distancia. Cuando su hermano mayor, Guillermo, entraba por la puerta del salón, ella no paraba de tocar como hacía con los otros. Compartía la música con él. Por las mañanas, se levantaban a la vez para leer el periódico durante el desayuno y comentar los artículos de Guillermo. Iban juntos a los conciertos cogidos del brazo. Había algo entre ellos dos, además de la frialdad y la elegancia de cisnes que compartían, además de aquel aire orgulloso y selecto, como si jamás se quitaran un abrigo de fiesta lleno de blasones. Entre ellos reinaba una serie de tácitos pactos, una complicidad hermética. Una relación que sin embargo no había sido inmediata, sino que se había cuajado con el tiempo. Guillermo comenzó a prestar atención a Gabriela con los años, al descubrir que crecía de forma interesante, probablemente muy parecida a la suya. Coincidió con la etapa en la que Gabriela y Cosme empezaron a alejarse. También fue cuando mi tío empezó a sentir que Guillermo, cuando le topaba por los pasillos de casa, le miraba de forma desafiante, como si le estuviera diciendo que el tiempo pone las cosas en su sitio, a cada persona en su escalón y a cada título en su escudo. Por eso Guillermo Lumpén era una de las personas que más detestaba en el mundo mi tío Cosme. Porque la primera vez que de niño vio a aquella mujer pequeña mirándose frente a un espejo, comprendió que era su futuro, que se pertenecían, que él no sería nunca más sin ella. Y eso era algo que jamás iba a permitir que nadie le robase, por muchos escalones que les separaran.

Las calles están llenas de música. Eso lo descubrió mi madre aquella tarde paseando con Cosme de la mano. La niña la escuchaba en todas partes. Una cancioncilla tarareada por alguien que camina entre la multitud, el sonido de una radio que sale de una tienda de medias, un cartel pegado en unos grandes almacenes anunciando una ópera, el acordeón de un ciego sentado en un banco. Mi madre lo miraba todo con ojos caleidoscópicos, y tiritaba, y sacaba la lengua para que cayeran en ella los copos de hielo. Cosme trataba de meterla bajo el paraguas y le ajustaba la bufanda. El mundo sonaba. El mundo era una caja de música y nieve.

Mi madre trataba de inspeccionarlo todo como un sabueso. Llevaban dos tardes dando vueltas por la ciudad, tratando de desvelar el mapa invisible y la pista. La niña parloteaba constantemente diciendo cosas imposibles, señalando con las manoplas, porque para ella todo eran indicios. Cuando a mi madre le dolían los pies y el frío le tiraba de la piel decía: «Cosme, ya», y mi tío asentía.

Los dos iban de puntillas hasta el edificio de Perotti, miraban a ambos lados de la calle antes de entrar en el portal, y subían corriendo los cinco pisos. A mi madre le solía entrar el flato y la mitad de las veces tropezaba con algún escalón. Cuando se metían en la buhardilla, y cerraban rápidamente la puerta, se sentían a salvo. Todo aquel calor burbujeante, aquel disparate de artilugios rodeándoles.

Habían establecido unas normas mínimas para la búsqueda. Resolvieron compartir todo lo que se les ocurriera y, sobre todo, fijarse horarios para buscarlos los dos juntos. Mi tío prohibió a su hermana que hiciese cualquier locura como la de volver a escaparse del bar y que nunca iría a ningún sitio sin su compañía. Le obligó a decir lo juro, lo juro, lo juro y a besarse los dedos en forma de cruz. A mi madre se le ocurrió que no podían repetir nada de lo que ya estaba encontrado, y su hermano la miró con asombro porque le pareció una medida muy inteligente. Para asegurarse de no repetir nada, iban cada poco a la buhardilla de Perotti a mirar su colección.

Cosme decidió dejar que su hermana revolviese todo cuanto ella quisiera. En el fondo, a él también le gustaba explorar en aquel pequeño mundo. Cada vez encontraba más satisfacción abriendo baúles y armarios, husmeando entre los objetos de las estanterías, tocando las máquinas de escribir, los telescopios, el ventilador redondo y las bicicletas de alambre.

En la buhardilla fueron descartando objetos. Perotti ya tenía gramófonos, violines, y partituras. La música que les pedía debía estar en otra parte.

Habían formado un círculo en el suelo con todos estos objetos musicales que el anciano tenía escondidos en las estanterías. Cosme también encontró un disco antiguo. Lo sacó con cuidado de su envoltorio de papel, le sopló el polvo, apartó la aguja de la gramola y lo hizo girar. Por la trompeta, aquella especie de flor gigante de madera, comenzó a salir un sonido crujiente y lejano, como si lo estuvieran escuchando a través de una caracola marina. Una mujer cantaba en francés una melodía dulce. Se oía de forma grumosa, parecía que el polvo también se había colado en el sonido.

—Tiene que ser otra cosa —dijo mi tío acariciándose la barbilla—. Algo que tenga que ver con Perotti... algo que tenga que ver contigo.

Mi madre encogió los hombros, absorta como estaba en ver el disco dando vueltas. Ya le había dicho que Perotti no cantaba y, que ella recordara, jamás le habló de ninguna canción, de ningún instrumento, de ningún músico. Se lo había repetido a su hermano mil veces. Por eso Cosme pensó que si la clave no era el viejo, debía de ser su hermana.

—Escúchame, y concéntrate. ¿No hay nada, nadie, ningún lugar que te recuerde la música?

Mi madre comenzó a mordisquearse un dedo.

—Sí…

—¿El qué?

—Tú.

El disco dejó de girar y la aguja del gramófono volvió a su sitio.

HABÍAN METIDO EL VIEJO ALMANAQUE DEBAJO de la cama de mi madre porque mi abuela creía que junto a los niños pequeños no crecía el polvo. Así que esa era la única parte de la casa que nunca barría y que permanecía a salvo de su supervisión de los domingos. Mi madre y mi tío decidieron seguir guardando allí todas las pistas del Gran Juego.

Los dos se arrodillaron en el suelo de la habitación, levantaron la colcha y metieron junto al calendario un papel en el que habían escrito: «Cosme». Mi madre escuchaba constantemente aquella música en inglés que salía del cuarto de su hermano, le oía silbar de camino a casa o al colegio, en el bar, haciendo cualquier tarea absurda; le oía silbar siempre. Para mi madre, Cosme era su cajita de música. Mi tío acarició la cabeza de la niña. Sonrió pensando que los dos recordaban una persona cuando escuchaban la palabra música. No había imaginado que estaba dejando esa huella en su hermana. Probablemente Perotti lo sabía. Y por qué no. Por qué no iba a ser él parte del Gran Juego, por qué no iba a ser él una pieza del puzzle. O por qué sí. Ninguna cruz les marcaba lo correcto.

Bajaron la colcha y taparon su escondrijo.

—Espero que lo hayamos hecho todo bien —murmuró mi tío.

Mi madre asintió.

—¿Pero qué estáis haciendo despiertos a estas horas?

Mi abuela entró en la habitación de repente y casi les da un infarto a sus hijos, que estaban arrodillados junto a la cama.

—Mamá, ¿cómo es que ya estás aquí? —preguntó Cosme agarrándose el corazón.

—Me ha acompañado Falla. Tu padre se ha quedado decorando. ¿Y vosotros? ¿Está mala la nena?

Los dos habían estado tan ocupados que no se dieron cuenta que llegaba la Navidad.

MI ABUELO, COMO PRIMER REGALO DE PAScua, mandaba a su mujer a casa más temprano, se quedaba solo mezclando los licores y engalanaba el bar para darle al día siguiente una sorpresa. Era poco el asombro, ya que cada año ponía exactamente los mismos adornos. El auténtico regalo era la excusa de la decoración para que ella pudiese marcharse antes. Junto a los baños, mi abuelo colocaba, en una maceta forrada con papel de plata, un arbolito escuálido con bolas doradas y pedazos de algodón que simulaban la nieve. Colgaba espumillón enmohecido de las estanterías con botellas que tenía tras la barra y colocaba en cada mesa un plato con peladillas. Estos humildes y apagados adornos le daban a aquel bar enorme un aire decadente y desgraciado, como una vieja desdentada que se maquilla para un día de fiesta. A mi madre lo que más le gustaba eran los enormes tarros de frutas escarchadas que colocaba sobre el mostrador. Sobre todo los botes de melocotones, que parecían gigantes tras el cristal. Le encantaba verlos flotando en almíbar, redondos y amarillos como soles.

—Jefe, este año puedes ahorrarte el algodón, que nieve ya tenemos fuera bastante —decían riendo los parroquianos mientras pedían en la barra décimos para el sorteo del Niño.

Mi abuelo suspiraba pensando que si seguía aquel tiempo no tendrían buen pescado para las fiestas y tal vez no llegaran a tiempo los camiones de reparto.

Ausencia no se enteró de que don Elías estaba en el bar hasta que este le chistó. Estaba agazapado, todo lo que su enorme cuerpo le permitía, en el altillo donde servían las comidas y que a esas horas aún permanecía a oscuras.

—Qué sitio más raro escoge usted para ponerse. Aquí metido parece un búho.

No tardó en llegar Mágico García, con su traje claro, ajeno a ese mundo de nieve. Llevaba bajo el brazo el bastón donde escondía el mejor licor del mundo. Subió los tres escalones para refugiarse con don Elías en la sombras.

—Aquí le traigo el desayuno —dijo García acariciando la empuñadura en forma de cacatúa.

—Espero que me traigas algo más.

El indiano se sacó del bolsillo interior de la chaqueta un sobre cerrado con lacre púrpura que puso sobre la mesa. Don Elías, nervioso, lo cogió rápidamente con sus dedos gordos y lo metió en el pantalón.

—Dentro está lo convenido. Ahora espero que usted cumpla con su parte del trato.

El abogado asintió.

—Para los negocios, querido Elías, lo más importante es ser paciente. Cuando alguien no te quiere vender, espera, que ya vendrá otro que venda. La muerte resulta buena compañera, es muy cumplidora, siempre llega.

Mágico García, aquel hombre de barba blanca, ojos cristalinos y mofletes rosados, cuando sonreía enseñaba dientes de oro, piezas de otros que le habían ensortijado la boca.

MI TÍO COSME, ALGUNAS TARDES, SOLÍA ESCAbullirse de la calle La Luna. Dejaba a Martín enredado con los otros en alguna conversación, y se marchaba silbando con un puñado de pipas y un paquete de cigarrillos en el bolsillo de la trenca.

Cuando las campanas de la catedral tocaban la hora en punto, por la puerta del conservatorio salía Gabriela Lumpén. Parecía que tenía un metrónomo cosido al pecho, porque se movía con un compás constante, y con sus pasos afinaba el mundo y las aceras. A veces salía con alguna compañera, hablando de forma distante sobre cualquier cosa sin importancia. Pero la mayoría de las ocasiones salía sola del conservatorio.

Gabriela se preguntaba a menudo por qué en el banco que se topaba de camino a casa solía haber colillas y cáscaras de pipas.

EN LA PUERTA DEL COLEGIO LAS NIÑAS SE DESPEDÍAN hasta el año siguiente, y sus madres, sacando plátanos y queso en porciones de las bolsas de tela de la merienda, hablaban entre ellas y se contaban dónde pasarían las fiestas. Mi madre, sola junto al semáforo, las miraba de reojo. Cosme no podía ir a recogerla porque el horario le coincidía con sus clases. La niña se sabía de memoria el camino del colegio hasta el bar, incluso tenía contados los pasos. Era la única ruta que conocía. La hacía caminando con la cabeza baja para que nadie le hablara, por aquel temor a los desconocidos que le habían inculcado. Mi abuela solía mirar el reloj que tenían en la cocina de la calle La Luna para saber el momento exacto en el que su hija estaba regresando; ella también contaba los pasos para sus adentros.

Los coches rojos tenían nieve en los techos y mi madre caminaba por los pasos de cebra llenos del resbaladizo hielo con un gorro de lana que le cubría las cejas. Cosme le había dicho que ahora tendrían más tiempo para el Gran Juego. Más tiempo para la ciudad invisible y la buhardilla. Por eso no se había despedido con pena de su pupitre, que se había quedado en el aula solo y a oscuras. Mi madre se preguntó si Perotti también estaría así bajo la tierra.

La niña iba mirando las papeleras por si se encontraba dentro con trombones, directores de orquesta o nuevas pistas. Se paró un momento frente al escaparate de Almacenes Navarro. Ya lo habían decorado con juguetes. Mi madre pegó la nariz contra el cristal para ver las bicicletas, los trenes y las muñecas. Sobre todo las muñecas. Muñecas que se parecían a niñas y tenían caras de plástico rosado que imitaban a la carne. Allí dentro estaba otra vez la exposición de muñecas vestidas con los trajes regionales de cada comunidad. Su favorita era la de las Islas Canarias, por el gorrito y la falda de colores. Mi madre estrujaba la cara contra el escaparate mirando la muñeca y dejaba el cristal lleno de saliva. Era lo único que cada año escribía en su carta a los Reyes Magos y cada año mi abuelo le decía lo mismo: «Esa muñequita es muy cara para los Reyes, que tienen mucho que comprar para todos los niños del mundo». Por eso a mi madre los Reyes Magos nunca le parecieron tan magos.

LA NAVIDAD ERA LA PEOR ÉPOCA DEL AÑO PARA MI abuela. Estaba furiosa, refunfuñaba entre los fogones, no dejaba de decir lo cansada que estaba, suspiraba revolviendo la sopa de marisco y, de puro despiste, se le clavaban las espinas de rodaballo entre las uñas. A mi abuelo, sin embargo, le gustaban estas fechas. Era época de trabajo y alegría. Abundaban en el bar las comidas de las empresas, donde corría vino y sidra dulce, mientras los empleados se desanudaban las corbatas y se dejaban invitar por los jefes. Ausencia trataba de esquivar los azotes en las nalgas que solían atizarle haciendo que se le cayeran los vasos de la bandeja. Le dejaban buenas propinas por los vasos rotos, la generosidad de las fiestas y por su culo respingón.

Venían maridos y mujeres a felicitar al concejal Riera y le traían riestras de chorizos, botellas de licor de guindas, y gallinas metidas en cestas de mimbre que cacareaban creando un espectáculo y que él escondía debajo de la mesa y trataba de acallar a patadas mientras jugaba la partida. A don

Elías y al doctor Ángel Mones también solían llevarles al bar turrones, mazapanes y tartas de yema. Mientras el abogado abría los brazos sonriendo y recibía con gusto los agradecimientos y las viandas, el médico afirmaba que no era más que su trabajo y les rechazaba los regalos con su gesto duro y frío, como de bisturí. Al final se rendía, aceptaba y daba los buenos días. «Se pensarán que voy a dejarles morir si no me traen polvorones», decía cínicamente, mientras apartaba los dulces, las botellas, pisoteaba a la gallina y barajaba las cartas.

En esas fechas, don Olegario entraba más veces en el bar alzando los brazos, gritando que al fin Fidel se iba, pidiéndole a mi abuelo que mantuviera frías las botellas de champán e invitando al mejor licor que hubiera en la casa. Decía algo sobre burlar el destino y le guiñaba un ojo a mi abuelo.

En la barra se arremolinaban con sus maletas las personas que esperaban el autobús para regresar a casa, y entre ellas, hablaban del pueblo.

Y cada Navidad llegaba el paseo de mi madre con Perotti.

Después de beberse su botellita de vino blanco, el viejo se arreglaba la chaqueta y sacaba el reloj del bolsillo para comprobar que estaba en hora. Procuraba acicalarse mucho ese día.

—Maestro —le decía a mi abuelo.

Este, tras la barra, asentía con la cabeza dando permiso.

Perotti y mi madre salían del bar cogidos de la mano.

El viejo y la niña caminaban despacito. Perotti hacía un alto en el camino para comprarle pasteles a mi madre y seguían su rumbo. Tardaban horas en llegar hasta el salón de limpiabotas. El anciano cogía como podía a la niña y la ayudaba a subirse a las altas sillas. Mi madre se divertía mientras le limpiaban los zapatos y se reía porque le hacían cosquillas. Luego se miraba los pies resplandecientes y sonreía. Los limpiabotas se quitaban las gorras para saludar a Perotti y Perotti, ante ellos, se sacaba el sombrero. Con la cabeza desnuda les iba dando el aguinaldo, billetes que extraía de la cartera. «Si alguna vez quieres saber algo, pregúntaselo a un limpiabotas —le decía siempre a mi madre—. La gente piensa que no están, pero están y lo oyen todo. Son los invisibles, Cucuruchito. Muchas veces tiene más poder un limpiabotas que el director de un banco». Después, mi madre y Perotti volvían pasito a pasito hasta el bar.

En la calle seguía nevando. Dos hombres apoyaban una escalera en una farola y colgaban de un extremo a otro de la acera una hilera de bombillas de colores. Mi madre los miraba desde la puerta del bar. Aquella Navidad en que no paraba de nevar, con los zapatos sucios y sin su mejor amigo, mi madre trataba de descubrir un gran secreto.

CUANDO FALTABA POCO PARA NOCHEBUENA, encontraron una nueva pista. Al día siguiente mi tío Cosme pasó más miedo que en toda su vida.

Por la calle La Luna solía parar un muchacho que era habitual, al igual que era habitual en todos los bares. En todos encontraba cobijo y tertulia. Ese tipo de gente que va con un atillo y deshace el nudo y se planta y hace casa en cualquier sitio. Cuando entraba por la puerta no había un minuto de silencio. Iba sentándose en las mesas, hablando con unos y con otros, bebiendo de vasos que no eran los suyos. Parloteaba de libros y pintura, hacía garabatos en las servilletas y susurraba algo sobre el alma de las cosas. Tenía manos huesudas, aspecto de grillo y la ropa siempre manchada de la ceniza que le caía de los cigarros. Era alto, desgarbado, flaco y miope. Se llamaba Ulises y su padre era librero.

A veces llegaba a primera hora de la mañana, cuando el bar aún se estaba desperezando. Traía los ojos rojos bajo las gafas, el aliento de la noche en vela, y el aspecto despistado del que cruza una calle y se encuentra de repente al otro lado del mundo. En pocas horas tenía que ir con su padre y su hermano a abrir la librería. Mi abuelo, por amistad con su familia, le acogía e intentaba recomponerlo. Le mandaba a una pequeña mesa, coja y sin mantel, que había en el fondo y Ausencia le llevaba un tazón de café negro y unas sopas de ajo. Esa mesa estaba prácticamente reservada para Ulises, y mi abuelo la hubiese tirado si no hubiera sido por él. Entre cucharada y cucharada de sopa, Ulises hurgaba en su chaqueta raída y sacaba sus lápices. Mientras comía, dibujaba sobre la mesa. Pintarrajeaba en ella estrellas y diablos y canicas y pájaros y ojos y bocas y palabras y gatos. Cuando iba a pagar su desayuno y hacía el amago de meter la mano en la cartera que todo el mundo sabía que traía vacía, mi abuelo se lo impedía. «No te preocupes que ya me cobraré. Algún día venderé esa mesa a un museo. Lávate un poco en el baño y corre a la librería, que tu padre te estará esperando». «¡Vivan los hombres sabios!», le decía Ulises guiñándole un ojo. Y se iba sonriendo con las manos metidas en los bolsillos, intentando llegar a la librería y que nada le distrajera por el camino.

Ulises era uno de esos muchachos con barba pobre y abrigo barato que con mucho sigilo entraban en la cocina de El Suizo para celebrar tertulias nocturnas con los poetas escuchando la

Pirenaica en la radio que sacaban de debajo del fregadero. Con Martín y Cosme solía salir muchas veces. Se quedaban hablando en la barra de la calle La Luna, y luego continuaban la conversación en cualquier otro antro que abriera hasta más tarde y donde sirvieran alcohol al peso. De vez en cuando les invitaba a un cine club que había montado en un almacén de vino abandonado en lo alto de la ciudad, en el que, a parte de ver películas, leían poemas y hablaban de mujeres. Mi tío aceptaba a regañadientes estas invitaciones. Mientras que a Martín le encantaba estar con Ulises, Cosme se sentía incómodo ante él. Ulises era esa clase de personas que mi tío no era, aunque le gustaría ser pero sabía que nunca sería. Esa clase de personas junto a la que es peligroso estar porque te puede atacar la envidia o la tristeza. Pero en el fondo mi tío no podía evitar la alegría de encontrárselo en los cines Capitol y que Ulises le pasara el brazo por encima de los hombros y se lo llevara a un café para comentar la película, o tomar copas con él y hacer la noche más larga. Le gustaba estar con Ulises de la misma forma que, de vez en cuando, le gustaba abrir un buen libro.

Cosme aún no había llegado de su última clase antes de las vacaciones y mi madre deambulaba por el bar esperándole. Se arrodilló para jugar con la gallina que estaba dentro de la cesta de mimbre, pero el concejal Riera la sacó de debajo de la mesa y le dijo que tuviera cuidado porque la gallina le podía dar un buen picotazo y dejarla sin dedos. Mi madre se marchó cabizbaja. Realmente no quería jugar con la gallina; lo que quería era rescatarla. Ulises se sentó con ella y trató de entretenerla haciéndole unos torpes juegos de magia. Consiguió que mi madre se riera mucho. A ella le gustaba el hijo del librero.

—Yo también sé hacer magia —le dijo la niña.

—¿Sí? ¿Y qué es lo que sabes hacer?

Con un gesto, mi madre le indicó que se aproximara a ella por encima de la mesa. Entonces le susurró al oído:

—Puedo hablar con los muertos.

Ulises, con calma, encendió un cigarro.

—Carajo, entonces debes de ser una maga muy poderosa.

Cuando mi madre y Cosme llegaron por la noche a casa con la cena, se encontraron con una carta tirada en mitad del recibidor. Alguien la había metido por debajo de la puerta. A mi tío aquella cercanía empezaba a molestarle. Alguien les seguía, alguien les vigilaba, alguien conocía sus pasos. Ese alguien había estado en su puerta. Alguien, y no sabía quién. Mi madre, convencida como estaba que no era otro que Perotti el que se las dejaba, recogió rápidamente el sobre del suelo y leyó en voz alta la nueva pista. Como su hermano no le estaba prestando demasiada atención ocupado en pensar en el misterioso desconocido que les espiaba, le tiró de la manga para que le hiciera caso.

—¿Me escuchas o qué?

—Que sí, que te escucho.

La pista decía: *Busca la Venecia sumergida*.

—¿Qué es Venecia? —preguntó mi madre arrugando la nariz.

—Una ciudad, en Italia.

—Ahhhhh, ¿y tenemos que ir?

—No creo.

—¿Y qué es sumergida?

—Debajo del agua. Venecia es una ciudad que está sobre el mar y que poco a poco se está hundiendo.

—Ahhhhh.

Los dos se quedaron callados un rato.

—Oye, Cosme, ¿seguro que no tenemos que ir a esa ciudad que se hunde? Igual sí, ¿eh?

—No. ¿A Perotti le gustaba mucho el vino blanco, no?

La niña asintió.

—Entonces creo que ya sé a qué se refiere. Por la mañana iremos a Venecia.

Mi madre se durmió aquella noche pensando en el miedo que debía de pasar la gente que vivía en Venecia y preguntándose si todos sabrían nadar.

LOS COCHES CIRCULABAN CON LAS LUCES PUESTAS. No había precipitaciones, pero era un día oscuro. El mundo entero parecía gris. Incluso la nieve de las aceras tenía el color del pelaje de los burros. Pero se respiraba un aire limpio, despejado, casi medicinal; un vaho de caramelo de eucalipto.

En el casco antiguo de la ciudad las calles eran estrechas, subían y bajaban formando una especie de laberinto, de lúgubre alboroto. Un cúmulo de callejuelas mal pavimentadas, retorcidas entre bloques de casas con pintura descascarillada y desconchones en la mampostería. Mi madre y mi tío caminaban entre ellas. La niña nunca había estado en esa zona y le dio por pensar que en aquel barrio desdentado se refugiaban las brujas.

Se metieron entre las viejas casas porticadas de la plaza del mercado. Como no era día de faena, todas las tiendas estaban cerradas, la nieve tapaba los restos de hortaliza en el suelo y una carretilla vacía descansaba bajo los soportales. En las fachadas sucias de las casas de la plaza algunos tendales sin ropa giraban con el viento. En una esquina, una anciana vestida de negro con una pañoleta anudada al cuello pedía limosna de rodillas en el hielo. Mi madre apretó con fuerza la mano de Cosme y aceleró el paso.

Al salir de la plaza se encontraron con Vázquez, que vigilaba atentamente una alcantarilla rota y apuntaba en una libreta. Solía hacer ronda por el casco antiguo, esa parte ruinosa de la ciudad que se caía a pedazos y los jueves albergaba el mercado. El día anterior había tenido que cubrir con Guillermo la muerte de un anciano en una de las casas con ventanas rotas. El hombre se había muerto de frío. No era la primera vez que pasaba algo así en aquel barrio. Vázquez llamó a las puertas contiguas para intentar hablar con los vecinos; Guillermo se coló en la casa para enumerar las ratas y describir el armario sin puerta, la manta agujereada, el orinal rebosante.

—Bueno, aquí es —dijo mi tío.

«Bodega Jabonería Venecia» ponía en un cartel. Empujaron la puerta y entraron. Era un sitio oscuro con un fuerte olor a fermentación y a detergente. Había un mostrador y, tras él, un hombre con las manos sucias y el cabello pringoso que le daba vueltas en la boca a un mondadientes y tallaba con una pequeña navaja algo parecido a un pedazo de madera. En las paredes se apoyaban dos clases de estanterías; las de la izquierda albergaban bidones de vino blanco, en las de la derecha se agolpaban cuadradas pastillas de jabón del color del aceite de oliva. Resultaba una extraña combinación. Los jabones tenían una gruesa capa de suciedad, de pelo y polvo adherido en su grasa, como si fueran piedras marinas cubiertas de moluscos. Las paredes de yeso sudaban por la humedad. Sobre la barra se encontraban tres pequeños vasos y un plato con varios trozos de queso y unos palillos. Mi tío paseó los ojos por aquella estancia, aunque no encontró nada. Sabía que su padre encargaba allí el vino, el vino blanco que bebía Perotti, pero hasta entonces nunca había estado.

—¿Querías algo? —preguntó el hombre sin demasiada cortesía.

—No, perdone, nos hemos equivocado.

Se marcharon tan rápido que se les olvidó despedirse.

—No me gustaba ese sitio, Cosme.

—Ya, creo que me he confundido.

—Vámonos a casa.

—Sí.

—Más tarde, si eso, nos vamos a Italia.

Al doblar la esquina, volvieron a tropezarse con Vázquez, que se ajustaba su sombrero austriaco. Cuando se ponía la parte de la pluma roja para atrás, quería decir que ya no estaba trabajando. Iba de retirada.

—¿Pero qué andáis haciendo vosotros dos dando vueltas por aquí? —preguntó el periodista.

—Mi padre nos ha mandado encargar vino en el Venecia —mintió mi tío con la facilidad que le había enseñado Martín.

—Ya, el jefe debe andar apurado estos días. ¿Y el Serafín os enseñó el sótano?

—¿El sótano? —inquirió Cosme.

—El de la bodega. Si es lo mejor de ese antro. ¡Anda, que no le habré hecho yo reportajes al Serafín! ¿Pero no lo conocéis? Ay, esta juventud. De verdad que pienso que estáis en este mundo como astronautas. Fíjate, el otro día estuve yo hablando con uno que...

—Sí, Vázquez, perdone, pero se nos hace tarde —le cortó mi tío que sabía de la capacidad infinita de sus peroratas.

—Claro, claro, andad. Venga.

El viejo periodista se fue con su sombrero en su posición de fuera de servicio.

En cuanto le perdieron de vista, los dos hermanos regresaron a la bodega. Si había un sótano, esa parte sumergida, tal vez la clave estuviera allí. Sólo había que colarse dentro, o al menos, intentarlo. Cosme le dijo a la niña que sería más fácil sin ella. Mi tío le apretó la bufanda, se aseguró de que llevara el abrigo bien abrochado y le advirtió que no se moviera de la puerta, que él saldría enseguida. Mi madre se quedó fuera tiritando, mirando de reojo los callejones oscuros.

—¿Querías algo? —volvió a repetir el hombre tras la barra con el mismo tono hosco.

—Sí, yo... Quería, quería ver el sótano —titubeó Cosme.

—¿Y quién eres tú si se puede saber? —preguntó alzando la ceja y sacándose el palillo de la boca.

—Me... me manda Vázquez.

—¡Pero haber empezado por ahí, hombre! —Serafín cambió su gesto agrio, alzó los brazos y salió de la barra para palmear la espalda de mi tío.

—Así que eres periodista. Vaya, vaya, cada vez empezáis más jóvenes. Pues ven, bajemos, que te cuento. Vázquez siempre me ha hecho unos reportajes preciosos, en casa los tengo guardados. Espero que tú tengas la misma mano. A ver si saliendo tantas veces en el periódico consigo llamar la atención. Si es que estamos rodeados de borricos...

Abrió una puerta e introdujo a mi tío por una escalerilla estrecha. Bajaron a un sótano en penumbras que emanaba tanto frío que a Cosme se le congelaron los dientes. Cuando Serafín encendió la bombilla del techo, mi tío vio al fin la «Venecia sumergida». Aquel sótano de techos bajos estaba lleno de diminutas réplicas de varias ciudades del mundo. La inmensidad de Londres que cabía en una mano, el zoco de Fez, el barrio judío de Viena, los edificios picudos de Bruselas... había cientos de miniaturas repartidas por toda la estancia. Formaban un gigantesco puzzle. Mi tío sonrió. No se había equivocado. Mientras Cosme miraba todo aquel mundillo desperdigado por el suelo, Serafín le contaba. Hacía las miniaturas con jabón y dibujaba en ellas con palillos. Su mujer le ayudaba a pintarlas. Al parecer, Serafín había estado en todos aquellos lugares en su juventud, cuando trabajaba de ayudante para unos cartógrafos. «Pero los mapas no sirven para nada, la gente ni se entera, sólo ve rayas. Mira que se lo dije: haced las cosas para que la gente las vea». Serafín continuaba su discurso alegando que la fotografía no tenía vida ninguna, que qué era eso más que un papel. Iba cogiendo las miniaturas y uniéndolas, enseñándole a mi tío cómo se podían hacer mapas gigantescos en relieve. Un trozo de Moscú por aquí, un trozo de Moscú por allá... «¿Pero dónde están los demás pedazos de Moscú? Espera, tengo que buscarlos. Esto es un caos». Cosme supuso que se tardarían muchos años en ordenar aquellas ciudades y aquel sinfín de réplicas amontonadas en el sótano. Ese desbarajuste le recordaba de alguna forma a la buhardilla de Perotti. «La ciudad es un mapa invisible. Esto es un mapa en pedazos» pensó mi tío. El puerto de Ámsterdam en una pastilla de jabón, los puentes de Roma, la Ciudad Jardín de El Cairo. Tirados en el suelo, mezclados en un ambiente lúgubre, en un sótano mohoso, todos aquellos pedazos parecían confeccionar una sola urbe cosida a retales. Serafín seguía buscando calles rusas y despotricando sobre lo ciegos que estaban todos, que llevaba años proponiendo aquel sistema y que lo único que le habían sugerido es que podía hacer una exposición. «Pero qué arte, ni qué arte. Esto es práctico, hombre, práctico». Encontró la catedral de San Basilio y la mostró con placer, indicando el minucioso trabajo que su esposa había realizado al pintar las cúpulas en forma de cebolla. «¿No apuntas nada?». «Es que tengo mucha memoria», alegó Cosme. En el piso de arriba sonó el teléfono. Serafín se disculpó y subió las escaleras. Mi tío empezó a barajar cuál sería la miniatura acertada, si es que había alguna. Curiosamente no encontró ni rastro de los canales de Venecia. Como tenía poco tiempo y estaba nervioso, optó por meterse en el bolsillo de la trenca la réplica de los alrededores de Santa Sofía, ya que se encontraba en una esquina y, al quitarla, no dejaría hueco.

—¿Te vas? —preguntó Serafín tapando el auricular del teléfono cuando vio a mi tío subir del sótano.

—Sí, ya está, muchas gracias.

—Oye, ¿y esto cuándo sale?

—En el especial de Año Nuevo.

Serafín se quedó satisfecho y continuó hablando por teléfono.

«A la nena le hubiera encantado verlo», pensó Cosme palpándose el bolsillo mientras abría la puerta de la bodega. Pero cuando salió a la calle, mi madre no estaba allí.

LAS CALLEJUELAS DEL CASCO ANTIGUO ERAN UN laberinto. Un laberinto donde nada se encuentra. Mi tío Cosme lo recorrió de arriba a abajo. Buscó a mi madre por todos los sitios. En cada calle, en las iglesias, en los huecos de los portales. Ya no estaba Vázquez, ni siquiera la vagabunda. No había nadie. Cosme gritaba el nombre de su hermana y las calles sólo le devolvían el eco. Se metió como pudo en las casuchas derruidas por los bombardeos de la guerra y las miserias del tiempo, llenas de escombros, madera y nieve. Una escoba abandonada en la calle, sacos agujereados en las esquinas, carros vacíos. Nadie.

Intentó pensar en los lugares donde podría haber ido su hermana, pero mi madre era una niña pequeña que apenas conocía ningún sitio que no fuera el bar. Cosme corrió hasta la calle La Luna. Nadie en la mesa de Perotti. Nadie acurrucada en la cocina. Porque para mi tío, en aquellos momentos, todo el que no fuera mi madre era nadie. Mi abuelo le preguntó qué andaba buscando y dónde estaba la nena; Cosme alegó que trataba de encontrar a Martín aprovechando que mi madre se había quedado dormida en casa. «Pues no la dejes sola. Ya sé que para ti es una carga, hijo, pero aún es muy pequeña. Si quieres salir con tus amigos, tráela para que se quede aquí».

Tampoco la habían visto en la pastelería. No podía estar en casa ni en la buhardilla de Perotti porque era mi tío quien llevaba el llavero. Desfilaban ante él las cabezas de la gente, cabezas que no eran las de su hermana. Cosme quería partir el mundo en dos para encontrarla, para que surgiera de donde estuviese, pelarlo como una naranja, sacarla del interior. Recorrió la ciudad, volvió al casco antiguo por si se le había escapado algún hueco. Le dolían los pies y tenía tanto miedo que no podía dejar de andar. No la dejes sola. Es tan pequeña. ¿Pero dónde estaba? Empezó a temblar. Angustia. Sólo angustia. Y frío. El mismo frío que su hermana estaría pasando en alguna parte. Si no se había ido, si no podía encontrarla, es que alguien se la había llevado. Alguien. Alguien que les espiaba y que había estado junto a su puerta. No la dejes sola. ¿Y si todo no había sido más que una gran farsa para poder llevársela? Pero no, había demasiadas cosas, las llaves, las pistas… ¿quién se iba a tomar tantas molestias para raptar a una niña? Pero no estaba. ¿Dónde estaba? Quizás era otra pista. Tal vez debía de seguir con el juego para tratar de encontrarla. Pero qué decía, se estaba volviendo loco. Incluso hurgó en los grandes montones de nieve por si ella estaba debajo. La desesperación le hizo buscarla en los sitios más imposibles.

Llevaba horas tratando de encontrarla. La veía allí, junto a la puerta de la bodega, con la bufanda. Ella tenía miedo. No le gustaban aquellas calles, no le gustaba aquel sitio, le había apretado la mano. No la dejes sola. Cada vez que lo recordaba sentía que se quedaba sin aliento. Al fin, se rindió. Decidió hacer lo más razonable: irse a casa y llamar a la policía.

La puerta no estaba cerrada con llave. No era así como la había dejado por la mañana. Al entrar, escuchó ruidos en la cocina. Alguien había secuestrado a su hermana y venía a robarles. Alguien buscaba las pistas del Gran Juego. Alguien quería adelantárseles en la búsqueda. Cosme sintió que el terror le agarrotaba los músculos. Metió la mano en el bolsillo y agarró la miniatura. No le importaba que fueran ladrones o secuestradores. Los mataría a golpes.

Allí estaba mi madre. En pijama, con la alacena abierta, comiendo galletas.

—¿Pero qué haces aquí? ¿Cómo coño has entrado? —mi tío levantaba en gesto amenazante una miniatura de Estambul y mi madre, del susto, se cayó de bruces al suelo.

—Cosme, deja de chillar y baja eso que llevas en la mano —le dijo una voz a su espalda.

Mi madre aprovechó la distracción de mi tío para escabullirse lloriqueando y salió corriendo al pasillo con la boca manchada de migas.

Cuando mi tío Cosme se dio la vuelta, se encontró con que detrás de él, en su cocina, estaba Gabriela Lumpén.

LA LUZ DEL MUNDO QUE SE CUELA POR LA VENTAna de un patio de luces. El miedo que se deshace como una pompa de jabón. La inesperada felicidad, que explota en el cuerpo de la misma forma que el terror.

—¿Gabriela?

—Siéntate, Cosme. Estás muy nervioso.

Se sentaron en las sillas alrededor de la mesa. A Gabriela le dieron ganas de tocar las manos frías de Cosme. Pero no lo hizo.

Se prestó para calentar una cafetera que estaba en los fogones. Mi tío asintió y la dejó hacer como si fuera ella, y no él, la dueña de la casa.

—La encontré en la puerta del conservatorio —comenzó a decir Gabriela.

Cosme la miraba sorprendido sin atreverse a mirarla demasiado.

—Me dijo que se había perdido y decidí traerla a casa —continuó ella—. Hace demasiado frío para una niña tan pequeña. Le puse el pijama y le quité la ropa húmeda. Me he quedado esperando a que alguien llegara porque no quería dejarla sola.

—Gracias —acertó a decir mi tío.

Luego hubo un gran silencio. Sorbían el café en tazas viejas.

—Te preguntarás cómo logramos entrar en casa.

—Sí.

—Hace unos meses perdí mis llaves. Mi padre hizo copia del manojo de Martín. No se dio cuenta de que también me copió las llaves que tú le habías dado a mi hermano. A mí se me olvidó sacarlas del llavero. Cuando encontré a la niña, lo recordé. Al final, me fueron útiles.

Gabriela se levantó, recogió las dos tazas y las dejó en el fregadero. Abrió el grifo. Gabriela, el cisne elegante, fregando con sus manos níveas en aquella cocina miserable de terrazo rojo; el agua le empapaba los dedos, se movía con distinguida lentitud. Era como una escena de ballet.

—La dejé sola un minuto, un minuto —comenzó a decir Cosme, excusándose—. No entiendo… no entiendo cómo… No sé cómo pudo llegar hasta el conservatorio.

Ella se quitó el agua y el jabón con un trapo que estaba colgado en la puerta del horno y volvió a sentarse.

—Los niños son muy traviesos.

—Pero mi hermana no. No sé dónde pretendía ir. Ella no conoce ningún sitio.

—Esa niña conoce mucho más mundo que yo.

—Sí, pero ya no se acuerda. Ni siquiera yo lo recuerdo. Aquello fue otra vida, Gabriela.

La señorita Lumpén se levantó, se alisó la falda y dio su labor por terminada. Llevaba el pelo recogido a la mitad con un prendedor. Le dijo a Cosme que se alegraba de que todo acabase bien. Sacó el llavero del bolso y, con precisión, quitó la llave que no le pertenecía. La posó sobre la mesa de la cocina y se despidió. Se marchó tan rápido que a mi tío ni siquiera le dio tiempo a levantarse para acompañarla a la puerta. Siempre se las apañaba para desaparecer.

Cosme cogió la llave que había dejado sobre la mesa y la apretó entre sus dedos. Una llave aún caliente por el tacto de Gabriela.

MI MADRE SE QUEDÓ MIRANDO LA RÉPLICA DE Estambul que Cosme le había puesto sobre las palmas de las dos manos. Aquella parte de un mundo jabonoso que hubiera desaparecido con el agua. Las miniaturas se hubieran disuelto en el mar y de ellas sólo habría quedado la espuma. Mi tío Cosme relataba a la niña el laborioso trabajo de Serafín, mientras le pedía perdón por haberla dejado sola y le tocaba los brazos como para asegurarse de que estaba completa y no le faltaba ningún pedazo. Mi madre, en pijama, tenía ojos de animal. No quiso decirle por qué se había marchado o dónde había ido. Ni siquiera mostró fascinación por el mapa en relieve que Serafín construía en el sótano. Simplemente le dijo a Cosme que sería ella quien guardara la réplica debajo de la cama y que no entrara en su cuarto. Fue lo último que dijo antes de cerrar la puerta de la habitación, alejándose de su hermano.

Cosme se quedó solo sentado en la cocina hasta que oscureció. En aquella cocina de terrazo rojo llena de invisibles plumas de cisne.

Por la mañana, cuando Cosme se levantó, mi madre aún no había salido de su cuarto. Tardó mucho en hacerlo y cuando al fin abrió la puerta, para sorpresa de mi tío, lo hizo ya vestida, sin necesitar su ayuda. Tenía los botones mal abrochados y los zapatos sin atar.

DURANTE LAS NAVIDADES SIEMPRE HABÍA UNA caja de madera abierta sobre la mesa de la cocina de la calle La Luna. Mi abuela la miraba como si fuera un pequeño ataúd. Mi abuelo entraba de vez en cuando y la iba llenando de cosas. Latas redondas de atún en conserva, polvorones, sidra espumosa. A veces traía las viandas del mostrador y otras rebuscaba entre las alacenas sin pedirle permiso a mi abuela, que procuraba no mirarla.

Cuando él se iba, mi abuela bajaba el fuego e iba a ver todo lo que su marido había metido en la caja. Se mordía los labios e intentaba no decir, pero decía. «Mira, mira, ¿nosotros hemos comido alguna vez estas cosas?», farfullaba señalando los salchichones rojos y los caramelos de piñones. Mi madre, sentada junto a los almanaques y las mondas de patatas, negaba muy enfadada meneando la trenza y, de paso, estiraba los brazos por si le daba algo. Sobre todo miraba golosamente aquellas barras de turrón tiernas que dejaban un rastro de grasa en el papel transparente. «No, hija, de esto a nosotros nada nos toca. Que se lo coman ellos, que para eso son los ricos, que nosotros ya no somos nada, pero que ellos sigan siendo». Si entraba mi abuelo, ella se ponía a partir los callos o a despellejar un conejo. Con el rabillo del ojo observaba cómo su marido metía en la caja tocinillos de cielo y anís de guinda. Luego se miraba sus uñas sucias llenas de vísceras.

«¿Sabes, nena? —le decía a su hija cuando estaba muy cansada—, echo de menos el sol».

Lo único que sabía mi madre era que la caja iba para el pueblo. El pueblo. Aquella palabra tan importante. Cuando su padre conseguía llenar la caja, la cerraba con una cuerda y la llevaba a la estación de autobuses unos días antes de Nochebuena.

Pero no era el único paquete que mandaba. Cada semana hacía uno. En trapos blancos envolvía filetes, merluzas y alguna zanca de pollo. Los metía en una bolsa junto a una botella de vino y un fajo de billetes que sacaba de la caja registradora y ataba con una goma. Lo llevaba todos los miércoles a la estación y se lo daba al conductor que hacía parada en el pueblo para que se lo entregara a su familia, quienes puntualmente estaban en la carretera esperando.

Mi abuelo solía decirle a mi madre que Cosme y ella pasarían el próximo verano en el pueblo con sus tíos y sus primos. Irían a la playa, les enseñarían a pescar y podrían coger manzanas. Y, sobre todo, conocerían las montañas. Aquellas montañas de las que mi abuelo tanto hablaba tras la barra del bar. «Como si no hubiéramos conocido otra cosa», refunfuñaba mi abuela desde la cocina. Pero al final, mi abuelo siempre llegaba diciendo algo sobre la hierba y sobre que los tíos tenían mucho trabajo, y así iban pasando los veranos sin que mi madre conociera el pueblo ni a los miembros de su familia, esos que le iban a enseñar a pescar pero que nunca venían por el bar a hacer una visita.

El loro Peter silbaba en la jaula. Mi tío, a ratos, también silbaba con él. Martín sacaba los cigarrillos de Maruja la Larga del cajón de los calcetines. Los tenía escondidos en unos verdes que jamás se ponía. Cosme no prestaba atención a lo que decía su amigo. No había prestado atención a nada en todo el día. El encuentro con Gabriela le había abrasado, todo aquel calor de su cercanía. Ni siquiera le había extrañado el comportamiento huraño de mi madre. Cosme se había pasado horas solo en la cocina apretando una llave. Repasaba mentalmente de forma constante cada uno de los minutos con Gabriela. No podía cerrar los ojos sin verla allí, junto al grifo o junto a él. Gabriela, cada uno de los átomos que la conformaban eran irrepetibles. Cosme no estaba ya ni en el bar ni en su cuarto ni en la habitación de Martín, porque estaba encerrado en aquellos minutos en la cocina de terrazo rojo.

Martín no dio muestras de saber nada de la desaparición de la niña ni de que su hermana la hubiera llevado de vuelta a casa. Gabriela, quién si no iba a haberle ordenado el mundo. Y sin embargo ella se lo había callado, porque tal vez le estuviera protegiendo, porque era algo que había quedado entre los dos, realmente entre los tres, pero sólo entre los dos; Gabriela y él, ahora, tenían un secreto. En el corazón de mi tío aleteaba la alegría.

La escuchó en el pasillo, ese trajín que anunciaba su presencia tras las puertas. Cosme le dijo a Martín que tenía que ir al servicio y salió de la habitación. Quería decirle a Gabriela que la niña estaba bien, volver a darle las gracias de nuevo sin que nadie les escuchara. La encontró junto al baño, y Gabriela le dedicó el mismo saludo aséptico de siempre, sin ningún rastro de complicidad.

AUSENCIA SALIÓ DEL BAR ABROCHÁNDOSE EL abrigo. Había acabado de trabajar más tarde que otras veces y esa noche le tocaba pagar el mes en la pensión. Generalmente no traía en su bolso más que unas zapatillas viejas que se ponía en la calle La Luna para trabajar con pies voladores, pero aquella noche llevaba la paga y le asustaba andar sola. Apretó el bolso contra ella y comenzó a caminar deprisa. Pasó delante de una zapatería abandonada y de unos edificios con balcones de hierro en los que se secaban las palmas del Día de Ramos. El dinero le palpitaba en el bolso y los portales le parecían oscuros como el carbón. Decidió que sería más seguro dar un rodeo y atravesar la iluminada calle donde vivía Perotti.

Entonces fue cuando lo vio. Estaba apoyado contra la pared, partiendo cerillas con los dedos. Ausencia lo conocía de sobra. Lo veía casi todos los días y era ella quien le servía el café. En un principio se sintió segura. Iba a saludarle pensando que tal vez se ofreciera para escoltarla hasta casa. Pero algo la detuvo. Fue algo fulminante como un rayo.

Volvió sobre sus pasos, lentamente para que él no la viera, y, casi sin darse cuenta, se metió en un callejón estrecho y sin luz. Ausencia empezó a caminar más rápido por aquel callejón, con el corazón lleno de miedo. Ausencia, que no sabía llamar las cosas por su nombre.

Mi madre insistía en su comportamiento desdeñoso y Cosme empezó a preocuparse. En casa se encerraba, en el bar le evitaba y cuando iban por la calle apenas le dirigía la palabra. Mi tío pensaba que le culpaba por haberla dejado sola.

En aquellas vacaciones de Navidad fueron a la buhardilla de Perotti por la mañana y por la tarde. A mi madre le gustaba regar la inmensa planta que había en el baño y hablaba con ella de la misma forma que conversaba con las de su terraza. Revolvía todas las cosas, aporreaba la máquina de escribir, se escondía detrás del enorme ventilador redondo, siempre encontraba algo nuevo. Le daba vueltas a las bolas del mundo, alzaba en sus manos las cometas chinas, se ponía sobre los ojos los prismáticos de la ópera, y las lupas, y los monóculos, y los antifaces de plumas.

A mi tío también le gustaba aquel sitio. Se llevaba los apuntes para no perder tiempo y estudiaba tirado sobre la cama de Perotti. Se sentía cómodo con el calor de las paredes y encontraba allí una extraña concentración. Trataba de olvidarse de cómo Gabriela había vuelto a hacer invisibles las cosas, del espejismo que había resultado su complicidad. De vez en cuando ponía en la gramola aquel disco de música antigua.

La buhardilla era un lugar misterioso y caliente que les resguardaba del frío y les resguardaba de todas las cosas.

También seguían hablando del Gran Juego y de cómo desvelar todas aquellas pistas en forma de cachivaches, de cuándo o cómo aparecería la siguiente. Pero si Cosme hacía mención a que debían repasar lo que tenían guardado debajo de la cama para ver si existía algún patrón, mi madre cortaba la conversación y comenzaba a jugar con cualquier cosa.

Por la calle La Luna paraba un hombre del pueblo. El pueblo. Aquella palabra tan importante. Se llamaba Fulgencio y no hacía falta saludarle con dos besos. Venía a menudo a la ciudad porque le gustaban mucho las casas de citas. Los días de mercado, con los billetes calientes en la cartera tras vender las vacas y los cerdos, se ponía el traje de ir a misa y cogía un autobús. La primera parada era en el bar de la calle La Luna. Mi abuelo le servía un carajillo e intentaba hablar con él con mucha calma. «Pero vamos a ver, Fulgencio. ¿Qué haces aquí? Anda, y vete a casa con la Ramira, que te estará esperando». «Pero Fulgencio, ¿no te das cuenta de la cantidad de dinero que estás tirando?». «Fulgencio, eres la risión de todo el pueblo». «Fulgencio, hombre, aunque sólo sea por higiene». Fulgencio, entre lágrimas, abrazaba a mi abuelo y le decía que tenía razón, que él sólo era un pobre desgraciado. A veces, con las mismas, cogía de nuevo el autobús de vuelta al pueblo, y otras no podía resistir la tentación. Cuando se iba sin hacer nada, marchaba sentado junto a la ventanilla con picores en los muslos maldiciendo a la Ramira. Cuando regresaba apestando a sudor y sin una perra en el bolso, le llevaba a su mujer de regalo una cajita de pañuelos. En sus visitas a la ciudad Fulgencio, por si acaso, siempre paraba antes en la calle La Luna por si mi abuelo lograba convencerle. Como agradecimiento, le traía noticias de sus hermanos.

Mi abuelo solía decirle a mi madre que cuando fuera mayor y se casara, debía procurar que su marido, después de salir de trabajar, tuviera ganas de irse para casa. «Y si le apetece una copa, se la pones tú. Pero que no ande por los bares». Mi madre le miraba sin comprender demasiado, y le decía: «Papá, ¿y tampoco puede parar en este bar?». Mi abuelo sonreía y le decía que no, ni en este bar siquiera.

En Nochebuena cerraban el bar a las siete de la tarde, mi abuelo despedía a los parroquianos en la puerta, les daba la mano, abrazaba a Falla y mandaba recuerdos para Marga y su mujer. Cuando todos se marchaban, ponía el cartel de cerrado, se remangaba la camisa y juntaba dos mesas del comedor. Allí era donde cenaban mi familia y Ausencia. El doctor Ángel Mones se había unido a ellos desde que se había quedado viudo. Aquella Nochebuena mi abuelo se había equivocado y había puesto en la mesa una silla de más. La quitó con mucho sigilo para que mi madre no se diera cuenta que la silla que estaba retirando era la que le correspondía a Perotti.

El bar parecía enorme sin gente y tenían que sentarse con las chaquetas puestas porque eran muy pocas personas para paliar entre ellas el frío. Ausencia cenaba llevando en los pies sus zapatillas viejas y mi abuela ni siquiera se quitaba el mandil. En silencio, se servía la sopa de pescado y escupían sin recato las espinas. Seis personas cenando apretadas en medio de un bar lleno de mesas vacías y sucias. El escuálido árbol de bolas y algodones tiritando junto al baño. El sonido de las cucharas chocando contra los platos hondos, rebañándolos. Había algo lúgubre en la quietud de la cena. Mi abuela bostezando, mi abuelo rellenando las copas, Ángel Mones limpiándose la comisura de la boca con la punta de la servilleta. Mi abuelo cogiendo por debajo de la mesa la mano de mi abuela, y esta apartándosela cada dos por tres para levantarse a retirar los platos.

Polvorones arenosos de postre. Los envoltorios blancos desperdigados entre las cucharas. Mi abuelo de pie con la copa de cristal en la mano, caminando entre las sillas y besando a sus hijos con cariño y ceremonia. Ángel Mones encendiéndole a Ausencia un puro que la camarera fumaba torpemente, tosiendo con el humo. Mi madre sobre las rodillas de mi abuela mientras esta le cantaba con fugaz alegría los villancicos que recordaba, desapareciendo al rato por la puerta de la cocina. Mi abuelo hablando de la familia, la salud y la suerte, intentado unirlos a todos en un solo abrazo. Los vasos en alto para brindar por Perotti. Mi madre buscando pistas por todos los lados pensando que el anciano se le aparecería aquella noche en cualquier sitio en forma de carta. Cosme aburrido fumando a escondidas en el baño.

Mi abuelo cerró el candado y se ajustó el sombrero de los días de fiesta. El grupo se despidió en la puerta del bar, citándose ya para el año siguiente. Ángel Mones y Ausencia desaparecieron entre las farolas heladas y mi familia se fue para casa. Era la única noche del año en la que los cuatro regresaban juntos. Mi abuela y Cosme caminaban charlando, mi abuelo llevaba a mi madre en brazos. La niña, medio dormida, se agarraba con fuerza al cuello de su padre y le iba dejando un rastro de baba en los hombros.

Mi madre tenía razón. Aquella noche Perotti había aparecido.

Cosme lo había encontrado en el baño. Se escondía a fumar en el de señoras porque sabía que su padre no entraría allí. No dijo nada y guardó el sobre hasta la mañana siguiente.

En Navidad despertó a mi madre. La niña se revolvía entre las sábanas. Cuando se dio cuenta de que su hermano estaba sentado en su cama, dio un brinco y puso una cara extraña. Cosme creyó distinguir miedo, y el miedo de su hermana le asustó.

—¡Otra pista! —gritó mi madre con alegría, cambiando su expresión al ver lo que mi tío llevaba en las manos.

Se sentó en la cama como un indio, le arrebató la carta a su hermano y rápidamente rasgó el sobre. Al leer el papel, arqueó las cejas.

—¿Qué pone? —preguntó mi tío.

—Esta es para ti —dijo mi madre con cierta desilusión.

Le tendió la carta a su hermano y, mi tío Cosme, al leerla, comprendió.

EN ALGUNAS OCASIONES, ULISES LLEGABA AL BAR con los periodistas. Solía hacer críticas de arte y de cine para la gaceta. Pero como escribía a máquina con un dedo, se pasaba días en el periódico intentando acabar los artículos. Muchas veces ni aparecía y dejaba las críticas a medias. Solían encontrárselo de vez en cuando junto a la Olivetti, rodeado de humo, cogiendo el cigarrillo con la mano izquierda y tecleando con el índice derecho.

Osvaldo, el locutor, entró corriendo al bar, se sentó en la mesa de los periodistas junto a la ventana y buscó con la vista a Ausencia para pedirle un cortado.

—Suponía que estabas aquí —le dijo a Ulises—. Me falló el de las cinco. Pásate por la radio, que te hago una entrevista.

—¿A mí? ¿Sobre qué?

—Qué se yo. Sobre cualquier cosa. Tú habla, como siempre, que es lo tuyo.

—Sobre cualquier cosa está bien —dijo Ulises—.Pero si quieres algo realmente interesante, mejor entrevistas a aquel. —Ulises señaló con la cabeza a Guillermo Lumpén, que, frente a él, se apartaba el mechón cobrizo de la cara.

—Sí, claro, voy a entrevistar a ese. Si le meto en la radio, me quita el programa.

Los periodistas rieron y Ausencia llegó temblorosa con los pedidos.

—Y según tú, Ulises, ¿sobre qué deberían entrevistarme? —preguntó Lumpén.

—Sobre cómo nos las quitas a todas, que no hay una que se te resista, carajo.

En realidad, a Guillermo Lumpén no se le había visto jamás con un anillo en el dedo ni con ninguna mujer colgada del brazo que no fuera su hermana. A la gaceta solían llegarle numerosas cartas de amor; él las leía escrupulosamente y corregía las faltas de ortografía con un lápiz. Sus compañeros solían decir que Dios le daba pañuelos a quien no tenía narices, y que la única novia de Guillermo era la cartera de cuero marrón que siempre llevaba con él. En la redacción, de vez en cuando, se quedaba hasta tarde escribiendo páginas que no dejaba ver a nadie y que guardaba en aquella cartera. La paseaba por las bibliotecas y los registros, jamás la perdía de vista. En aquellos momentos, en el bar, la tenía posada en su regazo. Preguntarle por su contenido hubiera sido inútil; Guillermo no sólo era inaccesible para las mujeres. Pero Vázquez, conociendo como conocía a Lumpén, temía que lo que pudiera tener allí guardado acabara dándole problemas. «Ten cuidado, Guillermito —solía decirle Vázquez—, que la verdad es muy peligrosa y si es secreta es por algo. Ya deberías saberlo». El viejo periodista llevaba años sorteando a la censura y temía que su aprendiz no supiera hacerlo. Guillermo Lumpén era demasiado valioso como para andar con la boca cerrada. Los hombres tan libres deberían de marcharse a otros países. Eso pensaba Vázquez, que durante años había trabajado por las noches de contable para una central eléctrica porque su labor en el periódico no daba para el alquiler de la casa ni para la gasolina del coche. «País de mierda», se callaba. En el fondo guardaba la esperanza de que Lumpén estuviera escondiendo en aquella carpeta una gran novela porque confiaba en sus talentos de escritor. «Al último Premio Nacional de las Letras le corregí yo los primeros artículos cuando todavía usaba pantalones cortos. Le di recomendaciones para que se pudiera marchar a Madrid. Ahora es gran amigo mío». Después de contar la historia se tocaba la nariz y añadía: «Esta nunca me engaña».

—Pues ese secreto, Ulises, de momento me lo voy a guardar —contestó Lumpén.

Martín engullía aceitunas en la barra y le hablaba a mi tío de la fiesta de Nochevieja. Pero Cosme, apoyado con un codo en el mostrador, no le prestaba demasiada atención a su amigo. Esta vez en la pista del Gran Juego no les habían dejado palabras, sino números. Por eso era para él; mi tío sabía entender las cifras. Un 7, un 5 y una especie de garabato que no sabía muy bien si era un 8 o la letra B mayúscula. En su cabeza daba vueltas constantemente a esta combinación: *7-5-8*. Tal vez *7-5-B*. Aunque esto último no tenía demasiado sentido. A decir verdad, nada lo tenía. Puede que fuera una serie de números que continuar, una suma que multiplicar o dividir. O tal vez una fecha. Mi tío le daba vueltas a aquellos números como quien juega con las cuentas de un collar.

—Martín —dijo Guillermo poniéndose el abrigo y acercándose a los dos amigos— acuérdate de llegar hoy pronto a cenar.

El pequeño de los Lumpén asintió con la cabeza.

—Ah, por cierto, Cosme —continuó el periodista—, ¿sabes dónde está tu hermana?

—¿Mi hermana? Sí está allí, en aquella mesa —contestó mi tío señalando con el dedo.

—No, te lo decía porque creo que últimamente la pierdes con facilidad.

Mi tío se volvió hacia él con los ojos abiertos como las compuertas de una presa. Le observó salir del bar. Por aquella puerta se marchaba Guillermo Lumpén, y Gabriela y su secreto.

COSME LE PREGUNTÓ A SU HERMANA SI HABÍA sido ella quien había dejado abierto el bote de las conchas marinas. Mi madre negó con la cabeza. Mi tío tenía la sensación de que a veces encontraba algunos objetos cambiados, movidos. Pero eran unas alteraciones pequeñas, casi imperceptibles en aquel maremagno de artilugios sin un orden establecido y con una niña que lo revolvía todo. Cosme se preguntó, por enésima vez, si alguien no estaría entrando y saliendo de allí al igual que ellos.

Después de tanto tiempo en la buhardilla de Perotti, mi madre y mi tío establecieron cuáles eran sus objetos preferidos. A mi madre le gustaban una serie de extraños dibujos que había encontrado en un cajón. Tenían todos los colores cambiados. Había personas azules, campos rojos y cucharas amarillas. La niña cogía aquellos retratos con ojos violetas y cabellos verdes y jugaba con ellos como si fueran figurillas.

Cosme, sin embargo, se decantaba por los extraños artilugios. Los que servían para medir las mareas o el tiempo, el kinetoscopio, el astrolabio, la cámara fotográfica de madera, el taquígrafo. Eran aparatos muy antiguos, como piezas de museo, y mi tío, con su mente de ingeniero, trataba de descubrir el funcionamiento de cada una. Había una rosa de los vientos dibujada en una tablilla de madera. Cosme solía mirarla. Años atrás había encontrado una brújula y había descubierto los misterios de la ciencia.

Una tarde mi madre, hurgando entre las cosas, descubrió un viejo baúl. Cuando lo abrió, le encantó el resultado. Era un baúl lleno de plumas y perlas.

LA MADRE DE PEROTTI LE ESPERABA SENTADA EN cocina fumando sus cigarrillos de picadura envuelta en papel. Tenía unos brazos sudorosos, gordos y blandos. La cocina, oscura, olía a humo y a acelgas.

Perotti entraba en casa buscando siempre lo mismo, y a veces lo encontraba. Era un sobre rasgado encima de la mesa. Su madre se lo abría para comprobar si dentro mandaban dinero.

—Si tanto te quiere esa, le dices que la comida no la regalan en el mercado —refunfuñaba su madre, mientras Perotti, con alegría, cogía la carta y salía corriendo a la calle.

Cada vez que la tía Clotilde se marchaba en el barco, Perotti la despedía en el puerto y se iba a su casa a esperar las cartas que ella había prometido mandarle. Cuando entraba por la puerta, su madre corría a desnudarle, empeñaba la ropa que Clotilde le había regalado, y compraba tabaco y manteca. «No vas a ir tú vestido como un príncipe cuando nos estamos muriendo de hambre», alegaba arrancándole los botones de la chaqueta y vendiéndolos por separado.

Perotti, ya en la calle con el sobre en la mano, casi sin aliento y con el corazón en la garganta, se arrodillaba en un rincón de la plaza, miraba a ambos lados por si venía alguien, y comenzaba a leer. Todas las cartas de la tía Clotilde comenzaban igual: «Querido Jorge, queridísimo Jorge».

PEROTTI Y MI MADRE ESTABAN SENTADOS EN UN banco. A sus pies, un grupo de palomas se peleaban por unas migas. Mi madre se lamía los labios y con la punta de la lengua intentaba encontrar los restos de azúcar que el pastel había dejado en su boca. Perotti, con gran esfuerzo, se sacó un pañuelo de la chaqueta y con su mano temblona le limpió la nariz de merengue.

—Nada cambia, Cucurucho, nada cambia —empezó a decir el anciano intentando doblar con cuidado el pañuelo de hilo—. La gente piensa que cuando ellos no estén, el mundo va a detenerse. Pero no pueden estar más equivocados. El mundo continúa su rumbo, es un barco que jamás naufraga.

Mi madre, juguetona, trataba de espantar las palomas con los pies.

—Hazme caso, Cucurucho. Yo, que he visto casi de todo, he conocido a muchos hombres. Viejos, jóvenes. Hombres que vi morir y hombres que vi nacer. Y casi todos se parecían. Casi todos llevaban en el corazón las mismas cosas. El mundo nunca naufraga, pero es un barco que hay que saber dirigir. Los que vienen van dibujando nuevas coordenadas, corrigiendo los rumbos que trazaron los que les precedieron, haciendo esta travesía más precisa, intentando salvar los escollos. Siempre hay quienes intentan llevarlo a la deriva, pero, tarde o temprano, vendrán otros a enderezar el timón. Esa es la vida y no otra cosa; el crear un mapa lleno de coordenadas que se vaya desvelando, que se vaya completando, seguir escribiendo a partir de lo que nos dejaron, escribir para los que estamos y para los que vendrán. Todos los hombres quieren llevar el mundo al mismo puerto, a ese destino inalcanzable al que no sé si algún día llegaremos. Es algo que nos flota en la sangre y, de alguna forma que no entiendo, nos lo vamos transmitiendo de unos a otros. Si nosotros no lo conseguimos, tenemos el consuelo de saber que otros vendrán que lo consigan. ¿Entiendes, Cucuruchito? Otros vendrán. Siempre otros vendrán. Aunque no lo sepas, les estamos esperando.

—Perotti —dijo la niña—, ¿van a tardar mucho en venir? Porque no puedo llegar muy tarde al bar.

Mi madre sintió que la zarandeaban y, poco a poco, aquella tarde con Perotti iba quedando atrás, como si alguien la sacara de allí rápidamente a través de un túnel. Al abrir los ojos se encontró de frente con mi tío Cosme.

—Nena, arriba, que tenemos que ir a comer.

La niña estaba hecha un ovillo sobre la cama de Perotti; se había quedado dormida. Mi tío le atusaba la ropa y trataba de hacerle de nuevo la trenza. Continuaba sintiéndose responsable de haberla dejado sola, que por su culpa se hubiera perdido y por haberla amenazado luego con una miniatura de Estambul. Achacaba a eso la actitud esquiva que mi madre tenía con él. Su hermana le hacía preguntas sobre la nueva pista, sobre aquellos números que, por más vueltas que daba en su cabeza, no lograba descifrar. Siete, cinco, ocho. Había sentido miedo del Gran Juego, había sentido también por él codicia, la seguía sintiendo; pero sobre todo lo que sentía era curiosidad. No sabía quién les espiaba, quién les dejaba las pistas; si al final la recompensa sería la herencia de Perotti, como intuía, o si tan sólo era un juego de niños; si estaban metidos en algo peligroso y grande o simplemente todo era una charada. Y sin embargo, lo que más le preocupaba en aquellos momentos era qué diablos esconderían aquellos números y qué sería lo que descubrirían tras ellos. Y Gabriela destrozando su secreto. Cada dos por tres estaba de nuevo con ella en la cocina.

A mi madre le molestaban los tirones de pelo que le daba Cosme tratando de hacerle de nuevo la trenza que se había deshecho al quedarse dormida sobre ella. Mi abuela era la única capaz de peinarla bien, pero como esto sucedía muy pocas veces, mi madre se conformaba con las trenzas torcidas que le hacía sin gana su hermano por la mañana antes de ir al colegio. Aunque la niña en aquel momento estaba demasiado ocupada pensando en otras cosas. Aquella fue la primera vez que mi madre soñó con un recuerdo. En su sueño había visto otra vez a Perotti, había estado de nuevo aquella tarde sentada en el banco con él. Le oía y le olía. Perotti había vuelto y, sin embargo, no le había reprochado nada. La niña sintió un nudo en la garganta. «La vida es un mapa lleno de coordenadas, la ciudad es un mapa invisible», empezó a murmurar mi madre.

—¿Qué dices, nena? —preguntó mi tío.

—Nada, nada —contestó mi madre bajando la cabeza.

RIERA APARECIÓ POR LA CALLE LA LUNA vistiendo su mejor traje, con el pelo hacia atrás goteando agua y colonia. Llevaba un ramo de flores en la mano y se había puesto zapatos nuevos. Era la hora de las comidas y el bar no podía estar más lleno de gente.

El concejal se acercó con paso firme a la camarera, que le observaba divertida, con una mano en la cadera y la otra sujetando una bandeja con varios platos de carne guisada. «Hay que ver qué elegante se pone este hombre por Navidad. Hasta flores me trae», pensó.

—Ausencia, he venido a pedirle que se case conmigo.

Mi madre y mi tío, que acababan de entrar por la puerta, presenciaron atónitos, como todos, aquella extraña escena.

—Pero por Dios, Riera, cómo se le ocurre. Si podría ser mi abuelo.

—Sí, pero sería un buen abuelo.

Los dos se quedaron callados un momento, mirándose. Hasta que Ausencia tiró la bandeja en la mesa que tenía más cerca y se fue corriendo a la cocina. Allí, plantado y solo, se quedó Riera, con su ramo y su pelo lleno de colonia.

Hubo un silencio, una especie de pequeño luto. Después se empezaron a escuchar risas ahogadas, murmullos, alguna que otra carcajada. El doctor Ángel Mones se levantó de la mesa y cogió a Riera por el brazo.

—Siéntese, hágame el favor, y deje de hacer el ridículo.

En su apresurada huida, Ausencia había tirado el árbol de Navidad y todos los algodones que imitaban a la nieve habían quedado esparcidos por el suelo. Mi abuelo, con suma dignidad, salió de detrás de la barra con el paño al hombro, hincó la rodilla en las baldosas, enderezó el árbol y volvió a colocar los adornos.

Mi madre, que había salido corriendo detrás de Ausencia, empujó la puerta volandera de la cocina y se la encontró sentada junto a las mondas de patatas llorando desconsoladamente, tapándose la cara con las manos mientras mi abuela la abrazaba y trataba de averiguar qué le estaba pasando.

—Ausencia, ¿en serio te vas a casar con Riera, eh? —preguntaba mi madre dando saltitos alrededor de las dos mujeres.

—Pero, hija, ¿qué dices?

—Déjela, déjela —barbotó Ausencia entre sollozos—, si la niña tiene razón. Ese viejo loco me ha pedido que me case con él.

—¿Riera?¿Cuándo?

—Ahora, ahora mismito, ahí, delante de todo el mundo.

Ausencia volvió a su llantina y mi abuela, arrodillada junto a ella, la miraba con incredulidad. Se levantó, echó un vistazo a las ollas, llenó dos platos con carne guisada, los puso sobre la bandeja de reserva que guardaban en la alacena, y se quitó el mandil lleno de manchas de grasa.

—No te preocupes —le dijo mi abuela—. Hoy serviré yo los menús. Procura que no se queme nada y revuelve el caldo de vez en cuando.

Ausencia, con unos ojos enrojecidos y grandes como cebollas, esbozó una mueca de agradecimiento.

—Ay, perdóneme…

—No seas tonta, no hay nada que perdonar. Y tú —dijo mi abuela refiriéndose a mi madre— quédate aquí con ella, pero no la molestes, que ahora Ausencia no se encuentra muy bien.

Hubo un momento de expectación cuando los parroquianos vieron que se abría la puerta volandera, pero al descubrir que era mi abuela la que salía con una bandeja, todo el mundo volvió al cuchicheo. Ángel Mones, don Elías y Vázquez habían sacado a Riera del bar. Mi tío Cosme estaba con Martín en la barra. Hasta se le había olvidado el hambre que tenía, y se limitó a mordisquear unas cuantas pipas saladas.

Mi madre, sentada como un indio en el suelo de la cocina, se quedó mirando cómo lloraba Ausencia.

En la noche, cuando ya todo el mundo se había ido y cesaron los chismorreos, sólo quedaron en la calle La Luna mi abuelo, Falla, que les había estado echando una mano todo el día, y mi abuela, que limpiaba las mesas y barría el suelo. Ausencia decidió salir al fin de la cocina. Tenía aspecto de viuda, los ojos desgastados y rojos, y, sin mucho recato, se sorbía ruidosamente la nariz.

—Si quieren despedirme, lo entiendo perfectamente.

—Pero, hija, cómo se te ocurre decir eso.

Ausencia intentó arrebatarle a mi abuela la escoba de la mano para seguir barriendo y cumplir, al menos, parte de su cometido diario. Pero fue una lucha sin sentido. Mi abuela se negó en redondo. Falla, con una botella en la mano, le aconsejó que se tomara una copita de anís, que venía muy bien para calmar los nervios. Ausencia, sentándose en un taburete, le aceptó el trago.

—Todo lo que han tenido que trabajar hoy sin mí... —rumiaba avergonzada mientras el ferretero le llenaba el vaso.

—Tú por eso no te preocupes —contestó mi abuelo—. Hay días para unos, y días para otros. Lo que sí te pediría es que nos cuentes ahora el por qué de este disgusto.

A la camarera le temblaron los labios, y bebió un sorbo de anís que le supo a centellas. No solía tomar licores.

—Piénsate bien las cosas, Ausencia —le empezó a decir mi abuelo en ese tono paternal que solía emplear con las personas que quería—. No creas que es tanta locura. Riera es un buen hombre, seguro que te trataría bien y jamás te faltaría nada con él. Es una buena proposición que, aunque no la quieras aceptar, no es descabellada, ni mucho menos para avergonzarse.

—Pero si ya lo sé... si es precisamente por eso.

Ausencia comenzó de nuevo a llorar, se le caían los mocos y el anís le anestesiaba la lengua. A pesar de eso habló, y habló, hasta que lo sacó todo para fuera porque pensaba que si lo seguía llevando dentro iba a morirse. Dijo que sabía que Riera era un buen hombre, que le tenía mucho cariño, que la iba a tratar como nadie, como a una reina, que fue bonito lo que hizo, dónde iba a encontrar otro que se declarara con flores y chaqué, pero que ella era una burra, que siempre lo había sido, que mira qué espectáculo había montado, que cómo iba a volver a mirar al concejal después de la humillación que le había hecho pasar, que con qué cara salía ella otra vez a servir las mesas delante de toda esa gente, que estaba enamorada de otro. Y con ese otro ninguna esperanza tenía, qué tonta, mira que enamorarse así, sin sentido, y un hombre bueno que la quería como esposa, y ella huyendo y queriéndose morir.

Cuando Ausencia les contó quién era la persona de la que se había enamorado, mis abuelos y Falla pensaron que se había vuelto loca. Ausencia les explicó que se lo había encontrado la otra noche en la calle de Perotti, que comprendió al verle allí, y no sabía muy bien por qué, que estaba enamorada de él, que siempre lo había estado, que le tenía presente en los días y en las noches, que se moría viéndolo y sin verlo también, que ahora entendía ella por qué le temblaban las piernas durante todos estos años cada vez que le servía un café, la muy pollina, que se pensaba que igual estaba enferma. Y había sido hace poco, hace muy poco cuando había sabido todo esto, todo lo que a ella le pasaba por dentro, y que era muy difícil de soportar, y encima justo ahora le pedía un hombre bueno que se casara con ella, y todo se le vino encima, y le apetecía volverse al pueblo y encerrarse allí y no salir nunca y llorar todo el rato.

—Entonces, ¿dices que todo esto te viene de la otra noche cuando le viste en la calle de Perotti?

—preguntó mi abuelo con incredulidad. Aunque no la juzgaba demasiado; a él el amor también le había llegado como un rayo.

Ausencia, que se había recostado sobre la barra para seguir sollozando a gusto, asintió con la cabeza.

—Esa calle últimamente está muy transitada —dijo el ferretero.

Mi abuelo le miró extrañado, y fue cuando Falla le contó.

MI TÍO APAGÓ EL FLEXO CUANDO OYÓ EL SONIdo de llaves y se tiró en la cama para hacerse el dormido. Sintió cómo mis abuelos abrían lentamente la puerta de su cuarto y se paraban un momento a observarlo, los dos hacinados en el umbral, mi abuelo sujetando la manilla. Luego volvieron a cerrar y Cosme escuchó sus bostezos por el pasillo.

Saltó de la cama, se sentó en el escritorio y se pasó la noche con la colcha sobre los hombros, encerrado en el círculo de luz del flexo, tratando de acabar los dos trabajos de la facultad. De vez en cuando hojeaba las páginas que había emborronado con las combinaciones de números del Gran Juego. Trabajando de madrugada sentía un peso de contrarreloj sobre él y una soledad desamparada, como si fuera el único ser vivo con los ojos abiertos a esa hora tratando de conservar el fuego de una hoguera. Pero era el tiempo que le quedaba. Intentó pensar en los serenos y en los locutores de radio. Cuando la claridad azulada del amanecer comenzaba a colarse por la ventana del patio, Cosme grapó las hojas y al fin pudo acostarse. Por la tarde tendría dinero y así podría comprarse un disco o ir al cine.

Apenas había dormido un par de horas cuando su hermana le despertó para decirle que su padre le llamaba por teléfono desde el bar. «¿Aún estás dormido?», gruñó mi abuelo. «Venid cuando podáis». Y sin más, colgó. Cosme pensó que tal vez Ausencia siguiera indispuesta y necesitasen su ayuda. Se limpió las legañas, vistió rápidamente a mi madre, que hizo mohines al saber que aquella mañana no irían a la buhardilla, y se marcharon.

—Pasa detrás del mostrador —le dijo mi abuelo con sequedad.

Había muy poca gente a aquellas horas. Martín todavía seguiría durmiendo, Riera y los demás no se habían atrevido a presentarse, aún estaba vacía la mesa de los periodistas, y los indianos tenían partida de canasta en el club social. Solamente había unos pocos clientes leyendo el periódico en la barra. A mi madre le gustaba aquella soledad para así poder correr a sus anchas entre las mesas.

Mi abuelo estaba lavando unos vasos. Cosme entró al mostrador, cogió un puñado de pipas del saco, y comenzó a colocar peladillas en los platos.

—¿Qué haces? Deja eso.

—Pensé que necesitabas ayuda.

—Ayuda la necesitábamos ayer, mientras tú te reías con Martín, y tuvo que venir Falla a echarnos una mano.

Mi tío enrojeció. Ausencia salió en aquel momento de la cocina llevando una pila de ceniceros limpios.

—Pásame aquellos vasos de allí.

Mi tío se los acercó a su padre y este, sin mirarlo, continuó aclarándolos bajo el grifo.

—Cosme, ¿tu hermana y tú habéis ido a la casa de Perotti?

—¿Qué?

—Lo que has oído.

—Bueno, papá, el día que la abrieron, después del entierro, con los demás.

—No me refiero a eso. Os han visto hace poco saliendo del portal de Perotti.

—¿Quién?

—¿Y qué más da quién? Ya sabes que tener un bar es tener muchos ojos y muchos oídos.

Sí, por desgracia mi tío lo sabía. Se le permitían muy pocos movimientos. Ya le había extrañado que durara tanto su secreto. Aún así, decidió seguir con la farsa.

—¿Seguro que era de la casa de Perotti?

—Sí, de su portal, del 7.

—Pues…

—Cosme.

—Sí, tienes razón —contestó mi tío bajando la cabeza y los hombros, como hundiéndose en sí mismo—. No te conté nada porque no quería preocuparte.

—¿Qué es lo que está pasando?

—La nena no dejaba de preguntar por Perotti, decía que igual todo era una broma y estaba escondido en casa para pegarnos un susto. Así que, para convencerla, fuimos hasta allí, llamamos a la puerta y nadie nos abrió.

Mi abuelo cerró el grifo y miró a su hijo.

—¿Y se disgustó mucho la nena?

—Un poco.

Mi abuelo se secó las manos y observó con ternura cómo mi madre canturreaba sola sentada en la mesa de Perotti y trataba de hacer un pajarito con una servilleta de papel.

—Está bien. Pero que sea la última vez. No andéis haciendo por ahí cosas raras. ¿Eh, Cosme? Que no me entere yo. Anda, corre, marcha de aquí, que tienes cara de cansado.

Mi tío volvió a ponerse la trenca, fue hasta la mesa donde estaba mi madre y le susurró que tenían que irse. Se lo dijo con una gran sonrisa. Nunca pensó que una regañina fuese tan provechosa. Mi tío Cosme había logrado al fin encontrar la solución del enigma.

MI MADRE AL PRINCIPIO NO ENTENDÍA NADA Y se dedicaba a seguir a Cosme, que caminaba rápido, que casi galopaba, que la dejaba atrás constantemente, que iba hablando solo y medio enloquecido. «No era un 8 era una B, no era un 8 era una B», repetía sin cesar. Mi madre, detrás de él, resoplaba y apenas podía andar cargando con el abrigo, la bufanda y las manoplas.

Al llegar al portal de Perotti, mi tío señaló el número en lo alto y le explicó.

—¿Ves? Perotti vive en el número 7.

A pesar de que el corazón le bombeaba muy rápido, Cosme miró a ambos lados de la calle. Antes no habían sido lo suficientemente precavidos. Cuando se cercioró de que no venía nadie, empujó la puerta y entraron dentro.

Como otras veces, subieron las escaleras corriendo. Aunque esta vez mi tío llevaba una gran ventaja, escalaba dando grandes zancadas. Tuvo que esquivar un cubo de agua sucia que la portera había dejado en medio de los escalones; fue dejando sus huellas en el suelo húmedo que apestaba a lejía. Nada más poner los pies en el último piso, el de Perotti, dijo en alto:

—Cinco.

Miró hacia la puerta de la buhardilla, la que atravesaban todos los días y cuyas llaves guardaba en el bolsillo.

—A.

Mi madre acababa de subir el último escalón y llegaba resoplando, con las mejillas acaloradas. Con la carrera, temía haber perdido la bufanda en algún punto de la escalera y se palpaba el cuello buscándola.

—Ya lo tenemos. 7, 5, B. Perotti nos estaba dando una dirección. Nos estaba señalando una puerta junto a su casa. ¿Lo entiendes, nena? Ahora tenemos que pensar cuál de estos será el B. Por lógica debería ser la de al lado…

Mi madre, jadeando, miró las puertas que los rodeaban. Puertas pequeñas y viejas donde los ricos acumulaban los somieres antiguos, las lámparas rotas y las maletas llenas de ropa usada. Mi tío estaba intentando meter las llaves de Perotti en las cerraduras de todas ellas, por si encajaba en alguna.

—Cosme…

—Espera, espera —le dijo su hermano tratando de embutir la llave dorada con un pez grabado.

—Cosme…

—Un minuto, que creo que en esta. Con un poco de fuerza…

Un sonido como de cascabeles inundó el piso de los desvanes. Cuando mi tío se dio la vuelta, se encontró a mi madre en la puerta de enfrente de la de Perotti, de puntillas, pulsando un botón. Aquella era la única puerta, exceptuando la de su viejo amigo, que tenía un timbre. «¿Quién pone un timbre en un trastero?», pensó mi tío acercándose hasta donde estaba la niña.

Tardaron poco en abrir. Cosme casi se muere del susto en un primer momento, cuando pensó que aquella puerta se había abierto sola. Pero mi madre vio mucho más que él.

COSME AL PRINCIPIO NO LA PUDO VER. FUE DESpués, cuando bajó la cabeza. Mi madre, que era de su altura, coincidió enseguida con los ojos de ella. Tras aquella puerta se encontraba una mujer diminuta. Una mujer pequeña peinada con laca y con la boca llena de carmín, enfundada en un vestido ajustado con encajes en las mangas, encaramada sobre unos pequeñísimos zapatos de tacón que parecían de juguete. Lucía sobre su pecho un extraño collar que le llegaba más abajo de la cintura. Cada una de sus cuentas estaba formada por relojes, por redondos relojes de bolsillo. Su cara era a la vez hermosa y ridícula; tenía mofletes gordos y ojos minúsculos, como si fuera una muñeca de porcelana. Mi madre y Cosme nunca habían visto a una enana. Ni siquiera en el circo.

—Buenos días —dijo la mujer. Cuando hablaba, su pequeña papada le vibraba un poco.

—Buenas días —contestaron al unísono mi madre y Cosme.

—¿Estáis buscando a Serafina Matilda Gutiérrez?

—Sí —respondió mi tío, que no sabía muy bien qué decir.

—Pues esa soy yo. Aunque prefiero que me llamen Tilda. Es más corto y, por ende, más apropiado.

Los tres se estuvieron mirándose largo rato sin decir nada. Un muchacho, una niña y una enana ante una puerta abierta. Hasta que Tilda bufó, emitiendo un sonido que parecía una débil carcajada.

—Dejad de perder el tiempo. Anda, pasad. Hacía días que os estaba esperando.

La buhardilla de Tilda era muy parecida a la de Perotti, como si fuera su gemela al otro lado del edificio. El mismo salón, la misma cocina al fondo; pero las cosas eran distintas. La parte azulejada tenía una puerta que la separaba del salón, una cocina de carbón y varios armarios en las paredes. La estancia principal también era un pequeño espacio atiborrado de estanterías, aunque esta vez no eran artilugios sin sentido lo que ocupaban los estantes, sino libros. Libros desde el suelo al techo, libros sin título ni autor que sólo se distinguían por los distintos lomos de colores. El centro de la sala lo ocupaba un escritorio de madera maciza sobre el que había un sinfín de papeles garabateados, unas gafas y un montón de lápices. Por toda la buhardilla, desperdigadas, había sillas y escobas. Sillas junto a las estanterías, al lado de la claraboya, en la cocina, y junto a cada una de ellas, su correspondiente escoba.

—Sentaos —dijo Tilda— que sitio no os falta.

Mi madre y Cosme escogieron dos sillas; la de mi madre estaba manchada de azafrán y la de Cosme tenía unos dibujos rojos. Tilda les igualó el gesto y se acomodó en la silla cercana al escritorio, dejando sus rechonchas piernecillas colgando. Se puso las gafas, que en ella quedaban enormes y le cubrían todo el rostro haciéndole parecer un búho, y se puso a revolver entre el montón de papeles.

—Señora, perdone —dijo mi tío.

—Señora también es muy largo —contestó ella sin apartar la vista de los legajos—. Ya te he dicho que me llaméis Tilda.

—Tilda, perdone. ¿Ha dicho antes que nos estaba esperando?

La mujer, absorta en su búsqueda en los papeles, asintió con la cabeza.

—Sólo tiene una letra más.

—¿Cómo dice?

—Que señora sólo tiene una letra más que Tilda. —La enana cogió sus pesadas gafas y las dejó abiertas sobre el escritorio—. Sólo tiene una letra más, pero eso no es poco, sino que es todo un mundo. Las letras y las especias son pequeñas, pero muy poderosas. Eso bien lo sabemos los escritores.

—¿Es usted escritora? —inquirió Cosme.

—Así es.

—¿Y has escrito todos estos libros? —preguntó mi madre con la boca abierta, alzando los ojos hacia los altos estantes.

—Todos no, pero algunos sí.

Cosme intentó buscar en su memoria el nombre de Serafina Matilda Gutiérrez, pero no logró encontrarlo.

—Me parece que nunca he leído nada suyo.

—Oh, seguro que sí, lo que pasa es que no lo sabes.

Aquella contestación dejó a mi tío más descolocado de lo que estaba. Pero decidió seguir indagando porque tampoco se le ocurría otra cosa que preguntar.

—¿Y sobre qué escribe?

—Sobre absolutamente todas las cosas. Los libros sirven para casi todo, incluso para encender una chimenea o usar un sable.

Y dicho esto, Tilda volvió a ponerse las enormes gafas y a seguir rebuscando entre los papeles.

Mi tío, ya con cierto cansancio, se metió la mano en el pantalón y sacó un papel arrugado.

—¿No será usted quien nos está escribiendo esto? —dijo con la nota en la mano—. Porque entonces sí, la he leído.

Tilda bajó de la silla con una pequeña cabriola, se acercó a Cosme y le cogió el papel. Lo leyó con atención.

—¿7-5-B? —inquirió—. ¿Esto es lo que os ha traído hasta aquí?

Al hacer esta pregunta miró directamente a mi madre que, en un gesto instintivo, afirmó con la cabeza.

—No, no lo escribí yo. Pero habéis tardado demasiado en venir. Creo que vais a necesitar más ayuda de la que pensaba.

Tilda se dirigió hacia la cocina taconeando, moviendo sus pequeñas caderas y arreglándose el pelo lleno de laca con sus manos gordezuelas de uñas pintadas. Cogió una de las sillas, la que tenía junto a la puerta del horno, y se encaramó en ella de un saltito. Abrió uno de los altos aparadores, se inclinó un poco para coger la escoba del suelo y, con el palo, sacó del fondo del armario una tetera cogida por el asa. Todos estos movimientos los ejecutaba Tilda con extraordinaria habilidad. Bajó con la tetera en la mano, desplazó la silla hacia la izquierda, y volvió a subirse en ella para abrir el grifo, llenar la tetera de agua y ponerla en los fogones. Tilda regresó al salón bajo la atenta mirada de los dos hermanos, sobre todo la de mi madre, que la observaba como si fuera un espectáculo. Cuando aquella mujer pequeña se movía arrastraba con ella el sonido de sus tacones contra el suelo y el tic tac de los relojes que llevaba al cuello. Era como el soniquete de una maquinita funcionando.

—Nada se me resiste con una silla y una buena escoba —dijo Tilda guiñándole un ojo a mi madre y haciéndola sonreír.

Aquella buhardilla guardaba otra semejanza con la de Perotti, y era el calor que se sentía dentro, como si la caldeara una chimenea que no existía. Pero no lo emanaban los tubos de la caldera discurriendo por las paredes, sino una estufa de hierro que había al fondo. Parecía un camarote que navegaba cálido en mitad de la nieve. Los tres estaban sentados en unas sillas que entre sí formaban un triángulo, mi madre y Tilda meneaban las piernas que no les llegaban al suelo y mi tío tamborileaba los dedos sobre los muslos. Guardaban silencio sin saber muy bien qué decir en aquella casa donde una mujer enana tenía que ponerse de pie en una silla y golpear con una escoba la bombilla que colgaba del techo para encender la luz. Flotaba una sensación plácida. En la estancia sonaban los relojes de Tilda y el viento de la calle que golpeaba la claraboya. Los mismos sonidos que en la buhardilla de Perotti. Cosme, a pesar de no tener ni idea de lo que estaba pasando, se sentía tranquilo. Le gustaba aquella escritora minúscula y misteriosa, no podía evitar mirarla con ternura porque le recordaba a la primera vez que había visto a Gabriela de niña vestida con las ropas de su madre mirándose en un espejo. Además sentía que había encontrado en ella una aliada, alguien quien le diera respuestas. Mi madre, mientras tanto, se preguntaba si tendrían que meter a Tilda debajo de su cama.

La tetera empezó a silbar, rompiendo aquel extraño momento sin palabras entre los tres. Tilda hizo una de sus peculiares piruetas para bajar de la silla y se fue rumbo a la cocina iniciando aquel alboroto de tacones y relojes. Volvió alzando dos tazas humeantes en cada mano y se las ofreció a sus invitados en un gesto muy ceremonioso. Agua caliente con azúcar y achicoria.

—Ahora que ya nos conocemos un poco mejor, podéis hacerme todas las preguntas que queráis —dijo Tilda, dando pie a la conversación que todos sabían que iban a tener.

—¿Conoces el Gran Juego? —se le adelantó mi madre a Cosme.

—¿El Gran Juego? —contestó la escritora arqueando una de sus cejas pintadas con lápiz negro—. ¿Qué es eso?

Mi madre y Cosme se miraron entre sí con cierto terror. Hasta que Tilda bufó de nuevo con aquel carraspeo que emulaba una risa.

—¡Qué caras tan graciosas habéis puesto! Pero hacéis bien. Supongo que ya sabéis que el Gran Juego es un secreto y no conviene que habléis de él por ahí.

—¿Entonces lo conoce? —preguntó Cosme con alivio.

Tilda asintió haciendo un extraño gesto con su boca llena de carmín.

—Ya os he dicho que llevaba tiempo esperándoos. Cuando Perotti nos dejó, supuse que pasaríais por aquí.

Al escuchar esto, mi madre expandió sus ojos con alegría.

—¿Tú también eras amiga de Perotti?

—Sí, lo éramos las dos. Por eso sabía que él te lo iba a dejar a ti. El Gran Juego es imparable y Perotti, como buen jugador, no lo iba a dejar morir.

Mi madre se sintió tan orgullosa y complacida que le apeteció llorar, y la taza de achicoria comenzó a temblarle en la mano.

—¿Pero qué es el Gran Juego, Tilda? —preguntó mi tío con cierta excitación—. ¿En qué consiste? ¿De qué nos sirven todas esas pistas, todas las cosas que vamos reuniendo?

—No tengo ni idea.

Cosme esperó que la mujer diminuta bufase de nuevo. Pero no lo hizo.

—Entonces, ¿de verdad no lo sabe?

—No. Lo único que sé es que, de algún modo, formo parte de él. Supongo que soy una de esas «cosas» que debéis de ir reuniendo.

—Pero… pero… ¿no sabe qué es lo que tenemos que hacer, en qué consiste todo esto?

La escritora le miró con sus pequeños ojos llenos de conmiseración.

—¿Sabe acaso un peón de ajedrez cómo se puede ganar una partida?

«Nunca te habló de mí, porque le pedí que no lo hiciera —dijo la enana mirando a mi madre, como disculpando al anciano—. Yo no quería que nadie supiera que estaba aquí. Pero de ti sí que me hablaba, y mucho». Un día Perotti llegó presintiendo a la muerte. Le confesó a Tilda que ella formaba parte del Gran Juego, que era otra pieza más y que vendrían a buscarla. Por eso la escritora llevaba todo ese tiempo preparándose para recibirlos, asimilando que irían a verla, mentalizándose para la nueva compañía. Tilda les explicó cómo había conocido hacía años a Perotti. La había encontrado en la pequeña casa destartalada del pueblo que compartía con sus padres, y de la que no se había atrevido a salir ni siquiera después de que estos murieran. Había estado allí escondida toda la vida. Al principio ni le abrió la puerta. Pero como aquel hombre regresaba todos los días, no le quedó más remedio que ceder. Perotti se encontró de frente con una mujer ínfima, sucia, malhumorada, que vivía en una casa sin luz repleta de papeles escritos a lápiz repartidos por todos los rincones y que le amenazaba con una escoba alegando que si había venido para instarla a unirse a un circo o para sacarla en una de esas horribles revistas donde exhibían a los monstruos, se había equivocado de persona. Perotti le explicó que lo que pretendía era precisamente todo lo contrario. Comenzó a visitarla cada vez que tenía un rato libre y Tilda le recordaba que la próxima vez que viniese se acordara de traerle alguna palabra. Como se había cambiado a una editorial más grande, los libros de Tilda comenzaron a venderse mejor y almacenaba los billetes bajo las patas de la mesa. Perotti le contó que él se había mudado a la buhardilla en la que guardaba sus trastos, ya que como pasaba tanto tiempo allí, había entendido que esa era su verdadera casa. Cuando los inquilinos de enfrente dejaron la suya libre, Perotti le propuso a Tilda arreglarla y que se viniera junto a él porque pronto iba a necesitar alguien que le cuidase. A la escritora le pareció bien aquel lugar, porque vivir en un desván significaba seguir viviendo oculta. Entonces decidió mudarse a la ciudad, y hacerse trajes y zapatos por encargo. Cuando los años empezaron a hacer tiritar las manos de Perotti, fue Tilda quien se ocupó de pasarle el polvo a todas las piezas de su buhardilla. Era también ella quien le planchaba la ropa, le fregaba el suelo y se ocupaba de que siempre tuviera las pastillas a su alcance. Lo único que no hacía era vestirlo. El anciano, orgulloso, se ocupaba de ponerse él solo los pantalones, darle cuerda a su reloj, y colocarse el sombrero sobre la cabeza. Cuando Perotti regresaba del bar, se metía en la buhardilla de Tilda y los dos cenaban juntos sopa, pan y vino.

La escritora acabó el relato, y mi madre y Tilda se fundieron casi sin querer en un poderoso abrazo; las dos intentaban abarcarse la una a la otra con sus pequeños brazos. Cosme las miró con ternura. Las mujeres diminutas de Perotti. A las dos la muerte les había arrebatado a su único amigo.

«Puedes dejarla aquí», le dijo Tilda quitándose de los ojos, con sus dedos pequeños y gordezuelos, una minúscula lágrima.

LOS BOLLOS DE AZÚCAR CALIENTE SALÍAN DEL horno de la pastelería, en la calle nevaba, y Gabriela Lumpén tocaba el piano a solas en el salón de su casa. La espalda erguida, los ojos cerrados, el pelo recogido, los dedos volando. Guillermo Lumpén entró despacio. Sin ruido, dejó sobre el sofá su cartera marrón, lentamente se fue quitando la bufanda, desabrochándose el abrigo. Le robaba la soledad a su hermana, y Gabriela se la daba. Pero el encanto entre ambos desapareció, Gabriela se desconcentró y tocó mal una nota que le hizo parar la música. Todo se debía al alboroto que estaba causando Martín, abriendo y cerrando puertas, buscando por todos los sitios sus llaves, gritándole a su madre que no iría a cenar porque había quedado con Cosme.

COSME PENSÓ QUE TILDA NO LES HABÍA MENTIDO cuando les había dicho que no sabía de qué trataba el Gran juego, sólo que formaba parte de él. Al fin y al cabo, a mi tío le sucedía lo mismo. También él era una pieza más, o eso habían deducido. Una escritora enana, un almanaque caducado, un pequeño mundo de jabón, Cosme. Un mapa invisible. Ningún sentido.

Mi tío no se equivocaba al creer que en Tilda encontraría una aliada, aunque no precisamente para lo que él había supuesto. «Puedes dejarla aquí», le había dicho la escritora. «Puedes dejarla aquí cuando quieras. Yo la cuidaré. Tenemos mucho que hablar». Mi madre, a pesar de que era sumamente recelosa con los desconocidos, se puso contenta al escucharlo. A mi tío también le pareció una buena idea. En todos estos años no había tenido a nadie que le ayudase con su hermana. Era él quien se ocupaba de vestirla, de llevarla al colegio y de que cada noche estuviera en la cama. Por cuidar a mi madre había renunciado a muchas tardes en casa de Martín, y en el fondo culpaba a la niña porque creía que ese había sido el inicio de su lejanía con Gabriela. Cuando mi tío no podía hacerse cargo de mi madre, tenía que dejarla en la calle La Luna y le mataba aquel duelo que parecían tener su padre y ella, mirándose como dos amantes tristes. Mi abuelo observaba a mi madre vagar por el bar todas las horas muertas de las vacaciones de Navidad, peleándose porque dejaran libre la mesa de Perotti, tropezando con Ausencia, dándole patadas a los corchos del suelo, hablando sola por los rincones. Mi madre miraba a mi abuelo detrás de la barra, siempre tan ajetreado, deseosa como estaba de ir a abrazarlo, viendo cómo se quitaba con la palma de la mano el sudor de la frente y se le agotaba aquel maravilloso olor a jabón. Era tal el ajetreo que solía haber por Navidad, que ni siquiera mi madre podía, como mi abuelo le había sugerido, ponerse a hacer los deberes o a pintarrajear tras la barra apoyada en el bidón de las aceitunas, ya que mi abuelo siempre le estaba apartando para abrir el gigantesco bote y, cada dos por tres, se chocaba con ella. Ni eso les quedaba.

Cosme le prometió a Tilda que recogería a la niña antes de que oscureciera, e intentó darle a mi madre un beso de despedida, pero esta le apartó la cara. Después de su desaparición, mi madre solía desembarazarse de todas las caricias de su hermano. Mi tío encogió los hombros con resignación y bajó las escaleras de la buhardilla silbando. A pesar de todo el sueño que tenía, decidió aprovechar su tiempo libre para hacer lo que había pensado durante la madrugada: llamar a Martín, ir al cine y explicarle que no podía pasarse más noches sin dormir.

NO HABÍA IDO NADIE AL BAR EN BUSCA DE RIERA para que le acelerara un permiso o para quejarse de las obras de la calle. El político se había convertido en poco tiempo en el hazmerreír del Ayuntamiento, en un viejo tarado y alfeñique que confesaba sus amores en público a las camareras y para ello se vestía como un tarugo. Había quien decía que había perdido la cabeza, y otros aprovecharon la ocasión para recalcar que ese hombre jamás había tenido categoría política.

No había ido nadie a mendigarle a la calle La Luna, pero aunque lo hubiesen hecho, no lo habrían encontrado. Riera no salió de casa; se quedó en la cama vestido con un absurdo pijama que sus hermanas le habían regalado para su santo. A veces, empujando el orinal debajo del somier o levantándose a por agua a la cocina, tenía que morderse la mano para no ponerse a llorar como un niño. Le escocía el ridículo, pero sobre todo le taladraba la pena. Él ya se había imaginado con Ausencia, la había visto rondando en aquella casa con camisón, abrazándole en la cama, dándole la mano por la calle, calentándole la vida. Y cuando pensaba en esto, el concejal Riera se arrugaba entre las sábanas. Pero los mismos que le habían llevado a casa, el doctor Ángel Mones, el abogado don Elías y Vázquez, también fueron a sacarlo de allí. Aporrearon su puerta, le dieron la vuelta al colchón tirando al concejal al suelo y le dijeron que hiciera el favor de vestirse porque una cosa era perder el amor, y otra perder el trabajo y la honra.

Riera entró en el bar acompañado de sus amigos, dándole vueltas en la mano a su sombrero y sin atreverse a levantar la vista. La calle La Luna se llenó de murmullos. Los periodistas reconstruían entre risas la patética escena amorosa que habían presenciado días atrás, y los indianos chismorreaban entre ellos. Menos don Olegario, que afirmaba con enfado que el peor de los dictadores era la opinión pública y que a esa no la iban a poder derrocar nunca. Pero Riera no estaba nervioso por los cuchicheos, ni la vergüenza era lo que le hacía mantener los ojos clavados al suelo: temía que al levantarlos se la encontrara a ella sujetando la bandeja y apartándole con asco la mirada.

Mi abuelo, atento a todo, decidió prepararle al concejal un carajillo, como siempre, y echarle doble chorro de coñac para que resultara un anestésico más potente. Con discreción, salió de la barra, abrió la puerta de la cocina e informó de la situación. Ausencia, que trataba de quitarse una mancha de cerveza del mandil, asintió. Se arregló el pelo con los dedos y abrió la boca como un caballo para que mi abuela le dijera si tenía comida entre los dientes. Una vez arreglada, cogió la bandeja con firmeza, y golpeó con sus caderas la puerta volandera.

—Aquí tiene, concejal, su carajillo —dijo Ausencia poniéndole con alegría la taza encima de la mesa mientras los parroquianos observaban la escena con expectación—. Y a ver si me pide otro pronto, que últimamente me está dando poco trabajo y estos muslos tengo que adelgazarlos rápido.

Riera la miraba alelado. Pero cerró la boca, cogió el vaso y se bebió el carajillo de un golpe con suma felicidad.

—Ya está, hermosa. Tráigame otro cuando pueda, que usted no quiere estar parada ni yo demasiado sobrio.

El resto del bar, al ver que la vida seguía como siempre, se despreocupó de aquella historia y volvieron con sus partidas y sus tertulias. Para Riera, sin embargo, el hecho de que nada hubiese cambiado constituía la mejor de las maravillas. No había perdido nada, allí continuaba todo aquel calor, y él podía seguir viviendo para verla deambular entre las mesas y compartir con ella aquellas bromas diarias.

Ausencia, de camino a la barra, intentaba que no se le notara que le temblaban las piernas. No solamente por los nervios que suponía enfrentarse de nuevo a Riera, hacerle ver que lo continuaba apreciando y que entre ellos jamás habría vergüenzas ni rencores, sino porque el otro, el hombre del que se había enamorado insensatamente, también estaba en el bar. Probablemente jamás la mirase de una forma distinta de como se mira una cucharilla o una cafetera, y Ausencia jamás miraría a otro de aquella forma desgarradora y hermosa como le miraba a él. Se conformaba con servirle en la mesa y caminar delante de él sin tropezarse. Por lo tanto su único destino, auguraba ella, sería quedarse soltera como sus tías mirando fotografías antiguas. Ella, ya lo decía su madre, era necia como los burros que se resisten a entrar en las cuadras a pesar de que llueva, y sabía de sobra que jamás podría dominar el amor que, como había comprobado ya, es loco y es salvaje.

MARTÍN LLEGABA TARDE, COMO SIEMPRE. Venía corriendo, tratando de ponerse la manga izquierda del abrigo mientras el viento se lo azotaba y le hacía más difícil la tarea. Mi tío Cosme, acostumbrado a estos retrasos, esperaba a Martín Lumpén sentado en el respaldo de un banco comiendo pipas, de la misma forma que espiaba a Gabriela.

—Peter, deja ya de comer semillas, que viene Martín con el tabaco —le dijo su amigo, aún jadeando, ofreciéndole la cajetilla de contrabando que habían comprado a medias a Maruja.

—La próxima vez recuérdame que me lleve la mitad de los pitillos.

Cosme le dio a Martín uno de los trabajos que había acabado esa madrugada.

—¿Es el de la clase del profesor Méndez?

Mi tío asintió.

—Genial —contestó Martín, y se puso a revolver en sus bolsillos en busca de la cartera—. ¿Lo de siempre?

—Sí, este no ha sido especialmente difícil.

Martín dejó en la mano de mi tío un par de billetes, se incrustó los folios grapados debajo de la axila y palmeó a su amigo en la espalda por el trabajo bien hecho.

—Y ahora vámonos, no querrás llegar tarde al cine —dijo Martín con ironía.

Mi tío Cosme se quedó quieto mirando el dinero que tenía en su mano abierta.

Aquel trueque había empezado cuando eran niños y mi tío acudía todas las tardes a casa de los Lumpén. Martín se distraía con cualquier cosa, era incapaz de acabar a tiempo los deberes de matemáticas, dejando pasar largos minutos entre una suma y otra. Sumas que la mayoría de las veces estaban mal y tenía que comenzar de nuevo. Como mi tío tenía prisa porque quería pasar algún tiempo con Gabriela, acababa arrebatándole la libreta a su amigo y haciendo él mismo todas las cuentas. Martín, agradecido, le pagaba con dinero porque sabía que a Cosme le faltaba. Así fue como mi tío se convirtió en el «negro» de Martín Lumpén.

Cosme se ocupaba de redactarle los trabajos, le pasaba a limpio los apuntes, se aseguraba de mantener sus libretas al día. En los exámenes se sentaba junto a Martín con más folios de los debidos, escribía dos iguales y, cuando no miraba el profesor, le pasaba el segundo a su amigo. En la Universidad se matricularon de algunas asignaturas distintas. Era Cosme quien se presentaba a los exámenes de Martín, estudiando el doble de lo que debería. Se parecían tanto que nadie descubrió el engaño. Además, como estaban casi todo el tiempo juntos, a los profesores les era difícil distinguir quién era quién. Aquel fue el primer trabajo que tuvo mi tío, por el cual Martín Lumpén le pagaba generosamente. Con ese dinero, que por supuesto escondía a sus padres por la manera ilícita en que lo conseguía, compraba sus discos, sus copas, su tabaco de contrabando y sus entradas al cine.

—Bueno, ¿qué? ¿Nos vamos o te vas a quedar en el banco todo el día?

—Martín —contestó mi tío guardándose el dinero en el bolsillo—, por algún tiempo voy a tener que dejar esto.

—¿Dejar el qué?

Cosme carraspeó, un poco incómodo por la situación.

—De hacerte los trabajos. Es que no... no tengo tiempo. Apenas duermo. Entre mi hermana, estudiar, y lo otro...

—¿Lo otro?

—¿Qué? No, no, nada. No quería decir nada. Yo... que estoy muy cansado.

Martín empezó a mirarlo como nunca lo había hecho: con desconfianza.

—Estás muy raro últimamente. No sé a qué viene esto. ¿Es que no necesitas el dinero?

—Claro que sí, pero no es eso.

—¿Y no será que ya lo tienes?

—¿Qué?

—Vete a la mierda, Cosme.

Y Martín Lumpén echó a correr dando grandes zancadas, apartándose de los ojos la nieve que empezaba a caer.

TILDA LES ASEGURÓ QUE DESDE QUE HABÍA MUERto Perotti no había vuelto a entrar en la buhardilla. «Yo me dedicaba a cuidar de él, no de sus cosas», les contestó. Cosme arrugó el ceño. Pensaba que aquella mujer diminuta era la responsable de que, a veces, encontraran los artilugios descolocados, que Tilda era la presencia que solían sentir alrededor. Pero no era así. «Alguien nos espía», pensó mi tío, sintiendo de nuevo aquella inseguridad que le rodeaba desde que comenzó el Gran Juego.

—Has venido antes de lo que dijiste —le dijo la escritora enana mirándole con sospecha.

—Sí, hubo… hubo un cambio de planes.

Mi madre no quería irse. Se agarraba a Tilda como quien se aferra a un juguete que le quieren quitar.

—Nena, que estamos molestando.

—¿A mí? —preguntó Tilda—. ¿Te refieres a que me estáis causando fatiga, perturbación, extorsión, enfado, fastidio, desazón o inquietud del ánimo? Pues nada de eso.

Mi madre miró a Cosme con ojos suplicantes. Mi tío claudicó, y le dijo que podían quedarse un rato más.

—Disculpe, Tilda, ¿le importa que fume? No he tenido tiempo de hacerlo en paz.

—Oh, claro que no —y notó en sus pequeños ojillos un brillo de alegría—. ¿No fumarás Farias, por casualidad?

—Pues no. Fumo esto —dijo mi tío enseñándole los cigarrillos de contrabando que le acababa de dar Martín.

—Es una pena. Pensé que volvería el olor de Perotti a esta casa.

Cosme cogió una de las múltiples sillas que había distribuidas por toda la estancia y se puso a fumar en aquella buhardilla caliente llena de escobas, de libros y de papeles escritos y pegados con celo por cualquier rincón.

A mi madre le costó soltar a Tilda y volver con su hermano. Cosme se aseguró de atarle bien los zapatos y ajustarle las manoplas para que no se le colara ni un poquito de nieve. De camino a casa no hablaron una sola palabra.

—¿Qué te pasa, Cosme? —soltó de repente mi madre—. ¿Estás taciturno?

—¿Cómo dices?

—Que si estás retraído.

Mi tío la miró con estupefacción, no dijo nada y siguió caminando. Se habían metido en una extraña aventura llamada el Gran Juego, una enana se había convertido en niñera improvisada, Gabriela había estado en su cocina, alguien les vigilaba, su amigo Martín se había vuelto loco y su hermana hablaba como un académico.

MI ABUELO, DETRÁS DE LA BARRA, CONSERVAba una figura imponente de hombros anchos y llevaba siempre la ropa planchada. Hablaba pausadamente, daba consejos, colocaba las corbatas de los muchachos, intentaba quitarles a los hombres su gusto por las casas de citas, regalaba copitas de anís y sopas de ajo a quien no pudiera pagarlas. Llevaba con honra su libretita guardada en el bolsillo de la camisa, orgulloso como estaba de su profesión de alquimista. Cuando se ponía su anillo, su abrigo azul marino y su sombrero, a mi madre le parecía un príncipe.

Todos los parroquianos le miraban con respeto. Todos menos Mágico García. El indiano miraba a mi abuelo por encima del hombro aún estando sentado. Mágico García, con dientes de oro, aspecto afable, pelo translúcido, mejillas rosadas, trajes blancos y bastón con mango de cacatúa. Lo más hiriente de todo era que Mágico García tenía cara de bobalicón.

Aquel día, don Elías había llegado puntual a su cita. García se extrañó cuando el abogado le puso una mano en el bastón impidiendo que desenroscara el mango, y le dijo que no quería licor. El indiano le pasó por debajo de la mesa un nuevo sobre cerrado con lacre púrpura.

MARTÍN NO QUERÍA PONERSE AL TELÉFONO. LA señora Lumpén le dijo a mi tío que estaba en la cama con fiebre y no podía levantarse. Desde que Cosme le conocía, Martín Lumpén jamás había tenido ni siquiera un resfriado. Su madre alegó que era por el frío de aquellos días y colgó rápidamente el teléfono. Si al menos le hubiera cogido la llamada Gabriela y hubiera sido ella quien se hubiera inventado una excusa, mi tío habría tenido el consuelo de escuchar su voz. Luego Cosme lo pensó mejor. No, estaba bien así; no hubiera soportado que Gabriela le hubiese mentido. Ya le había rajado el pecho que le hubiera contado a Guillermo la desaparición de su hermana. Al menos habían sido unos minutos en la cocina, un café con prisa, una llave caliente en la mano. Vivir dentro de aquel tiempo detenido.

Cosme había escrito en un papel el nombre de Serafina Matilda Gutiérrez y se lo había dado a su hermana para que lo metiera debajo de su cama con el resto de piezas de aquel extraño puzzle.

Como había hecho las últimas mañanas, cogió a mi madre del brazo y se la llevó a la buhardilla junto con sus apuntes.

Mi tío trataba de estudiar tirado en la cama Perotti, pero ese día tenía el cerebro revuelto de la misma forma que se tiene el estómago después de un viaje en barca. Por lo tanto, dejó las ecuaciones sobre la colcha granate y comenzó a analizar con precisión de entomólogo todos los objetos de aquella estancia. Los paraguas oscuros, el baúl con plumas y perlas, los dibujos, los telescopios, la Underwood, las figuritas de alambre, las partituras, el enorme ventilador, las bolas de cristal, el kinetoscopio, los relojes... Abrió su libreta y comenzó a hacer inventario. Apuntaba cada cosa con sus características y el número de unidades. *«Cinco estrellas de mar secas (todas parecen iguales, sin cambios). Tres lupas (una de ellas con mango de plata, en un bote. La más pequeña, sobre la segunda estantería. La tercera, más antigua que las otras, junto a los antifaces). Seis baúles...».* Estaba convencido de que en aquellos objetos estaba la respuesta o, al menos, el patrón.

Mi madre le preguntó si podía ir a casa de Tilda. Cosme rugió algo incomprensible. La niña le tiró con fuerza del pantalón y le volvió a preguntar.

—¿Por qué? —la interpeló Cosme—. ¿Es que ya no te gusta estar aquí?

Mi madre dudó un momento antes de responder.

—Sí. Pero... ¿podría venir aquí con ella en vez de contigo?

Cosme la miró perplejo.

—¡No! ¡Claro que no! —le chilló.

Mi madre, asustada, se encerró en el baño, y comenzó a regar las enormes plantas con el vaso en el que Perotti guardaba su dentadura postiza.

Cosme, mientras tanto, continuaba con su inventario preguntándose por qué últimamente todo el mundo le odiaba.

HACÍA YA MUCHOS AÑOS QUE LA TÍA CLOTILDE no venía de visita. Perotti la echaba de menos. Había crecido, era un muchacho delgado y ojeroso que trabajaba descargando melones, ladrillos y cualquier cosa que hubiera que bajar de un camión. Todo lo hacía con alegría y con prisa, como si estuviera esperando la jornada para acostarse en la cama con la mujer que quería.

Cuando llegaba a casa se encontraba con su madre en la cocina y una botella medio vacía de aguardiente sobre la mesa. Su madre, sin hablarle, tambaleándose sobre la silla, abría la mano sudorosa para que le diera las ganancias del día.

Algunos años antes, harto de que su madre le inspeccionara todas las cartas, había escrito a su tía Clotilde para decirle que a partir de ese momento le escribiese a casa de su amigo Rómulo. Que era de confianza, y además, ciego.

A COSME LE DIO UN VUELCO AL CORAZÓN CUANdo sonó el timbre. ¿Quién podría ir a llamar a la buhardilla de Perotti? Se acercó lentamente a la puerta, y la abrió manteniéndose detrás de ella, para que no le vieran y el otro tuviera que identificarse primero.

—Era lo que nos faltaba en esta historia, fantasmas.

Mi tío se asomó. Había reconocido la voz de Tilda. La pequeña escritora, con su elegante traje hecho a medida, su peinado con laca, los labios y los ojos pintados, sus diminutos zapatos de tacón y su collar de relojes, se encontraba sobre el felpudo llevando a mi madre de la mano. Cosme estaba tan enfrascado en su inventario que no se había enterado que la niña, de puntillas, había abierto la puerta y se había ido a casa de Tilda. Mi madre, que no se escapaba nunca, últimamente no hacía más que escaparse.

La niña miraba hacia abajo y esperaba su regañina. Sobre todo porque sabía que lo peor estaba por venir.

—Me ha dado esto —le dijo Tilda a mi tío acercándole un sobre que venía escrito con letras góticas.

No tardó en saber de qué se trataba. Era otra pista.

—¿Dónde lo has encontrado? —le preguntó Cosme a su hermana.

—Eso es baladí —contestó mi madre sin apartar la mirada del suelo.

—¿Cómo dices?

Tilda intervino rápidamente.

—Cosme, me ha dicho que quiere que ahora sea yo la que la ayude con el Gran Juego.

Mi tío suspiró. Ya estaba muy cansado de todo. Estiró la mano con el sobre y se lo tendió a la escritora.

—Puede que eso sea lo mejor.

—No —contestó simplemente Tilda.

Y taconeando se fue a su casa.

VÁZQUEZ SE LEVANTABA CADA DÍA A LAS CINCO de la mañana para leer los periódicos. Su mujer se despertaba diez minutos antes para hacerle el desayuno. El periodista tenía las llaves de la gaceta, entraba allí de madrugada y, antes de abrir, charlaba un rato en la calle con el sereno. A veces le proporcionaba datos jugosos. Nadie mejor que él sabía lo que se cocía en las noches.

La mesa de Vázquez estaba llena de periódicos locales, regionales, nacionales, hojas parroquiales y todo tipo de extrañas publicaciones. Se ponía las gafas sobre la nariz, se ajustaba el sombrero austriaco, se chupaba el dedo índice para pasar las hojas y, en el silencio de la gaceta sin el traqueteo de las máquinas de escribir, lo leía todo bajo la luz de su bombilla.

Cuando Guillermo llegaba, se sentaba en una silla al otro lado de la mesa de Vázquez y comentaban las noticias. Lumpén siempre lograba ver algo que al viejo periodista se le escapaba. Por qué en la fotografía sólo salían tres hijos si en el texto venía perfectamente especificado que la familia Rúa tenía cuatro. De dónde había sacado la cofradía de sastres el dinero para la verbena de otoño cuando aquel año se habían cerrado más de media docena de sastrerías, signo de que corrían malos tiempos para el hilo. Qué razón impulsaba a Magín Rivell, el famoso violonchelista, a dar numerosos conciertos en el teatro de la ciudad, si esta no era reconocida precisamente por su melomanía ni a Rivell se le conocía ningún vínculo con ella. A veces veía tanto y con tanta claridad, que al propio Vázquez le daba miedo.

Aquel día Guillermo Lumpén había llegado sobresaltado al bar de mis abuelos. Sofocado, como si hubiese corrido. Lo que resultaba bastante extraño, porque Lumpén solía andar despacio; eran los relojes los que se adaptaban a él y no al contrario. Sus compañeros suponían que era por el ansia de saber lo que habría ocurrido con Vázquez. Al viejo periodista y al fotógrafo Orejas les habían vuelto a sentar en el banquillo. Habían publicado la historia de un huevero que se había llevado una paliza de la Guardia Civil por reclamar ante una infracción de tráfico que él consideraba injusta. Le habían dejado los ojos hinchados y del color de las ciruelas.

Orejas entró en el bar con la cámara colgando del cuello y Vázquez venía satisfecho.

—No nos pudieron hacer nada —le dijo a Guillermo mientras le estrechaba la mano como señal de una nueva victoria—. Nos dijeron lo de siempre: «Rojos, que no hacéis más que ver lo que no se puede ver». Ya sabes, Guillermito, mientras no hables de los mineros y del pluriempleo, aquí nadie puede agarrarte los cataplines.

—Entonces vamos a celebrar nuevamente que hemos contado sin contar —dijo Guillermo agarrando con fuerza su cartera marrón, como si aquellas palabras pudiera atacar de alguna forma el contenido que llevaba dentro—. Yo invito.

Y Lumpén se acercó a la barra.

El doctor Ángel Mones observaba la garganta irritada del zapatero poniéndole una cucharilla de café en la lengua y anunciándole que aquello eran anginas. Riera devoraba con apetito un plato de menestra. Mágico García volvía a perder al dominó. Ausencia entraba en la cocina y metía su grueso dedo en un tarro de miel para untársela en los labios y que no se le agrietasen con el frío. Mi abuela escuchaba en la radio que no nevaba tanto en la ciudad desde hacía 60 años, mientras revolvía con un cucharón de madera la olla humeante del arroz con leche. Las manos se le llenaban de vapor y de olor a canela y limón.

Aquel día, en el bar, iba a haber una pelea.

MI MADRE SE HIZO UN OVILLO SOBRE LA CAMA de Perotti mientras mi tío leía la nueva pista: *El número 11, redondo y brillante como una rueda de plata*. Ni siquiera se molestó en preguntarle a mi madre si entendía algo. La niña miraba hacia la pared y no quería darse la vuelta.

—De verdad que yo no sé qué te pasa. No estoy para aguantar a niñas caprichosas.

Cosme, de malos modos, la bajó de la cama. Mi madre parecía un muñequito roto.

—Siempre sola y, últimamente, tanta compañía —dijo Tilda al otro lado de la puerta.

—No sé qué le ocurre a la nena. Está insoportable. Mejor quédatela, que ya intentaré descifrar esto por mi cuenta.

—Claro, pero antes pasa y toma algo caliente. Más tarde, haz lo que quieras.

Mi tío metió a empujones a mi madre en casa de Tilda. La pequeña escritora realizó de nuevo su ritual de subirse a la silla y coger la tetera por el asa con el mango de una escoba. Luego regresó junto a los dos hermanos.

—Sabes que venir aquí no es gratis —le dijo a mi madre pellizcándole la mejilla—. Dime, ¿qué palabra has traído para mí?

La niña la miró y luego volvió a bajar los ojos al suelo.

—Caprichosa —respondió.

—Esa palabra ya la tengo. Caprichosa: que actúa por capricho. Capricho: idea o propósito que uno se forma sin razón aparente, antojo.

—¿Qué es antojo? —preguntó mi madre.

—Un deseo vivo y pasajero de alguna cosa.

—¿Qué es pasajero?

—Que pasa pronto o dura poco.

—Ah —contestó la niña.

—¿Ves? Una palabra siempre contiene muchas palabras. Me has dado una que conocías y yo te he dado muchas que no sabías. ¿Y tú? —preguntó Tilda a mi tío poniéndose las enormes gafas redondas que le cubrían toda la cara—. ¿Qué palabra has traído para mí?

Cosme, un poco aturdido por la escena, miró de nuevo la cantidad de libros que se agolpaban en las estanterías, los que estaban abiertos sobre el escritorio con palabras subrayadas, todas las hojas que había pegadas por la buhardilla, y entendió qué clase de escritora era Tilda.

UNA TARDE LLEGÓ A CASA DE RÓMULO UNA NUEva carta de la tía Clotilde. Perotti la leyó sentado al lado de su amigo, mientras este le contaba sus penurias y no se daba cuenta de que nadie le escuchaba. Perotti sintió un escalofrío. Aquella carta era distinta. Además, en el sobre venía una gran cantidad de dinero, como su madre había pronosticado que algún día vendría.

Querido Jorge, queridísimo Jorge:

Coge el dinero que te mando, compra un pasaje de barco y vete a Santander a ver una corrida de toros. Me han dicho que allí son muy buenas. Yo ya no tengo edad para hacer un viaje tan largo. Tú serás mis ojos.

Rómulo siguió hablando hasta que oyó que se cerraba le puerta. Perotti se había marchado sin despedirse.

Fue al puerto, compró un pasaje, se metió el dinero que le sobró en los zapatos y se sentó en el muelle a releer la carta. No, no era como las demás.

Abrió el cuarto de su madre y se la encontró dormida con su brazo seboso encima de uno de aquellos hombres desconocidos que solían pasar la noche con ella y ni siquiera se quitaban los zapatos. Este tenía los pantalones bajados a la altura de las rodillas. El hombre roncaba, en la habitación hacía mucho calor y olía a sudor, a acelgas y a tabaco rancio. Perotti no despertó a su madre y jamás volvió a verla.

TILDA ESCRIBÍA DICCIONARIOS. «LAS PALABRAS HAY que reunirlas como quien va emparejando calcetines y los mete un en cajón —les explicó a mi madre y Cosme—. Si no tal vez se pierdan, y una sola palabra no es, porque una palabra nunca está sola, contiene muchas, a muchas acompaña. Yo las vigilo, y las uno, y las doy a quien necesite usarlas. Hay palabras que contienen mundos enteros, sensaciones únicas, cosas prodigiosas. Yo las encuentro para que todo eso exista; porque lo que no se nombra, no es».

Serafina Matilda Gutiérrez se vanagloriaba de ser una de las pocas personas que escribía diccionarios sin ayuda de nadie. «Pero, ¿quién mira nunca el nombre de los autores de un diccionario, de una enciclopedia, de un atlas?». Había empezado a coleccionar palabras cuando era niña. Su padre había bajado hasta el mar a pescar con unos compañeros del pueblo y, en el camino, encontraron una casa derribada por las bombas de la guerra. Buscaron entre los escombros por si había algo salvable. Su padre encontró un libro de tapas marrones lleno de polvo y lo metió en la bolsa de la pesca porque, al verlo tan grueso, dedujo que tal vez le sirviera a su hija como distracción. Aquel fue el primer diccionario que Tilda vio en la vida, cubierto de polvo y escamas. Lo guardó bajo la mesa de la cocina con avaricia de urraca. Era allí debajo donde ella se acurrucaba, y básicamente donde vivía, mientras el mundo giraba a su alrededor, y veía los pies manchados de tierra que su padre traía de la huerta, y los tobillos hinchados de su madre, y las ramas secas de las escoba, y las manos que de vez en cuando le acariciaban la cabeza como si fuera un animal doméstico. Le había enseñado a leer y a escribir su tío, que era cura, y había ido a morir a casa. Por un tiempo Tilda desempeñó la tarea de acompañar al moribundo. El cura se entretuvo educando a su sobrina deforme mientras esperaba la muerte. Tilda descubrió las palabras a la luz de una vela en una palmatoria, con el olor del incienso y el orín. Su tío pensó que ese legado era la única herencia que le podía dejar a aquel ser desprovisto de cualquier otra habilidad. Antes de morir le confesó a Tilda que ella no tenía la culpa de estar maldita, como tampoco la tenían los zurdos, ni los pelirrojos, ni los jorobados. Que cuando Dios se despistaba, la Naturaleza hacía estas barbaries.

Era Tilda quien se encargaba de leer a sus padres, bajo la mesa de la cocina, todas las cartas que iban llegando. Y en aquellas cartas, y en la

Biblia rota que le había dejado su tío, y en las conversaciones que escuchaba, Tilda iba encontrando palabras que no aparecían en el viejo diccionario que había sido rescatado de los escombros. Las iba apuntando y coleccionando. Su padre, cuando llegaba de la iglesia, se agachaba y le decía una nueva palabra que había escuchado en el sermón y que había venido repitiendo por lo bajo hasta casa para poder memorizarla.

Así fue Tilda juntando y juntando, cosiendo y cosiendo las palabras de la misa y de la huerta. Cuando tuvo de la A a la Z pidió que le mandaran por correo el manuscrito que había elaborado a las señas de la editorial que venían escritas en el viejo diccionario. Un mes después apareció por el pueblo un hombre, llamó a la puerta de su casa y pidió ver a la autora alegando que les había llegado su obra y que estaban muy interesados. Su padre bajó la cabeza, se rascó la nuca y no supo bien qué decir. Pero Tilda dio un grito, salió de debajo de la mesa, y se dejó ver. El hombre de la editorial abrió mucho los ojos y reprimió una carcajada ante aquella muchacha diminuta y esperpéntica que llevaba a modo de vestido una camisa vieja amarrada por la cintura con una cuerda.

Desde entonces escribir diccionarios fue su trabajo. Sus padres asumían con perplejidad cómo su única hija, escondida y deforme, conseguía hacer que el dinero llegara a casa. Y cuando estos murieron, y Tilda se quedó sola y encerrada, el único contacto que mantenía era con el cartero del pueblo, que le traía y llevaba cosas. Como era primo suyo, Tilda le hizo prometer que guardaría el secreto de su existencia. Pero el cartero no lo hizo. Los lugareños solían acercarse hasta su puerta para ver al pequeño monstruo.

Así fue su vida hasta aquella tarde en la que llegó Perotti.

Mi tío fumaba junto a la estufa de hierro, escuchando. Mi madre, sentada en el suelo a sus pies, dio un grito y Tilda paró su relato. Cosme, sin querer, había dejado caer ceniza sobre la cabeza de su hermana y esta se la frotaba intentando quitársela del pelo. Antes de que a mi tío le diera tiempo a pedir perdón, se escuchó al fondo un ruido, un portazo, pasos rápidos por la escalera. Los tres se miraron en silencio.

—Hay alguien en la buhardilla de Perotti —dijo mi tío.

Y apagó el cigarro.

En el rellano no había nadie. Cosme llevaba de la mano a mi madre, y Tilda les seguía de cerca, empuñando una escoba en la mano como quien blande un arma. Iban a pasos lentos. Mi tío acercó su oreja a la puerta de Perotti. Dentro se oía una especie de zumbido de abejas que hasta entonces no habían escuchado. Cosme miró a las dos diminutas y estas asintieron en un gesto mecánico con el que pretendían espantar el miedo. Metió las llaves en la cerradura y poco a poco abrió la puerta. Lo que vieron dentro, a mi madre no se le iba a olvidar en la vida. Paraguas. Paraguas negros y abiertos que volaban por toda la habitación como si fueran cuervos.

TARDARON UN MOMENTO EN ENTENDER. DESPUÉS, Cosme paró el ventilador. Los paraguas dejaron de volar y cayeron lentamente como oscuros copos de nieve. Por primera vez la buhardilla estaba fría.

Alguien había tropezado con el ventilador y lo había encendido sin querer al marcharse con prisa. Antes, ese mismo alguien había abierto todos los paraguas y no le había dado tiempo a cerrarlos.

—Fue por el grito de la niña —dijo Tilda bajando la escoba que enarbolaba, después de comprender que allí ya no había nadie contra quien usarla—. Se dio cuenta de que estabais cerca y temió ser descubierto.

Cosme comprobó que, como los paraguas, también habían abierto el armario y uno de los baúles. Alguien que busca y que probablemente lleva mucho tiempo buscando. Alguien meticuloso que sabía borrar sus huellas y que por primera vez daba pruebas de su búsqueda.

Mi madre se preguntó si Miguel Strogoff había tenido alguna vez miedo, o si fue algo que Julio Verne hubiera olvidado decir. Porque ella era el correo del zar, pero le temblaban las piernas y le asustaban aquellos paraguas negros que se le aparecían cada vez que cerraba los ojos y que se le antojaban como pájaros feroces. Por la calle, mientras caminaban, mi madre se acurrucaba contra Cosme no sólo por el frío. Su hermano intentó abrazarla, decirle que no pasaba nada, que él la protegería; pero antes de que esto se produjese, mi madre se dio cuenta, saltó como un resorte y se alejó de él con ese desprecio tan poco disimulado que tienen los niños.

—Anda, dame la mano —le ordenó mi tío Cosme con rencor—. No vaya a ser que vuelvas a perderte, que ya has visto que no están los tiempos para esto. Tienes que tener más cuidado que nunca.

Cuando llegaron a casa, mi madre salió corriendo por el pasillo y, como últimamente era su costumbre, se encerró en su cuarto. Mi tío Cosme se quedó sentado en la silla del recibidor, metió los dedos en el bolso de su trenca y apretó con fuerza la llave que durante un tiempo llevó consigo Gabriela y que por un instante mantuvo el calor de ella en la mano de él.

Durante años mi tío Cosme había cargado con su hermana como un giboso con su chepa. La quería y le molestaba al mismo tiempo. Era un muchacho niñera, y él pensaba que ni los muchachos debían de ser niñeras, ni las niñeras muchachos. Y, a pesar de que había esperado con ansia el día en que la niña no le necesitara, se dio cuenta que no podía soportar que ya no le necesitase. Al menos no ahora, perseguidos y vigilados como mi tío creía que estaban. Él no tuvo la culpa de extraviarla, fue ella solita quien se perdió. Pero los niños se pierden y ellos tampoco tienen la culpa de ser niños.

Cosme fue al cuarto de mi madre para pedirle perdón de nuevo, para impedir que por aquel enfado su hermana se alejase de él y se pusiera en peligro. Al entrar la vio allí, sobre la cama, y mi madre le miró paralizada, pillada en su mentira y su miseria, como al espía que le cazan hurgando en los papeles de otro y le enfocan con la linterna. Tanta prisa tenía por un abrazo que se había olvidado de trancar la puerta con la silla. Agarraba con fuerza entre sus brazos una muñeca con cara de carne vestida de canaria, la misma que nunca le traían los Reyes Magos.

—Pero, ¿de dónde has sacado eso? —preguntó mi tío.

LLORÓ Y LLORÓ HASTA QUE LE ENTRÓ HIPO, DERRIbada en los brazos de Cosme. Y le dijo que era mala, y que era terrible, y que papá no la iba a querer nunca más ni él tampoco, ni siquiera Perotti. Pero que ella no había dicho nada, lo juraba, lo juraba, que no era chivata, pero no sabía si era traidora, y que si era mala que por favor no dejara de quererla, que ella sólo quería la muñeca pero que los Reyes no se la traían, y que quería la muñeca, que era su amiga y que perdón.

Cosme le dio un pañuelo, le trajo un vaso de agua del baño, se sentó junto a ella en la cama y le pidió que le repitiese la historia más despacio. Mi madre le contó, con la mezcla de alivio y miedo por las consecuencias que tienen las confesiones, que cuando estaba esperándole en la puerta de «Venecia» no se había marchado sola, que eso ella no lo hacía, que vinieron a buscarla. Y como le conocía, se fue con él, porque le dijo que tenía que enseñarle una cosa. La llevó hasta la juguetería y le pidió que señalara lo que quisiera en el escaparate. Le dijo que como le había reglado la muñeca ya eran buenos amigos, que los buenos amigos se contaban cosas, y que si sabía algo sobre lo que Perotti había dejado tenía que decírselo. Pero ella le mintió y que mentir estaba mal, pero que era como cuando su padre llamaba a la mujer de don Elías y no le decía que estaba borracho, y que era algo así que llamaban como piadoso, y que su padre la iba a perdonar seguro por eso, pero que ella quería la muñeca, y que no le había dicho nada porque tenía miedo de que se la quitase, y que perdón.

—Te juro que del Gran Juego no le voy a decir nunca, nunca, nada a nadie, porque es un gran secreto. Bueno, sólo a ti y a Tilda y a nadie más nunca.

Cosme la miró beber un poco de agua y sorberse los mocos.

—Pero, ¿quién, nena? ¿Quién te compró la muñeca?

El doctor Ángel Mones observaba la garganta irritada del zapatero poniéndole una cucharilla de café en la lengua y anunciándole que aquello eran anginas. Riera devoraba con apetito un plato de menestra. Mágico García volvía a perder al dominó. Ausencia entraba en la cocina y metía su grueso dedo en un tarro de miel para untársela en los labios y que no se le agrietasen con el frío. Mi abuela escuchaba en la radio que no nevaba tanto en la ciudad desde hacía 60 años, mientras revolvía con un cucharón de madera la olla humeante del arroz con leche. Las manos se le llenaban de vapor y de olor a canela y limón.

Guillermo Lumpén se aproximó a la barra para pedirle a mi abuelo una consumición con la que celebrar que otra vez los periodistas habían logrado no contar nada contando, y que esa nueva hazaña merecía una nueva borrachera que abriera paso a la alegría y a la contagiosa lucidez. Pero antes de que le diera tiempo a encargar los cuatro vasos de vino, alguien le tocó el hombro, y cuando

Lumpén se volvió, recibió un puñetazo que le hizo caer al suelo, más por la sorpresa que por la fuerza del golpe.

—¿Qué quieres de nosotros, eh? —le gritaba con el puño aún en alto mi tío Cosme a Guillermo Lumpén que seguía con la cara sobre las baldosas.

Mi abuelo ni siquiera había visto a su hijo, que había entrado con velocidad de relámpago, y se quedó tras la barra tan parado y sorprendido como el resto del bar.

—¡Que me digas qué cojones quieres! —continuó gritando mi tío.

Lumpén se levantó despacio, ladeó la cabeza para apartarse su mechón cobrizo de los ojos y elegantemente se limpió con la mano el hilo de sangre que le brotaba de la nariz. Este gesto humilló profundamente a Cosme.

—No sé de qué me estás hablando —replicó tranquilamente Guillermo.

—¿No? ¿Por eso intentas chantajear a mi hermana? ¿Por eso le regalas muñecas? ¿Eres tú el que nos pone esas notas?

—¿Notas? —preguntó Lumpén alzando las cejas.

Cosme descubrió en los ojos de Guillermo el brillo de quien había encontrado una pista, y pensó que estaba hablando demasiado.

—Pero por Dios, ¿qué estás haciendo, hijo? Perdona, Guillermo, por favor, no sé qué le pasa a este niño. —Mi abuelo al fin había salido del mostrador y sacudía los hombros y los brazos de Lumpén, como si se hubieran arrugado en la caída.

—No se preocupe, jefe —añadió el periodista mirando fijamente a mi tío con sus ojos gatunos—. Los hay que tienen ganas de pegar, y como se avergüenzan de sus verdaderos motivos, les gusta inventarse cualquier excusa.

Ante esta escena mi tío sintió que la sangre le palpitaba en las sienes y volvió al alzar el puño desesperadamente. Un puño que no llegó a caer, porque alguien le abrazó por detrás, alguien impidió un nuevo golpe y arrastró a mi tío fuera del bar, mientras este se revolvía entre sus brazos como si fuera una lagartija que se quiere escapar de la mano de un niño.

Mi madre, que esperaba agazapada en la puerta, vio cómo por delante de ella pasaban remolcando a Cosme, y hundió la cara en la bufanda.

En ese momento Ausencia salía de la cocina con el corazón en la garganta, porque había creído escuchar que alguien había pegado al hombre que amaba y ella, aun con las manos vacías, quería ser la que le llevara el esparadrapo, el alcohol, los algodones.

MARTÍN LUMPÉN ARRASTRÓ A MI TÍO POR LA calle como si fuera un muñeco, y no le dijo una sola palabra hasta que le sentó en una mesa de El Suizo, le hizo beber una copa y le metió casi a presión un cigarrillo entre los labios. Entonces Martín se echó a reír, rio con aquella risa que tanto le gustaba a las chicas y que siempre interrumpía la música.

—Vas a tener que mejorar mucho tu croché si con esos puños pretendes hacerle K.O. a mi hermano.

Cosme se miró las manos. Sólo se había desenredado del abrazo de Martín en la calle para meter los nudillos en los rastros de nieve sucia que quedaban en una farola. Aún tenía la mano fría y mojada.

Al fondo, Manolín Pi afinaba su guitarra en el rincón del escenario y el camarero patizambo solmenaba el mantel de cuadros de la mesa contigua. A Cosme le extrañó que fuera Martín quien comenzara disculpándose.

—¿Por qué me pides perdón? —le preguntó mi tío—. Soy yo el que acaba de pegarle a tu hermano.

—¿Y a mí qué me cuentas, si sabes que le tengo más aprecio al ferretero que a ese? Me disculpaba por lo del otro día. Fui al bar a decírtelo, pero no esperaba encontrarme con semejante escena —dijo Martín sonriendo, mordiendo el vaso de *whisky* para no estallar en una nueva carcajada.

—Pensé que estabas enfadado conmigo... por lo de no querer seguir haciéndote los trabajos. Ni me cogías el teléfono.

—Y lo estaba —contestó Martín, sorprendido de que su amigo no supiera ya que le podía más el orgullo que la razón.

En la cocina de El Suizo iban entrando los hombres de abrigo largo mirando de reojo, como si alguien les pidiera una contraseña para sentarse junto al fregadero, dejando allá fuera, junto a las mesas, todas las cosas del mundo que no importan.

—No eres mi esclavo, Cosme, y siento si te he hecho sentir que me debías algo. Para eso ya está mi familia. Pero qué quieres que te diga, sin ti estoy perdido. No acabaré la carrera ni aunque la rifen.

—Ya te he dicho que es una cosa temporal, que luego...

Martín, con los ojos achispados ya por el alcohol, le hizo gestos con la mano, avisándole de que olvidaran el tema, o al menos que lo aparcaran por un tiempo. Puestos a disculparse, quería hacerlo todo seguido.

—También quería pedirte perdón por lo de Perotti.

Cosme se quedó mirándole como si hubiera visto un fantasma.

—¿De qué hablas, Martín?

—Por lo que te dije el otro día sobre que tal vez no quisieras seguir haciéndome los trabajos porque ya tuvieras dinero. O sea, la herencia del viejo.

—¿Pensabas que Perotti me había dejado su dinero a mí?

—A ti, a tu hermana... qué sé yo. Eres tú el que andas diciendo cosas raras sobre tesoros. Últimamente es más difícil entender lo que dices que esas películas italianas que te gustan.

—Así que te referías a eso —mi tío esbozó una sonrisa, echó un trago, y pensó en todo lo que le estaba ocultando a su amigo—. Pero sigo si comprender por qué te disculpas por preguntármelo.

—Peter, qué más quiero yo que el que tú seas millonario. Bienvenido sea. Realmente no te lo pregunté por saberlo, sino para sonsacarte.

—¿Sonsacarme? —mi tío cada vez entendía menos. Durante aquel tiempo de su vida, mientras duró El Gran Juego, lo único que le hacía a todo el mundo eran preguntas.

—Para contarle a mi hermano. Me preguntó hace unos días sobre el viejo, tu hermana y tú.

Me pidió que le dijera lo que sabía o que intentara sacarte algo. Yo le dije que sí, para quitármelo de en medio. Todo el mundo anda preguntándose dónde anda la fortuna de Perotti y creo que Guillermo se muere por dar la exclusiva. Ya sabes que los Lumpén utilizamos a todo el que nos rodea. Es marca de la casa. De eso iba lo de la muñeca que decías, ¿no?

Cosme asintió aturdido.

—Guillermito acosando niñas. No pensé vivir lo suficiente para verte tumbarlo.

—Martín...

—¿Qué?

—No se lo cuentes a tu hermana.

—No, no lo haré.

Ulises acababa de entrar por la puerta, remangándose el abrigo y subiéndose las gafas. Alzó la mano saludando a los dos amigos y no hizo preguntas para sentarse a su mesa, beber un trago de una copa que no era suya y birlarle un cigarrillo a mi tío. Alegó que era de mal gusto pedir fiado en un bar más de dos veces por semana, y palmeó los hombros de sus nuevos compañeros de mesa para que le dieran alcohol, pitillos y charla. Mi tío agradeció la interrupción, porque se sabía débil, más ante Martín y unas copas, y temía desvelar sus secretos.

Lumpén invitó al resto de rondas, sacando el dinero de la cartera de una forma casi obscena, mientras Ulises, feliz por el *whisky* y por la vida, les animaba a volver alguna noche al almacén donde proyectaba sus películas porque le acababa de llegar un rollo con la última de una actriz francesa, pechugona e intelectual, cuyo nombre pronunció de una manera casi incomprensible. «Y la próxima vez que le pegues a Guillermo, intenta hacerle al menos una cicatriz, a ver si se le quita esa cara con la que nos roba a todas las chicas, carajo», le dijo Ulises a mi tío guiñando uno de sus ojos color canela a modo de despedida cuando se levantaba de la mesa.

Martín y Cosme terminaron la noche tambaleándose, comiendo pipas en el puerto, mirando al mar y esperando a los barcos que traían los discos de América.

MUCHOS AÑOS ANTES PEROTTI HABÍA ESTADO en ese puerto. No llevaba maletas ni se había despedido de su madre. Llevaba en el zapato izquierdo el sobre abultado por el dinero que la tía Clotilde le había enviado. *Querido Jorge, queridísimo Jorge*. Perotti, junto al mar, escribió una carta falsa, y embarcó.

AUSENCIA HABÍA COGIDO TORPEMENTE LOS ALgodones que adornaban el árbol de Navidad para poder limpiar con ellos la sangre de la nariz de Guillermo Lumpén. Pero alguien se le había adelantado dándole al periodista un pañuelo con iniciales bordadas, y así Ausencia siguió sin poder tocarle, sin esa mínima excusa.

Los parroquianos se arremolinaban en la barra, haciendo corro alrededor de Lumpén, tropezando con los sombreros y los abrigos. El indiano Mágico García era uno de ellos.

«No sabía, don —le diría más tarde a mi abuelo—, que ustedes eran de esos perros que muerden la mano que les trae el pan».

Mi abuela había salido de la cocina arrastrando el olor de la comida y la lumbre. «Vuelve a entrar ahí, no te preocupes —dijo mi abuelo cogiéndola de las manos—. Son cosas de chiquillos».

A mi madre nadie le preguntó por la muñeca de la que todo el mundo hablaba. Con la trenza casi deshecha, el abrigo abrochado y la bufanda enroscada el cuello, era empujada por todos y no le prestaban atención.

Aquella noche Tilda ordenaba las sillas y las escobas. Las ponía en los lugares que les correspondían: junto a los anaqueles donde estaban más altos los libros, junto al armario, al lado de la estantería de la cocina. Mi madre, jugando aquella tarde en su casa, se lo había desordenado todo.

La escritora recordó los paraguas negros volando por la habitación. Para ahuyentarlos, abrió el cajón donde guardaba sus vestidos. Recorrió con sus dedos cortos y rechonchos todas las costuras, el hilo de los botones, los triángulos de los escotes. Calentó agua con achicoria y se quedó dormida en el escritorio, con las gafas puestas, las piernas colgando de la silla, intentando acabar de escribir un nuevo uso de la palabra «destierro».

Cuando Cosme llegó a casa, mi abuelo le esperaba en el comedor con la luz encendida. Esa misma luz que mi madre miraba desde la cama por debajo de la puerta de su cuarto.

—Encima vienes borracho —aseveró mi abuelo.

Mi abuela, como mi madre, guardaba silencio entre las sábanas y escuchaba en camisón.

—Papá, yo…

—Me paso el día trabajando para que tú no tengas que hacerlo. Y esta es la vergüenza con la que nos pagas.

—Guillermo acosaba a la nena, Guillermo…

—Guillermo me dijo que le había comprado la muñeca para que no estuviera triste con la muerte de Perotti. Deja ya de hacer el ridículo.

Mi abuelo apoyó las manos en la mesa y se levantó.

—Me marcho a la cama, que ya aguanto a bastantes borrachos en el bar como para tener que aguantarlos en casa.

—Papá…

—Mañana te levantas y te vienes conmigo. A partir de ahora vas a ayudarme detrás de la barra.

Mi abuelo salió por la puerta y, sin volverse, dijo:

—No sabes, Cosme, la pena que me llevo dentro.

Mi tío se quedó en el comedor solo, con el sonido del reloj de pared y los manteles de ganchillo sobre la mesa.

Cosme se desvistió, se sacó un puñado de pipas del bolsillo de la trenca, las puso sobre su mesita y se metió en la cama con toda la humedad del puerto que se le había quedado dentro. En la oscuridad, se acarició los nudillos enrojecidos y apretó el puño y los labios con fuerza pensando en las manos llenas de ampollas de su padre, en sus uñas comidas y deshechas por el agua, en la caja que guardaba y enseñaba a su hermana los domingos.

Mi abuelo y mi abuela, en silencio y con la boca seca, se rozaban de vez en cuando los pies fríos bajo las sábanas y, de espaldas el uno al otro, mantenían los ojos abiertos mientras escuchaban cómo el reloj del comedor marcaba el paso de la noche. Mi abuela miraba hacia la ventana, y hacia la luna y hacia la persiana estropeada.

Faltaban tres días para Nochevieja.

PEROTTI SACÓ SU RELOJ DE BOLSILLO. ACARICIÓ la cabeza de mi madre y le dijo que si no se daban prisa, llegarían tarde. Salieron de la pastelería con pasos lentos y cara de velocidad, como si en su interior estuviesen corriendo. La mano del anciano tenía el tacto del papel y mi madre se la asía con fuerza.

Llegaron al despacho junto a la estación de tren. Perotti le contó que hacía años él había trabajado allí. «Cuando uno no sabe hacer nada, no le queda más remedio que hacer de todo», dijo el anciano. Entraron en un cuarto pequeño lleno de goteras. Un muchacho lleno de verrugas se sentaba tras un escritorio repleto de libros y palanganas.

—Soy Jorge Perotti y vengo a buscar lo que hablamos.

De fondo se escuchaba un torpe sonido de violonchelo. En el piso de arriba había una academia de música dirigida por un ruso. El muchacho asintió, dijo algo sobre que les había costado trabajo encontrarlo y empezó a rebuscar en los cajones. De repente todo el despacho se puso a temblar. Pasaba un tren y el traqueteo llegaba hasta el cuarto. Las goteras del techo empezaron a caer con más insistencia por el movimiento, haciendo ondas en el agua de las palanganas que había sobre el escritorio. Mi madre se agarró a Perotti, que tenía la consistencia de un flan. El cuarto temblaba, el agua caía y se escuchaba el violonchelo.

El muchacho, ajeno a esta rutina, sacó un libro del cajón y se lo dio al anciano.

Perotti, ya en la calle, volvió a mirar su reloj de bolsillo.

—Llegaremos al bar a tiempo para la comida, Cucurucho.

Mi madre se despertó sudando en medio de una noche helada. Acababa de ver a Perotti después de oír cómo su padre regañaba a Cosme. Ella tenía la culpa de todo. Ella había traicionado a su hermano y ni siquiera quería mirarle; su culpabilidad la hacía incapaz de soportar todo ese peso. Porque cuando se miente, siempre se esconde ante quien más se confía. Con el resto uno se siente a salvo. Cuando mi madre estaba con Cosme, sabiendo lo que le ocultaba, sentía un pisapapeles sobre el corazón. Y era aún peor cuando la abrazaba. «La única protección que tenemos contra la maldad es saber que si caemos en ella, los demás nos querrán menos», le había dicho muchas veces Perotti. Ahora que su hermano conocía la verdad, que la conocían todos, la querrían incluso menos.

Dio un salto, bajó de la cama y miró la muñeca bajo el somier. Luego paseó sus ojos por los objetos del Gran Juego. Unas lágrimas calientes comenzaron a bajar por sus mejillas.

LA NOCHEVIEJA SE CELEBRABA EN LA CALLE LA Luna como si fuera una fiesta para los amigos. Pero lo cierto es que era una noche interminable de trabajo. A mi abuelo le gustaba porque era el único día del año en que podía lucir su traje de domingo tras la barra. Para que no se le notara el sudor, mi abuela le untaba las axilas con polvos de talco. En la cocina tenían almacenadas las botellas de alcohol que iban descorchando según pasaran las horas que les acercaban a la madrugada. Tras las uvas, acudía al bar gente del todo el barrio. Mi abuelo apartaba las mesas y pegaba las sillas a la pared. Cuando todo acababa, mi abuela, que ese día le tocaba llevar tacones, los únicos que aún conservaba de otra época, se quedaba barriendo restos de confeti, serpentinas y sombreros de papel.

Martín y mi tío Cosme aprovechaban el bullicio y se encerraban en el almacén o en el baño a fumar cigarrillos y a beber a morro de botellas que habían hurtado de la cocina, mientras vomitaban en el retrete y se tiraban en el suelo del salón a ver si conseguían verle las bragas a las señoras que salían a bailar y querían lucirse dando giros imposibles. «Los chicos están cansados. Deberíamos llevarlos a la cama —solía decirle mi abuela a su marido—. ¿No ves los pobres cómo se tiran al suelo y la mala cara que tienen?». De niños, Martín y Cosme se quedaban a dormir juntos en Nochevieja, a veces en casa de los Lumpén, y otras en la de mis abuelos. Al crecer, siguieron usando esta costumbre como excusa. Uno decía que pasaba la noche en casa del otro, y así podían estar en El Suizo hasta el amanecer. Regresaban a sus camas fingiendo ante sus padres que habían dormido en la casa de su amigo. Los Lumpén y mis abuelos no hablaban jamás entre sí.

La falta de mesas creaba extraños compañeros de baile. Cada uno se acomodaba donde podía, despojado de su asiento habitual. Así, don Olegario, con su traje de lino, estaba codo con codo con Rodolfo el de la imprenta, el linotipista Suárez le explicaba a don Elías sus líos con la frutera y los universitarios discutían de fútbol con el periodista Vázquez. La Nochevieja era, por tanto, lo más parecido al carnaval.

Mientras todo esto ocurría, mi madre solía quedarse dormida en la cocina, con un cucurucho de papel en la cabeza, acurrucada junto a los almanaques caducados.

Faltaban tres días para la fiesta y mi tío Cosme servía tras la barra. Tenía un aspecto resacoso y los hombros caídos; allí dentro parecía más bajo. Daba los cafés quemados, era incapaz de servir una cerveza sin que la espuma se derramase del vaso y le costaba abrir las botellas. «Anda, quédate donde la máquina registradora, que a ti se te dan bien los números», le dijo mi abuelo hablándole por primera vez en el día. El resto de la jornada siguió sin dirigirle la palabra. En el bar no faltaban los comentarios. «Cosmecito, ¿te vas a encargar del negocio familiar? ¿Ya no te gusta lo de ingeniero?». «Mira el chaval, cómo su padre le mete en vereda». «¿Qué, ayer pegando y hoy sirviendo?». Mi tío aguantaba las humillaciones y tecleaba los precios. Todos esperaban ansiosamente el momento en que Guillermo Lumpén entrara por la puerta. Pero aquel día no entró.

Mi madre se había atrincherado en la mesa de Perotti. Su padre le había dado permiso. Eran demasiados en la barra y en algún lugar tenía que pasar las vacaciones ahora que Cosme no podía cuidarla. Con mucha atención trataba de leer un periódico que su hermano le había desplegado en la mesa. La niña iba siguiendo las frases con su índice de uña mordida, manchándose la yema con la tinta que aún no había secado, tratando de encontrar en los textos nuevas palabras para Tilda. Pero cuando se paraba en una, y dejaba el dedo quieto, y cerraba los ojos y trataba de pronunciarla en alto para memorizarla, mi madre se volvía tartamuda.

En la cocina mi abuela odiaba con fuerza la Navidad, y odiaba a los parientes del pueblo, y odiaba a Guillermo Lumpén. Y cada vez que veía entrar a Ausencia, odiaba más a Guillermo Lumpén y golpeaba con saña la carne roja que se iba haciendo más blanda sobre el mármol frío de la encimera. «Tú lo viste, ¿verdad Ausencia? Dijiste que habías visto a Guillermo parado en la calle de Perotti». «Sí lo vi, pero él a mi no me vio», contestó la camarera con la misma tristeza como si hubiera añadido, «y no me va a ver nunca». Mi abuela odiaba la Navidad, y a los parientes del pueblo, y a Guillermo Lumpén.

Mientras mi tío cobraba dos vinos y un sol y sombra, y mi abuelo tiraba a la basura unos huesos de aceituna mordisqueados, Mágico García entraba en el bar con el paraguas cerrado y los zapatos relucientes. Esta vez el indiano prefirió pedir en la barra en vez de esperar que Ausencia le atendiera en la mesa.

—Óigame usted, joven —dijo llamando la atención de mi tío y enseñando sus dientes postizos—. Póngame un caldillo y un vasito de agua.

Cosme dejó la máquina registradora y obedeció con diligencia.

—¿Ve usted, don? —le dijo el indiano a mi abuelo mientras mi tío buscaba las tazas—. El que nace para peón no puede ser ingeniero. Que si se crece el polluelo va por ahí pensando que es el gallo del corral. Cada gallina que empolle su huevo.

Mi abuelo, con calma, se secó las manos y miró a los ojos a García.

—Se equivoca usted, Mágico.

—¿Ah sí, don?

—Mi hijo sólo estaba echándome una mano con las cuentas, que ahora con la Navidad hay mucho negocio. Pero ya se marchaba, ¿verdad, Cosme? —dijo volviéndose a su hijo.

—¿Sí? —contestó mi tío desconcertado.

—Anda, vete, que esto ya lo hago yo. Y bájate las mangas de la camisa. ¿El caldo lo quiere de gallina o de pescado, Mágico?

Mi abuelo y el indiano se quedaron mirándose un rato. Entre ellos dos había más frío que en la calle nevada.

—De gallina, don, ya sabe que siempre lo tomo de gallina.

Mi madre se chupaba el dedo índice para pasar las páginas pegadas de aquel periódico grande como una sábana, y en ese gesto parecía una anciana diminuta. Se asustó cuando su hermano, sin previo aviso, le puso el abrigo sobre los hombros.

—Vamos, levanta, que tenemos mucho que hacer.

La niña alzó la barbilla para mirarle con asombro.

—¿No pensarías que íbamos a dejar el Gran Juego? Ahora más que nunca tenemos que seguir.

Mi madre, sonriendo, dio un saltito para levantarse de la silla, metió los brazos en las mangas del abrigo, y cogió la mano de Cosme. Aquella mano herida que trataba de acariciar porque se sentía culpable de los golpes.

UNA MINIATURA DE ESTAMBUL, COSME, UN almanaque caducado con los escritos de mi abuela, Tilda. Ahora que mi madre ya no guardaba ningún secreto, ni tenía que esconder la muñeca con cara de carne que para su alegría le habían dejado quedarse, mi tío y ella estaban sentados en el suelo mirando las piezas del Gran Juego que había ido guardando bajo la cama. ¿Pero qué tenían que ver entre sí unos calendarios atrasados, un mundo reducido, mi tío y una escritora enana? En el piso de al lado sonaba la melodía de una caja de música que se había caído al suelo.

Cosme tenía abierta sobre las rodillas la libreta en la que había escrito el inventario de la buhardilla de Perotti. Repasaba la lista con un lápiz en la mano mientras observaba los objetos bajo la cama. De repente, como siempre, Gabriela se coló en sus pensamientos. Esperaba que no se hubiese enterado de su altercado con Guillermo. Sería como confesarle que había hecho añicos una de sus hermosas figuras de cristal. Si Gabriela no hubiese existido, tampoco hubiese existido aquel puñetazo, la furia contra el hombre que se encargaba de recordarle que jamás lograría subir los escalones que los alejaban. Aquella casa que nunca sería la misma desde que ella había entrado. Aquella casa hermosa en la que él vivía, de la que ella había guardado sus llaves. Las llaves que él atesoraba junto al prendedor en sus bolsillos llenos de pipas y cigarrillos arrugados. Había decidido llevarlos con él y no dejarlos escondidos bajo la almohada. Gabriela quitándole la ropa húmeda a su hermana y poniéndole un pijama. Gabriela calentando el café. Gabriela lavando las tazas. Gabriela sentada junto a él. En todos estos años, la señorita Lumpén no le había defraudado nunca. Desde niño la había estado observando y cada uno de sus movimientos o palabras le iban acercando cada vez más a la absoluta certeza de que aquella era su mujer, y no otra. Gabriela Lumpén y los números era lo único que mantenía a mi tío atento. Eran exactos y siempre estaban por descifrar.

La vecina recogió la cajita de música y volvió el silencio entre los dos hermanos.

—Cosme, no quiero que vuelvan a reñirte —dijo mi madre sin levantar la cabeza.

—Yo tampoco.

—Ni quiero mentir, porque papá va a dejar de querernos. Y mamá, y todos.

—¿De dónde has sacado eso?

—Me lo dijeron. Me dijeron que a los niños mentirosos no los quiere nadie.

—Pues no mientas, ya lo haré yo por ti. Tú solamente no le digas nada a nadie, ni aunque te pregunten.

—¡Si nunca me preguntan nada!

—Pues eso. Sólo me lo dices a mí. Y, sobre todo, no le cuentes una sola palabra a Guillermo Lumpén.

—¿Ni a Gabriela?

Cosme sintió que el mundo se detenía un momento.

—¿A Gabriela? ¿A Gabriela por qué?

Guillermo se había llevado a su hermana, Gabriela se la había devuelto. Guillermo y Gabriela. Los dos juntos. Un signo de multiplicación, una coma, un cero que no vemos en la ecuación porque estamos convencidos del resultado.

—¿Guillermo te dejó con Gabriela cuando te llevó a comprar la muñeca? ¿Fue él quien le dijo que te trajera a casa?

Mi madre miró desconcertada a su hermano, que parecía que se le cortaban las palabras.

—No.

—¿Seguro?

—¡Que no!

—Entonces, ¿por qué me preguntas lo de Gabriela?

—¡Pero si eres tú el que la pones en el Gran Juego! —dijo mi madre señalando la libreta del inventario en la que Cosme, sin querer, acababa de escribir el nombre de Gabriela.

Mi tío sonrió.

—Ella forma parte del Gran Juego, sí, pero no lo sabe.

—¿Como Tilda?

—Algo así.

Se escuchó de nuevo un golpe en la casa contigua, algo se caía al suelo, la caja de música volvía a sonar. Una anciana gritaba, y unos pasos rápidos entraban en aquella habitación al otro lado de la pared. Mi madre estaba acostumbrada a aquella música, sobre todo por las noches, cuando la señora Dolores se despertaba desorientada y se tiraba de la cama para meterse debajo, intentando huir de los bombardeos que creía oír en su demencia. Y en su huída, volcaba la mesita de noche tirando al suelo la lámpara, el pastillero, la cajita de música. «Mamá, no pasa nada, estoy yo aquí», le decía su hija cogiéndola de los brazos, intentando levantarla y volverla a meter entre las sábanas. Esta vez lo había hecho en dos ocasiones en una misma tarde. La señora Dolores empeoraba.

En la casa contigua dos hermanos intentaban descubrir un gran secreto, sentados en el suelo, preguntándose qué significaba la nueva pista: *El número 11, redondo y brillante como rueda de plata.* Mi madre se chupó un dedo, miró al techo con aire pensativo y luego negó con la cabeza. No, no le sonaba de nada. Pero la música de la caja de su vecina hizo que la niña se acordara del recuerdo con el que había soñado la noche anterior. Los violonchelos. Le contó a Cosme que había ido con Perotti a aquel cuarto que temblaba y en el que llovía por dentro. Le dijo que tal vez aquel sonido de instrumentos fuera la música a la que se refería en la primera pista. Mi tío decidió que se encaminaran hasta la estación de trenes para ver si mi madre recordaba el portal.

ULISES LE PROMETÍA A MI ABUELO QUE CUANDO se fuese a París le mandaría postales todas las semanas, así las podría meter entre las botellas del mostrador y todo el mundo sabría que seguía vivo y continuaba alegre. Como el cuaderno de un viaje que se escribe pero que no se escribe, que cada página está perdida por el mundo, ya sea con fotografías de Francia entre botellas de anís, con mensajes pintados en las mesas, con un truco de magia enseñado en una trastienda que queda para siempre en el recuerdo del aprendiz. Ese era el cuaderno sin páginas de Ulises. Esa era su patria.

—Me parece muy bien, pero de la que vas a echar la postal al correo, acuérdate también de mandarle una carta a tu padre —le decía mi abuelo dándole un plato de sopa de ajo, mientras Ulises le guiñaba un ojo y cogía la cuchara.

Cuando las luces de Navidad comenzaron a encenderse en la calle, parpadeantes como si estuvieran tosiendo, mi madre y Cosme entraron en el bar para recoger la cena. Habían ido hasta la estación de trenes, pero el edificio donde había estado la niña con Perotti ya no era más que escombros. El Ayuntamiento lo había derruido antes de que se acabara cayendo y matando a alguien. Junto a ellos, también entraba Rodolfo el de la imprenta, riéndose y restregándose las manos de frío, aquellas manos llenas de callos y tinta.

—¿A que no sabéis a quién me encontré esta mañana cuando iba a trabajar? —preguntó Rodolfo apoyándose en la barra y cogiendo un vaso de vino—. Al chalado de Ulises.

—¿Y dónde iba a esas horas?

—¿Dónde iba a ser? Donde siempre.

Rodolfo se lo había encontrado de madrugada, cuando la luz aún estaba tierna, caminando descuajeringado por la acera, con las gafas en la punta de la nariz y un periódico debajo del brazo. Ulises solía ir hasta la estación en busca de algún tren que se marchara a París. «Me voy, Rodolfo, esta vez sí». El de la imprenta le deseó buen viaje y, mirándolo de arriba abajo, le preguntó por la maleta. «Aquí la tengo». Ulises se sacó el periódico de debajo del brazo, lo abrió, y le enseñó un par de plátanos y unos calzoncillos que llevaba entre las hojas.

—Este chico va a matar a su padre a disgustos. Parece de Villaverde, coño —aseveró Falla.

—¿Pero se marchó al final? —preguntó uno de los periodistas—. Porque hoy no ha venido por la redacción.

—Qué se va a marchar, si siempre hace lo mismo. El revisor le echaría a golpes cuando vio que no llevaba pasaje, como las otras veces.

Ulises pensaba que algún día tal vez se olvidaran de pedirle el billete, como el que olvida el paraguas en una tienda. Que vendría la suerte en forma de despiste. Por eso, había noches en las que se ponía muy serio, o incluso mañanas en las que ajustaba el despertador y decía: «Adiós muchachos. Me marcho a cazar trenes». Y a veces lograba entrar hasta los asientos, y otras se quedaba dormido en un banco de la estación.

—Tal vez mi hijo lo haya visto —contestó mi abuelo colocando en un plato unos huevos cocidos con pimentón.

Mi tío, que estaba distraído apoyado en la barra, a tan sólo unos centímetros de su padre, no se enteró de aquella pregunta que le hacían sin hablarle.

—Cosme —dijo Falla.

—¿Qué?

—Que si lo has visto.

—¿A quién?

—A Ulises. ¿Pero qué te pasa chaval? ¿Es que la pelea te ha dejado sonado como a los boxeadores?

Cosme miró de reojo a su padre. Pero en mi abuelo sólo encontró silencio y la concentración absurda en una tarea nimia que le impedía mirarlo. ¿Sabría que ellos habían estado aquella tarde cerca de la estación de trenes? ¿O simplemente le preguntaría al azar? Finalmente mi tío se decantó por la última opción. Tenía que ser una coincidencia.

—Lo vi ayer, de noche. Me invitó a ir al almacén para ver una película francesa.

—Sí, pues eso es lo más cerca que debe estar de Francia.

Mi madre llevaba en la mano una bolsa con la tartera en la que iba la cena de ambos, mientras miraba las luces de Navidad y la calle le parecía un regalo. Cosme, que no le había dicho una palabra desde que habían salido del bar, se paró de repente y cambió el rumbo de sus pasos.

—¿A dónde vamos? —protestó mi madre.

—Hoy dormiremos menos. Nos dará tiempo antes de que lleguen papá y mamá. Venga, date prisa.

—¿Pero dónde vamos? ¡Cosme, espérame!

LO ENCONTRARON DORMIDO EN EL SUELO DEL ALmacén. Mi tío le golpeó suavemente las costillas con la punta del zapato, teniendo casi hasta miedo de deshacer la madeja desordenada de hilos revueltos que formaba Ulises. El hijo del librero se desperezó torpemente, se colocó las gafas, se rascó la cabeza. Tenía el aspecto de alguien que ha pasado la noche viajando, o de alguien que cree que eso es lo que ha sucedido. Había dejado la puerta abierta como casi siempre, sin miedo a los ladrones y esperando a las visitas. A su alrededor, tirados en el suelo, estaban desperdigados unos libros, como si se hubieran desprendido de él mientras dormía. Estaban llenos de polvo, con las hojas deshilachadas y las tapas comidas por las polillas.

—¿Qué hora es? Qué más da, no me lo digas. Casi es mejor ni saberlo. Cuando me pregunten diré que lo ignoro todo, y un ignorante siempre es más inocente. Ayúdame a levantarme, anda, que el suelo me abraza. Es como una mujer celosa, carajo.

Cosme le dio la mano y empujó hacia sí el cuerpo enorme y delgado de Ulises, que se puso en pie de un salto y le recordó a un grillo.

—Gracias, caballero, ahora ya podemos bailar —contestó aquel muchacho con aspecto de insecto gigante y hermoso. Ulises, que se quedaba dormido borracho y leyendo porque ese era el billete a París de los pobres.

En aquel almacén sólo había frío, humedad, algunas sillas, cajas de vino vacías, cascos de botellas, rollos de película amontonados en una esquina, un vieja cortina tapando un reproductor, y una sábana blanca tirada en el suelo como un fantasma moribundo. Todo lo demás era un inmenso vacío. Y mi madre y mi tío en medio de la noche allí encerrada mirando a Ulises. Una niña pequeña que tiritaba y parpadeaba sujetando una bolsa con una tartera.

—¿Y vosotros qué sois, la liga juvenil de rescate? —preguntó el hijo del librero mientras se palpaba los bolsillos de los pantalones en busca de algo.

Los dos hermanos estaban muy juntos, casi cogidos de la mano. Cosme parecía un colegial y mi madre una anciana. Sin embargo, la diferencia de altura que les separaba era tan grande que la niña, aun subiéndose a una silla, apenas le llegaría a los hombros.

—Si te manda mi hermano, le dices que no pensaba poner esos libros en la estantería hasta que no me los hubiese leído —Ulises se tocaba ahora el trasero, atizándose en las nalgas—. Aquí tampoco...

—Si yo no conozco a tu hermano.

—Es verdad —confirmó Ulises, agachándose y hurgando en sus zapatos, metiendo los dedos entre el cuero y el tobillo—. De todas formas, tampoco me los he leído todos.

—¿Pero qué haces? Me estás poniendo nervioso.

—Créeme, más nervioso me estoy poniendo yo.

Ulises se incorporó, echó un vistazo al almacén, y en dos zancadas llegó hasta el abrigo tirado en el suelo junto a los libros que le había servido de manta. Revolvió en los bolsillos, sacó un dedo por un agujero en el forro, y después de inspeccionarlo a fondo, lo volvió a tirar como si fuera la piel de una manzana que acabara de pelar.

—Mejor te lo ponías, Ulises, que aquí hace más frío que en la calle.

—Carajo, ¿seguro que no te manda mi hermano?

Mientras hablaba, el hijo del librero continuaba palpándose el cuerpo, metiendo la mano por debajo de su jersey, como si buscara una hormiga que le estuviera recorriendo el pecho.

—Que no. Yo venía a preguntarte...

—*Voilà!* —Ulises sonrió satisfecho y, con lentitud, sacó su mano del cuello del jersey extrayendo un cigarro aplastado que había encontrado prendido en el hueco de la axila. Se lo puso en la boca de misma la forma artificiosa con la que los magos adornan sus trucos.

—¿Tienes fuego?

PEROTTI COGIÓ PAPEL Y LÁPIZ Y SE SENTÓ EN EL ESCRITORIO de la pensión de Haití. A su lado había un ventilador redondo. Desde la ventana se escuchaba el trajín del puerto. Nunca se alejaba demasiado del mar, por si tenía que salir corriendo. Había postergado casi un año aquella carta, y lo primero que hizo fue escribirle que nunca más le iba a mentir.

Esperó en aquella pensión. Se quedó esperando la contestación de su tía Clotilde.

Tampoco tenía otro sitio al que ir. Se había gastado todo el dinero en el pasaje al otro lado del mundo. En el sobre que guardaba en la mesita aún le quedaba lo suficiente para pagarse la cama. Comía aguacates y dejaba los huesos tirados por el suelo. La habitación se le llenaba de mosquitos.

La llamaba «pequeña *madame*». Y a mi madre le gustaba. Le gustaba Ulises, y Tilda y Perotti. También le gustaba la forma de fumar de Ulises, porque era distinta a todos los que fumaban en el bar; él hacía dibujos con el humo, figuras ensortijadas y grises.

Les había advertido, contra su costumbre de advertir, que el rollo número 11 no era película para la «pequeña *madame*». Cosme decidió correr el riesgo. Ulises miró a mi madre, le guiñó un ojo y decidió que empezara la fiesta. La niña se quedó quieta y callada sujetando la cena mientras los dos muchachos altos colocaban las sillas en el almacén. El hijo del librero rebuscó entre los rollos hasta encontrar el que tenía el número que le habían pedido. Rollos que venían guardados en cajas redondas como ruedas de plata. Lo colocó con cuidado en el proyector, mientras Cosme colgaba la sábana de una pared y cerraba la puerta. Lo hacían todo con cautela y silencio, como se cometen los atracos y se guardan los secretos. A mi madre, que nunca había visto una película, comenzó a gustarle el trajín del cine. Mi tío cogió la cortina vieja que antes cubría el proyector y se la puso a su hermana sobre las piernas para intentar protegerla del frío del almacén.

—Ahí va Visconti. Con todas sus consecuencias, «pequeña *madame*» —dijo Ulises dándole al botón—. Pero por esto merecería la pena ir a la cárcel.

Luego, se sentó junto a mi madre. Al otro lado estaba Cosme. Los tres sentados juntos en las sillas ruinosas, mirando al frente, como preparándose para un viaje. En la sábana de la pared comenzaron a parecer las letras del título, *La vida tiembla,* una música triunfante, un sonido de campanas. Y esa fue la última vez que la película se vería en la pantalla, porque a partir de entonces estaba proyectada en los ojos de mi madre.

A Ausencia le hacía llorar el olor de las lentejas. Le recordaba a cortinas viejas y sábanas húmedas. Mi abuela le decía que se dejara de tonterías y de nostalgias, que si por ellas fueran estaríamos todos muertos. A Ausencia le hacía llorar el olor de las lentejas y Guillermo Lumpén las había pedido para cenar. Por eso aquella noche la cocina para ella era un infierno, y también la vida entera, su vida entera que era aquel plato de lentejas, aquella miseria de los solos, esa pesadumbre que apestaba a chorizo y cebolla.

Mágico García guardaba en una caja las fichas de dominó. Cuando acabó de ordenarlas, se levantó y se dirigió a la mesa junto a la ventana, donde Lumpén revisaba los papeles de su maletín marrón y rompía cerillas. Partir fósforos con los dedos le ayudaba a pensar. Ni siquiera levantó la cabeza cuando apareció por allí el longevo indiano.

—¿Cómo estás, abuelo?

En ese momento, llegaba Ausencia con un plato de lentejas lleno de lágrimas.

SALIR DE LA PANTALLA A LA NOCHE SÓLO FUERON unos pasos. Había más oscuridad fuera, y también en el pequeño cuerpo de mi madre. Apenas se distinguían los dos mundos en ella. Antes de irse del almacén, Ulises le dijo a la niña que todo aquello que ahora llevaba dentro tenía que apretarlo fuerte.

—¿Estás bien? —le preguntó mi tío mientras caminaban entre las farolas encendidas y nevadas.

Mi madre no respondió. Había visto en la sábana aquel juego de penumbras, aquellas sombras que gritaban al amanecer y el mar grisáceo lleno de luces tintineantes. Un pueblo salvaje y negro, sucio, unos hombres cansados que arrastraban sus redes. Un pescador que trataba de librarse de quien les estaba explotando, pero sus compañeros le traicionaban. Toda aquella tristeza, todos aquellos monstruos que se parecían a cualquier persona. Mi madre lo llevaba dentro, como Ulises le había dicho, revolviéndole las tripas, subiéndole por el cuello, parándose en los ojos. Y quería pero no podía expulsarlo.

—No es real —trató de explicarle mi tío—. Son todos actores. ¿Entiendes?

—No.

Le puso el pijama, acunó su cuerpo helado y la tapó con la colcha hasta cubrirle la nariz. Mi madre se quedó sola en el cuarto, rodeada de sombras. No podía cerrar los ojos porque en ellos aún se proyectaba la película. Sólo veía a aquel pescador que se había quedado sin casa. No dejaba de verlo y algo le atenazaba la garganta. Mi madre se metió debajo de las sábanas y aquella fue la primera vez que lloró por un dolor que no era suyo.

TILDA, EN SU ESCRITORIO, CON LOS PIES COLGANdo y las enormes gafas que le hacían parecer un búho, iba apuntando las palabras que mi madre le decía, las de los pescadores que había aprendido la noche anterior. Junto a los papeles humeaba la taza de agua caliente con achicoria. Mi madre también se acordó de las palabras de los cosacos, las de Miguel Strogoff. Cosme, cuando la había dejado en la buhardilla, le había dicho a la escritora que no entendía por qué Perotti había hecho ver aquella película a una niña tan pequeña o qué tendría que ver, si es que tenía que ver algo, Visconti con el Gran Juego. O tal vez todo había sido inútil y se habían equivocado de pista. ¿Qué iba a saber Perotti de las películas de Ulises? Tilda hizo una mueca con su cara de garbanzo y, cuando Cosme se fue, intentó distraer a mi madre, alumbrarla y alejarla de las pesadillas. Para Tilda, nada tenía más luz que las palabras.

La niña iba por la buhardilla apartando sillas y escobas, leyendo los papeles que Tilda tenía por todas las partes. «Obsolescencia, birlibirloque, cataclismo», repetía mi madre, casi tartamudeando, como si aquellas palabras pertenecieran a un lenguaje desconocido. Le gustaba cómo sonaban. «Calidad de algo que está cayendo en desuso. Por arte de magia o encantamiento. Gran trastorno, disgusto, contratiempo, suceso que altera la vida cotidiana», explicaba Tilda.

Cosme pasaba la tarde con Martín. Tenían que planear la Nochechevieja. Las dos mujeres pequeñas se movían en la buhardilla como hormigas y deshojaban palabras. Revolviendo entre las cosas de Tilda fue cuando mi madre lo vio. Aquel libro. Lo había recordado en sueños. Era el libro que el muchacho con verrugas le había dado a su viejo amigo en la habitación que se movía.

—Me lo regaló Perotti por mi cumpleaños —empezó a contar la escritora. Sus diminutos ojos pintados temblaban un poco—. Fue el primer diccionario que logró editarme. El único, de hecho. Luego dejó de trabajar en la editorial. ¿No os lo había dicho? Perotti era el comercial de la editorial a la que me cambié, y con la que gané lo suficiente para venir a la ciudad. Por eso fue a buscarme al pueblo. Ahora ya la han cerrado.

Mi madre cogió el diccionario para llevárselo y meterlo debajo de la cama, pero la Tilda se lo arrebató de las manos.

—¿Y si es algo del Gran Juego? —replicó la niña.

—No —dijo la escritora, que no sabía si estaba mintiendo.

Desconocía si aquello sería una pieza más o no. Pero le daba igual. Nadie iba a quitarle aquel libro. Tilda se agarraba a él con la ferocidad y la melancolía de un monstruo solitario.

El doctor Ángel Mones limpiaba el polvo de sus diccionarios de medicina. Hacía tiempo que no los usaba, porque a la consulta sólo le venían con catarros. Aquella Nochevieja iba a pasarla solo. También él se había resfriado.

En la calle La Luna, mi abuelo llevaba a la cocina una caja con gorritos de papel y matasuegras, y mi abuela, fumando a escondidas en el almacén, rezongaba que echaba de menos el sol y se prometía que el próximo año saldría con mi madre a comprarle un vestido nuevo para estas fechas. El que le había traído don Elías era un despropósito y la niña parecía un espantajo vestida con él. Pero doña Encarna, la mujer del abogado, se había tomado la molestia de encargárselo cuando les compró unos iguales a sus sobrinas. «Mentira», decía mi abuela por lo bajo, expulsando el humo del tabaco de contrabando de Maruja la Larga que Cosme le había dado sin que le viera mi abuelo. «Seguro que era uno que les sobraba. Y encima hay que estarles agradecidos. Agradecidos a él y a todos los borrachos, que son los que nos dan de comer».

Falla trataba de ponerle a mi madre unos imperdibles para que el vestido no le quedara tan grande, mientras la niña no dejaba de mirar la mesa de Perotti por si ese día le daba por aparecer. Desde la película, no habían tenido más sobres. Pero una pista llegaría esa noche, y no sería en forma de carta. Y, de nuevo, sería Ulises quien se la daría.

—Estate quieta, nena, que te voy a pinchar —le decía el ferretero a la niña.

Cosme sustituía un momento a su padre en la barra. No había mucho movimiento, apenas un par de clientes además de su hermana y Falla peleándose con el vestido. Siempre había un periodo de calma antes de la fiesta. Mi abuelo, que conocía su oficio con precisión, lo había aprovechado para ir hasta la estación de autobuses con el paquete. Cuando mi abuela regresó a la cocina y vio que de nuevo faltaba la caja llena de pescado, turrón y sidra dulce, le apeteció coger la radio y estamparla contra la pared.

—Dales muchos recuerdos —le decía mi abuelo, como cada semana, al conductor.

—Siempre se los doy, jefe.

El autobús arrancó, mi abuelo se quedó mirando el humo del tubo de escape, y el año cambiaba en unas horas.

LO ÚLTIMO QUE MI TÍO RECORDABA CON CLARIDAD de aquella noche, antes de la nieve, era a mi madre en la cocina de la calle La Luna tomando las uvas, las cabezas desolladas de los corderos que se agolpaban en la basura con ojos relucientes, la misma comida en los platos que cenaban los que estaban fuera en el altillo, y mi abuelo con traje levantándose tras las campanadas con su libreta negra donde apuntaba los teléfonos. Cuando su padre se fue, Cosme se bebió dos vasos de anís de guindas, llenos hasta arriba como tazas de desayuno, ante la mirada estupefacta de mi abuela.

Y al empujar la puerta volandera, la calle La Luna llena de gente que se levantaba y abrazaba, y pisoteaba las baldosas negras y blancas, gente con restos de comida en la servilleta anudada al cuello, el pop de las botellas que se descorchan, de golpe todo aquel calor de la muchedumbre y el humo y los restos de huesos en los platos y Martín entrando por la puerta a toda prisa con los brazos en alto como si fuera un atleta, y mi abuelo junto al teléfono tapándose un oído con el dedo, colgando y descolgando, llamando a todas aquellos números de su libreta, felicitando las fiestas con su voz serena en mitad de un bar lleno de gente. La botella de vermú que mi tío y Martín habían robado de la cocina, se la iban pasando escondidos entre las mesas, bebiendo a morro y dejando en los labios un rastro pegajoso de aquel licor que al tomarlo gotea, y es dulce, y quema. Engullirlo como gansos. Hombres adultos con collares de espumillón que pedían consumiciones a mi tío Cosme mientras este les ignoraba. Más amigos que venían, estudiantes en la noche, y el frío, fumando a escondidas en el baño mientras les golpeaban en la puerta, y Cosme pensó que Martín hablaba demasiado y le apeteció abrazarlo, y lo hizo o no lo hizo, pero otros sí se abrazaron a él, hombres que conocía o no conocía, con los nudos de las corbatas mal hechos, o sin corbata o sin cuello, y el licor que gotea, y el ganso que engulle, y la garganta que traga, se abre y tiembla, y hacía frío, pero no hacía frío, y el bar se movía como si estuvieran en una barca. Mi tío sudando con la trenca puesta porque en su interior guardaba la botella de vermú, y pisaba cristales, la gente usando los manteles de cuadros como la capa de un torero o el velo de una novia, y Martín golpeándole en el hombro y diciéndole que tenían que irse pronto a El Suizo y Cosme preguntando qué, y Martín girándole hacia la puerta y por ella estaba entrando Guillermo, Guillermo Lumpén, que llevaba del brazo a Gabriela.

Y entonces la náusea. Todo se paró un momento, como si alguien hubiese pulsado un botón para detener el tiovivo. Gabriela.

El carrusel volviendo a girar de pronto, Martín cogiéndole para llevarle al fondo y alejarse de sus hermanos, refunfuñando, pero estos qué hacen aquí, la otra jamás se acostó tan tarde, Guillermo cada vez está más loco. Cosme distanciándose con Martín, volviendo la cabeza para mirarla, Gabriela, que parecía una estatua, hermosa estatua que se plantaba ante la barra sujetando su abrigo y mirando un sitio que no estaba donde estaba ella. Y los empujones, y el calor, y mi tío Cosme sacando la botella de la trenca sin ofrecerle a su amigo. Gemelos de camisas que se caían de los puños y nadie escuchaba romper. El tabaco, dónde está el tabaco, Ausencia apartándose de las manos viscosas que trataban de deshacerle el nudo del mandil, y todos los hombres mirando a Gabriela, que era la otra mujer, la otra mujer joven, y Gabriela en la barra con Guillermo, con Guillermo que se bebía de un trago un vaso y ponía otro junto a ella, y ella hacía lo mismo que su hermano con un rictus extraño en la boca, como el que aprende una penitencia o las artes del suicidio, y mi abuelo les servía sin entender, y les rellanaba los vasos, y Martín diciéndole a Cosme que tenían que irse a El Suizo antes de que le viera su familia, y mi tío negándose sin decirle que no, escapándose de aquella propuesta, huyendo entre la gente y tambaleándose en aquel lugar fijo del mundo, y era firme porque estaba ella, la estatua. Intentando encontrar alguien que entretuviera a su amigo, y al fin perdió a Martín, que se ancló en una de las conversaciones que mi tío le estaba buscando. Camisas grasientas, feliz año, el tacto de la franela sucia, los codos del vecino clavándose en las costillas en un descuido, uvas estrujadas en el suelo. Y mi tío resbalando, con el estómago en la boca, tropezando con la gente que tropezaba con él, alejándose de Martín e intentando acercarse a Gabriela, pero Gabriela estaba en el otro extremo del bar, y mi tío sólo quería perderse. Perderse y resistir. Sujetarse la cabeza.

Y en aquel huir, permanecer e intentar sostenerse, Cosme le encontró. Le encontró entre los escombros de la celebración, junto a las colillas y las botellas a medio llenar, chupando un matasuegras como si fuera un habano, arrinconado en la mesa que era suya, pintarrajeada por todos los lados, y él la seguía pintando con un lápiz, dibujando los trazos torpes de la borrachera, con un gorro picudo de papel colocado a medio lado en la cabeza como un astrónomo de chiste. Únicamente a un hombre que nunca estaba solo se le ocurría estarlo en mitad de una fiesta. Ulises también era un garabato desdibujado en aquel momento para mi tío Cosme.

—A ti te andaba buscando —le dijo el hijo del librero señalándole con el dedo largo y huesudo.

—Si llevo aquí toda la noche.

—Es que me escondo mucho.

Ulises palmeó la mesa sin mantel en señal de que requería compañía, y mi tío acercó una silla hasta aquel original lienzo de cuatro patas. Se sentó casi desplomándose y le entró el hipo. Gabriela estaba lejos, a sus espaldas, y él se mantendría allí todo el tiempo que ella estuviera.

—¿Le gustó la película a tu hermana?

—Sí. Hip.

Ulises continuaba con sus garabatos y hablaba con el matasuegras entre los dientes.

—Qué grande la nena. Yo nunca rechazo un viaje en coche con los amigos, una mujer que me ofrezca una taza de chocolate caliente y una niña que venga con su hermano mayor en plena noche para ver una película antigua de Visconti en un cine clandestino.

—Oye, Ulises... hip. Perdona por haber aparecido así, hip.

—No, no, no, chaval. No me des explicaciones, que a los amigos con coche y a las mujeres tampoco se las pido. Las cosas buenas que pasan no se explican, simplemente no se rechazan. Además, supongo que es por lo del viejo.

—¿El viejo?

—Perotti.

—Hip.

—Fue él quien me dio la película. Qué maestro.

—Hip.

—Me regaló algunas otras. Podéis pasar a verlas cuando queráis. La otra noche se me olvidó decíroslo.

Ulises comenzó entonces una historia que a mi tío le pareció inconexa. Algo de Perotti y su hermana sentados en la mesa hablando, y el viejo, y la niña, y unos encargos en la librería, y allí charlaron, los diálogos son como catedrales y luego vinieron las películas, y una carta que había llegado.

—Hip.

—Carajo, tienes una conversación fascinante.

En aquel momento comenzó un ruido dentro del ruido, un barullo discordante en el bar. Mi tío no se hubiera dado cuenta si Ulises no se lo hubiera señalado.

—Mira —dijo quitándose el matasuegras de la boca y expulsando un humo imaginario—. Ya están jugando los niños.

Cosme, con esfuerzo y cierto mareo, se volvió para observar. Dos hombres junto a la barra se empujaban, chillaban, esputaban, y los de alrededor se iban alejando lentamente, como dejando espacio para una pelea. Mi tío no sabía si discutían de fútbol o de política, pero qué más da, si todo era lo mismo. Entonces vio a Gabriela entre ellos. A Gabriela con los ojos como el vidrio, mirando sin entender, una pianista que no sabía cómo funcionaba el mundo. Gabriela entre ellos llena de asco. Mi tío descubrió, comprendió o supuso que aquellos se peleaban por el tercer motivo que siempre impulsa una pelea. Buscó a Guillermo con la mirada. Pero Guillermo no estaba. Gabriela sola y por primera vez parecía asustada, o ida o a punto de caerse. De caerse entre aquellos dos hombres de brazos peludos que se cogían por el cuello para ganarse el derecho a tocarle las nalgas. Ulises le gritaba algo sobre las batallas, pero mi tío ya se había levantado, y apartaba a la gente, e incomprensiblemente pensaba en que él sabía silbar «Norwegian Wood», y en los almanaques, y en el banco en que la espiaba en el conservatorio, y en las estanterías llenas de diccionarios, y todo esto le iba golpeando el pecho, y corría hacia Gabriela, y llegaba hasta ella, y le cogía la muñeca y la arrancaba de allí como Martín le había arrancado a él de otra pelea días atrás, el puño de Cosme apretado alrededor del diminuto reloj de Gabriela, y tirando del reloj abrió la puerta del bar y siguió llevándosela consigo en la calle. Los dos corriendo. Corriendo por la nieve.

SE ALEJABAN SIN SENTIDO POR LAS CALLES, AL GAlope, como si huyeran de una marabunta. Con los cuchillos del invierno rajándoles la cara y el calor del corazón revuelto que producía el trote. Mi tío tiraba de Gabriela como si esta fuera un peso muerto, marcándole las uñas en la carne, corriendo hacia el frente. Hasta que Gabriela se detuvo, casi en seco. Retorció la mano para que mi tío la dejara libre, se fue tambaleándose hasta una esquina y vomitó. Vomitó en cuclillas. Cosme jadeaba y le salía vaho por la boca mientras la miraba. Gabriela llevaba uno de esos vestidos que se ponía para sentarse ante el piano. La huida fue tan rápida que ni siquiera le había dado tiempo a coger el abrigo. Mi tío se la había llevado sin preguntarle. Las medias negras y rotas, vomitando aquella masa grumosa y ácida, cubriendo con ella la nieve de la calle. Los mechones de pelo que se le habían escapado del moño se le pegaban en la cara. Gabriela gimiendo y llenándose de babas, apoyando una mano en la pared para no caerse y con la otra sujetándose el estómago. Con la espalda doblada se le notaban los huesos de la columna vertebral a través del vestido.

Gabriela, renqueante, acertó a sentarse en un portal. Cosme se sentó a su lado. Los dos juntos, sin decirse nada. Gabriela tiritando. Mi tío ni siquiera se atrevió a quitarse la trenca y ponérsela sobre sus hombros porque aquello sería como tocarla. Él sólo había sabido correr.

—Tengo frío —dijo ella con la mirada perdida en el viento de la calle, abrazándose los pechos.

Cosme se desabrochó los botones cilíndricos, sacó la botella de vermú y la dejó en el suelo del portal. Luego metió la mano en el bolsillo del pantalón y apretó la llave que Gabriela le había dado unos días atrás. Y también apretó todo el manojo de su llavero.

La buhardilla de Perotti estaba caliente, como siempre. Mi tío le dijo que se sentara en la cama y se pegara contra la pared por la que pasaban los tubos de la caldera. Gabriela lo hizo sin descalzarse. Tenía las comisuras y las mejillas moteadas por los grumos del vómito. En su cabeza apenas le quedaban prendedores. Gabriela comenzó a frotarse contra la pared como un gato. Ella estaba en la buhardilla y parecía una más de aquellas misteriosas piezas, como si fuera el astrolabio, la máquina fotográfica de madera o una de las cometas chinas. Mi tío la había llevado allí porque ella le requería calor. Porque siempre había querido tenerla allí con él. Porque era un refugio. Porque estaba borracho.

Cosme se sentó en el suelo, apoyando la espalda en la cama. Detrás quedaba Gabriela y su respiración. Hubo un momento, a lo largo de la noche, en que mi tío creyó sentir que ella le acariciaba el forro de cuadros de la capucha. En la claraboya comenzaban a estamparse copos de nieve, o tal vez alguien desde una ventana alta arrojara los restos de confeti de la fiesta.

—Cuando murió Perotti, mi hermana y yo vinimos a abrir este sitio con varios hombres —comenzó a contar Cosme. El lejano aliento de Gabriela en la nuca—. Dos días después, apareció en el bar un sobre con el nombre de mi hermana.

LA MAÑANA ERA DEL COLOR DEL GUARDAPOLVOS de un relojero. Cosme y Gabriela caminaban por la calle arrastrando los pies, llevándose la nieve. Ella se había puesto la trenca de mi tío, que casi le encajaba en los hombros. Él al fin se había armado de valor para ofrecérsela. Gabriela vestida de hombre con las medias rotas.

El portal de los Lumpén estaba lleno de lámparas de cristal y alfombras.

Gabriela no le había dicho una palabra en toda la noche. Nada desde que le anunció que tenía frío. Nada en aquella larga noche de confesiones en la que mi tío le describió la aventura del Gran Juego. Nada cuando Cosme le dijo que ya había amanecido y tenía que llevarla a casa.

Mi tío se quedó con Gabriela en el rellano, enseñando la cara, dispuesto a darles a los Lumpén todas las explicaciones que ella ni siquiera le había pedido. Pero la puerta se abrió sin que nadie llamara al timbre.

—Joder, llevo horas esperándoos junto a la mirilla —Martín llevaba puesta la bata con el escudo—. Pasa rápido, que papá y mamá piensan que estás en la cama. Guillermo tampoco se ha despertado todavía.

Gabriela se deshizo de la trenca con gestos elegantes, como si se estuviera quitando una capa, y se la devolvió a Cosme sin mirarlo. Entró en casa con su porte de cisne y desapareció entre aquellas paredes que mi tío soñaba cada noche que se deshacían.

—Martín…

—Cállate, Cosme, que ya has tardado mucho.

—Pensé que era mejor esperar a que amaneciera.

—No. Que ya has tardado mucho en llevarte a mi hermana.

Y el chico con bata cerró la puerta.

Mi tío llegó justo cuando mis abuelos se disponían a salir para preparar las comidas de Año Nuevo. Sí, todo perfecto por casa de los Lumpén. No, no tenía sueño, podían dejar con él a la nena, que ya estaba vestida en el recibidor, preparada para ir al bar. Cuando mis abuelos se marcharon, Cosme nunca entendió demasiado bien por qué le dijo aquellas palabras a una niña pequeña.

—Ha sido la noche más feliz de mi vida.

TILDA SABÍA PERFECTAMENTE DÓNDE ESTABA LA LIbrería. Mi tío y mi madre habían ido a ver a la escritora enana aquella mañana del 1 de enero. Les recibió con un vestido de lentejuelas negras que se ajustaba a sus pechos como guisantes, a su barriga de bebé, a sus muslos rollizos y pequeños. «Hace años que no sé dormir —dijo, como disculpándose por su atuendo de noche continuada y mirando de reojo a Cosme—. Además, tengo el oído muy fino», añadió clavándole la mirada a mi tío, que se sintió descubierto.

El collar de relojes estaba sobre el escritorio. Tilda les había dado cuerda a todos después de escuchar las campanadas de la catedral. Había estado esperando ese sonido sentada en la silla manchada de azafrán con una escoba en la mano. Después, se vistió de gala, como suponía que hacía el resto del mundo, y se puso a buscar palabras en unos libros de guerra.

Mi tío le contó la conversación que había tenido con Ulises en la calle La Luna, de la que apenas recordaba nada. Algo de Perotti, una carta y la librería. Y aunque quisiera volver a hablar con él, el paradero de Ulises siempre era un misterio, un eterno peregrinaje por todos los sitios, fueran bares o la rebotica de una farmacia. Únicamente iba al almacén cuando recibía nuevas películas.

Tilda abrió uno de sus cajones extrayendo con sus manos diminutas un paquete de papel estraza atado con hilo. Lo rasgó, y sacó los libros que había dentro. Pero a mi tío y a mi madre sólo les dio la envoltura.

—Aquí lo tenéis. La dirección del remitente viene ahí escrita.

Mi madre leyó torpemente en alto aquellas señas.

—Hoy estará cerrado —supuso Cosme.

—Alvar no cerrará. Algunos siempre viven entre libros.

—¿Está muy lejos? —quiso saber mi madre.

Tilda encogió los hombros.

—No lo sé.

La escritora enana había llegado a la ciudad en un coche de alquiler con Perotti. La había guardado en la buhardilla enfrente de la suya y Tilda apenas conocía más del mundo ni había querido mirar por la ventanilla en el viaje. Los jueves por la mañana llegaba el pedido de la tienda de ultramarinos, bolsas repletas de achicoria, arroz y pan. Con el resto del exterior, o casi con todos, se comunicaba a través de cartas. «Cuando pasas mucho tiempo solo, existe un punto en que la gente ya no te hace compañía, sino que te interrumpe la soledad —le había contado un día a mi madre—. A las personas hay que cogerlas de poco en poco, como los terrones de azúcar».

—Como ya os he dicho, algunos siempre viven entre libros —sentenció Tilda encaramándose de un salto en la silla del escritorio y poniéndose sus enormes gafas para examinar las palabras con lupa.

Mi tío se excusó alegando que tenía que hacer unas cosas y le prometió a mi madre que volvería pronto a por ella e irían juntos a la librería.

—Ahora debes de tener paciencia con Cosme, nena —le dijo Tilda sin apartar la vista de sus papeles una vez que éste se hubo marchado—. Se necesita tener paciencia con los que están enamorados.

Mi madre, que estaba junto a la estufa de hierro jugando a quemarse las yemas de los dedos, se volvió ante este comentario de la escritora.

—El amor. Querer tocarse sin tocarse, únicamente esperando que el otro quiera hacerlo. Ese desbordarse del cuerpo, saber que estás caminando allá lejos sin moverte del sitio, que tus ojos ven lo que tú no ves porque realmente ya eres otro. La vida desdoblada y temblar sin frío. Un silencio repleto de voces entre dos personas. La vida que se te va en algo tan nimio como el tacto de un alfiler. El deseo de todo lo inaccesible. Esa soledad rota.

Tilda acabó su definición y acarició con sus uñas puntiagudas las lentejuelas de su vestido. Una por una.

La librería anticuaria Merlín era uno de esos lugares que no cerraba los días de fiesta. Parecía que no le importaban los ajetreos del mundo.

Era pequeña, apenas del tamaño de una habitación para dormir, y estaba repleta de estanterías que llegaban hasta el techo. En sus anaqueles se almacenaban libros de viajes y biblias escritas en arameo, cuadernos infantiles que leyeron unos niños que ahora tendrían cien años, novelas arrugadas con dedicatorias escritas a lápiz en la primera página, códices del siglo XVI y tratados de medicina, manuscritos de hombres que pensaron que serían los únicos en sobrevivir a la peste, mapas sobre las tierras donde se creía que acababa el océano, cancioneros de una música ya muerta, tomos de enciclopedias que podían ser del tamaño de una oveja o del de una onza de chocolate, libros apilados en los que aún perduraba el olor de sus primeros dueños y los esqueletos de las mariposas que se colaron sin querer entre sus páginas.

Una especie de templo chino colgado encima de la puerta anunciaba la llegada de alguien con un sonido de carillones. Mi madre y Cosme habían accionado aquel racimo de campanillas de latón. Un muchacho rechoncho con gafas redondas y un chaleco de lana verde leía junto a la caja registradora. Se alegró de que llegaran clientes aquella mañana tan solitaria.

—Buenos días, ¿en qué puedo ayudarles?

—Buenos días, veníamos buscando a Ulises.

—Ah —el muchacho dudó un momento—. Lo siento, pero él no viene los días de fiesta.

—¿Nos podrías dar la dirección de su casa?

—No... verás, no creo que hoy tampoco lo encuentres allí.

—Ya. ¿Nos podrías decir al menos cuándo va a pasarse por aquí?

El joven librero regordete se quedó mirando a mi tío sin saber demasiado bien qué contestar. Mi madre, mientras tanto, hojeaba unos cuentos de hadas que había sobre una pequeña mesa de caoba. Unos cuentos con las páginas azules. Le gustaba aquel sitio que olía a polvo. Le recordaba a la buhardilla de Tilda y, de alguna forma, también a la de Perotti. Tal vez Miguel Strogoff estuviera allí, perdido entre las estanterías. Mi madre se imaginó entonces que los libros trotaban, que se removían en sus estantes porque las personas que estaban dentro golpeaban las portadas queriendo salir.

Un hombre mayor abrió la puerta de la librería que daba a la trastienda.

—¿Necesitaban algo?

—No, papá, no te preocupes. No, ellos… ellos sólo buscan a Ulises.

El hombre suspiró, se quitó lentamente las gafas que le colgaban de la punta de la nariz y las metió en el bolsillo de la camisa.

—¿Qué ha hecho ahora?

—¡No, por Dios, nada! —se azoró mi tío—. Únicamente quería hablar con él, pero no es algo importante. Dígale que ha venido Cosme a buscarle, que se pase por el bar cuando pueda.

El hombre miró de arriba abajo a mi tío y luego a la niña.

—¿Sois los chicos de la calle La Luna?

—Sí.

—Cómo ha crecido la nena.

Mi madre hubiese sonreído orgullosa si hubiera estado atenta al comentario y no entretenida en los dibujos del cuento.

—Esperad un momento —dijo el hombre volviendo a entrar en la trastienda.

El muchacho rechoncho se puso a darle cuerda a un reloj de cuco que ocupaba el único hueco exento de libros. Cosme pensó que ser librero no era un mal trabajo.

Luego, el hombre regresó con un sobre en la mano.

—Creo que esto es para vosotros.

Mi tío se revolvió dentro de su trenca, de aquella trenca que aún exhalaba un débil olor a vómito y perfume.

—¿Quién se lo ha dado?

—Llegó hace días, en el correo. Venía dentro de una carta que decía que os lo entregásemos. Se lo hubiera dado a Ulises para que os lo llevara al bar, pero… —y el hombre ocultó que no se fiaba de su hijo, que tal vez lo perdiera en cualquier estación o lo dejara sobre cualquier mesa—… pero estaba esperando tener un poco de tiempo para acercarme hasta la calle La Luna. Tu padre es un buen hombre. Dale recuerdos de mi parte. —El librero se volvió hacia mi madre—. Puedes quedarte con ese cuento, si quieres.

PEROTTI EXPULSABA EL HUMO POR LA NARIZ ganchuda, enredándosele entre los pelos gruesos y grises. Tiraba las cerillas al suelo con parsimonia. Mi madre las pisaba y las apagaba contra las baldosas negras y blancas, por lo que solía tener las suelas de los zapatos manchadas de ceniza.

Cuando quedaba libre, los dos cogían el ajedrez y pasaban el tiempo uno frente al otro moviendo las figuras. Perotti decía que realmente no hacía falta saber jugar, simplemente bastaba con que los otros lo creyeran. Así que pasaban horas deslizando el caballo y la torre al tuntún, poniendo cara de sesudos. Mi madre casi siempre ganaba estas partidas.

—Cuando yo era niño no sabíamos nada —dijo Perotti agarrando un alfil con sus manos casi transparentes—. Veíamos únicamente lo que estaba delante. Comer a la hora de comer, dormir a la hora de dormir, morirse cuando tocaba. Pero a veces, Cucuruchito, uno se salva jugando.

Mi madre se despertó de golpe. Aquel había sido su sueño de Año Nuevo. Una hora después llegaría mi tío anunciándole que había sido la noche más feliz de su vida.

AL BAR DE MIS ABUELOS IBAN MUCHOS HOMbres, pero casi ninguna mujer. La mayoría llegaban acompañadas por sus maridos y sus hijos, llevaban maletas, comían el menú del día y se quedaban allí con su familia esperando a que saliera el autobús. Pero había dos mujeres que solían pasarse por la calle La Luna. Eran madre e hija, gordas, vestidas de oscuro, con las venas de la nariz muy marcadas, que siempre se quedaban en la barra charlando con mi abuelo. Aunque la muchacha no tenía muchos más años que Cosme, aparentaba ser una mujer mayor. Tal vez fuera por el luto. Iba pegada a las faldas de su madre como si fuera un rosario, hablaba poco y clavaba la mirada en el suelo. Mi abuelo les daba platos de riñones al jerez, casi nunca les cobraba por las consumiciones y cuando ellas entraban, les dedicaba todo el tiempo que podía. La mujer se santiguaba bebiéndose los vasitos de anís y sollozaba por lo solas que las había dejado Paco, porque no sabían qué hacer en aquella ciudad tan grande y porque aquella chiquilla suya era incapaz de encontrar un buen hombre. Al decir esto las dos buscaban golosamente a Cosme con la mirada, pero mi tío intentaba ocultarse tras un periódico o se daba la vuelta y se ponía a silbar. La muchacha volvía a bajar la vista con tristeza. Mi abuelo intentaba distraerlas de aquellos rechazos poniéndoles otra consumición y dándoles algo más de charla. Cuando la mujer ya llevaba tres anises y se le habían puesto las mejillas coloradas, decía que todos los días le entraban ganas de coger el montante y volverse. «Pero tú sabes bien que para los que nos vamos, allí ya no hay sitio para nosotros, que el sitio no sobra». Y en este momento, sobre la barra, buscaba con complicidad la mano de mi abuelo.

Mi madre no entendía muy bien por qué tenía darles dos besos a aquellas dos mujeres cada vez que entraban en el bar. Lo único que sabía es que eran del pueblo y con aquello bastaba. El pueblo. Aquella palabra tan importante.

En aquel Año Nuevo, mientras mi tío y la niña descubrían la librería antigua, don Olegario entraba en el bar anunciando la muerte de dictadores, seguido de las dos mujeres solas, que ese día se habían perfumado.

—Pónganos lo de siempre, que yo voy a entrar a felicitar a la moza —dijo el indiano mientras mi abuelo asentía y sonreía a sus paisanas.

Mi abuela intentaba hacer malabares con las sobras. Metía los restos de la noche anterior en ollas y las juntaba con huevos y patatas. Los huesos del cordero para caldo, las cabezas de las gambas se molían para salsa. Machacando con el mortero o cortando con el cuchillo, convertía todos aquellos despojos en nuevas comidas. Mi abuela, que jamás tiraba nada, ni los carretes cuando se acababa el hilo, era una experta en aprovechar los desperdicios. Don Olegario entró por la puerta volandera con su olor a medicamentos, moviendo el esqueleto con sonido de carraca, mientras intentaba abrazar a mi abuela, que se escabullía advirtiéndole que se iba a manchar de grasa. Pero al viejo todo le importaba un pito, y le recordaba a mi abuela cómo ella había burlado al destino mientras la apachurraba cariñosamente contra los azulejos de la cocina. Los mismos azulejos blancos que había en el baño de los Lumpén, porque ambos habían sido puestos el mismo día y por la misma gente.

Horas antes, Gabriela se descalzaba y ponía los pies envueltos en medias rotas sobre aquellos azulejos brillantes. Martín y Cosme charlaban en la puerta de la calle. Gabriela abrió el grifo del lavabo y dejó correr el agua caliente, mientras se iba quitando los pocos prendedores que le habían quedado en el pelo y el espejo le mostraba una mujer que no había dormido.

Guillermo apareció en el umbral del baño. Llevaba puesta una bata con escudo muy similar a la que tenía Martín. El atuendo de los Lumpén cuando dormían.

—¿Te contó algo?

—Sí. Me lo contó todo —dijo Gabriela con los ojos fijos en la mujer del espejo.

Cosme sólo había visto a los parientes del pueblo en una ocasión. Las mujeres llevaban pañuelos negros y olían a bosta. Los encontró bajo un hórreo en el que secaban maíz. Mi abuela sostenía a mi madre, a la que llevaba enrollada en el mantón de su bautizo, y mi abuelo se quitó el sombrero para hablar. Detrás de las faldas de una de sus tías, Cosme vio a su primo Damián, con las rodillas llenas de cagadas de gallinas. Tenían la misma edad, los mismos huesos, pero Damián poseía unos ojos huecos que le miraban como un gato asustado. Cosme se preguntó si a partir de entonces él sería ese niño.

Estuvieron horas debajo de aquel hórreo. El marido de la hermana preferida de mi abuelo sujetaba un tridente y escuchaba con atención. Mi familia se despidió, Cosme tuvo que darle dos besos a aquel niño repugnante que podía ser él, y los cuatro recogieron las maletas que habían dejado en el camino porque nadie les invitó a entrar en la casa.

Mi tío no regresaría al pueblo, ni siquiera de mayor. Siempre tuvo miedo que lo atrapara su gemelo del campo, aquel que pudo haber sido si se hubieran quedado.

MI MADRE MIRABA LA GRUESA MAROMA enrollada en el poste de hierro como una inmensa boa. Llevaban varias horas buscando pistas en el puerto. El viento era gélido junto al mar y silbaba como las sirenas o los loros, todo olía a sal y a nieve. Mi madre y Cosme, con los abrigos abrochados y las manos en los bolsillos, tiritaban en el muelle recogiendo del suelo boyas rotas con algas resecas pegadas en el corcho. La niña miraba a Cosme de reojo, tratando de entender lo que acababa de decirle, y que ella había tomado como una parte más del Gran Juego. No le preguntó si estaba enamorado, como le había anunciado Tilda, porque le daba vergüenza hacerle esa pregunta a su hermano.

El puerto tenía el alma plomiza y la ciudad era un mapa invisible. Las redes rotas tiradas por cualquier sitio, la rula cerrada, el suelo pegajoso de la nieve y las vísceras de los pescados, cajas de madera vacías y apiladas. Cosme apuntaba en una libreta los nombres de las embarcaciones pintados en el casco con pintura verde y le enseñaba a mi madre el lugar exacto donde Martín y él se sentaban a esperar a los barcos que traían música de América. Mi madre tenía el corazón encogido por el frío y por los pescadores, aquellos seres tristes que había descubierto en la película de Visconti. Y también por el agua. El agua gris, inmensa, movediza. Su padre solía decir que no hay mejor orador que el que podía describirle el mar a un ciego. Pero hasta entonces a ella nadie se lo había descrito. Ni siquiera se parecía al que había visto reflejado en la sábana del almacén; el de verdad te inundaba los ojos, era inabarcable. Mi madre, que vivía a escasas diez calles de allí, nunca había estado en el puerto. O al menos no lo recordaba.

La nota que les había dado el librero, escrita de nuevo en letras góticas, sólo decía: *Junto al mar*. Y junto al mar estaban los dos hermanos aquella mañana de invierno, con los bares de los marinos cerrados, solos caminando entre las grúas paradas y las carretillas vacías, recogiendo y apuntando las cosas que encontraban, tratando de hallar la pista correcta. Había poco movimiento debido al mal tiempo y no atracaban los barcos, ni los que traían música ni ninguno parecido a aquel en el que mi tío descubrió los enigmas de la ciencia por medio de una brújula. Junto al mar, Cosme le dijo a mi madre que Gabriela era una espía.

PEROTTI ABRIÓ LA PUERTA Y SE ENCONTRÓ CON LA dueña de la pensión. Era una negra haitiana que emitía reflejos azules y hablaba en francés. Se metía en la cama de Perotti por las noches. Él apenas podía distinguirla entre tanta oscuridad. Entre los dos creaban un olor ácido que luego ella deshacía ventilando la habitación.

La dueña de la pensión le traía una carta. Al fin la carta de la tía Clotilde. Perotti bajó al puerto y preguntó si necesitaban cocinero en algún barco.

Vivir con Vázquez era vivir con la noticia fresca, con la tinta caliente todos los días. El viejo periodista, que sólo tomaba café sin azúcar como había visto hacer a los americanos y los días de fiesta se permitía un vasito de Pernod, patrullaba por la calle La Luna atento a las conversaciones de las mesas, a quien iba y venía con la maleta a cuestas. Solía parar a los que acudían allí a solicitar ayuda al concejal Riera y les pedía que le contaran el chisme. El bar de mis abuelos era la trastienda del periódico, de la ferretería, de la imprenta, de la universidad y hasta del ayuntamiento. Vázquez sonsacaba a los locutores de la radio que iban a tomarse el vermú a media mañana por si sabían más que él, y quedaba allí con sus informadores. La mayoría eran viajantes que le contaban lo que ocurría en los pueblos a cambio, muchas veces, de la consumición del día.

—Gregorio, te pido por los clavos de Jesucristo que no me vengas con más historias de osos.

—¿Y qué quieres que te cuente de allí, Vázquez? —preguntaba el vendedor de encendedores, que ya había conseguido meter en portada un par de historias sobre osos pardos que bajaban hasta la carretera. Gregorio subía a los pueblos del monte en su Seiscientos verde manzana, con todo el asiento de atrás lleno de cajas, cuerdas, mantas y mecheros.

—Háblame de los mineros.

—Sabes que de eso no se habla, Vázquez.

—Pues ya me estás pagando el vino, pollo.

Falla, con la yema de los dedos manchada de limadura del hierro, charlaba en la barra con Rodolfo el de la imprenta, que se comía un pincho de tortilla empapado de aceite.

—Una cosa así ocurrió una vez en Villaverde.

—¿No me digas, Falla? ¿Y cómo lo solucionaron?

—De eso ya no me enteré… —titubeó el ferretero—. Pero, conociéndonos, probablemente nos lo jugamos al mus.

Gregorio se subía los cuellos para salir a la nieve y en la puerta se tropezaba con don Elías, que entraba tosiendo, bamboleándose con su cuerpo de elefante y tapándose la boca con un pañuelo. En su mesa de siempre había un Tres Carabelas consumiéndose en el cenicero y un pocillo con café a medio terminar, por lo que dedujo que el doctor Ángel Mones estaría en el servicio. Sin pedirlo, Ausencia le trajo el Soberano. Don Elías se quedó mirando a la copa. Era lo que hacía últimamente. Mirar el coñac.

—No hay nada como ser habitual de un sitio, ¿verdad, abogado?

Vázquez dejó sobre la mesa su sombrero austriaco de pluma en señal de que no estaba de servicio. Buscaba noticias frescas, buscaba tinta y lo mejor para hacerlo era empezar por saber algo que luego no se podría contar.

—Últimamente se le ve mucho con Mágico García. Tenga cuidado, que ya sabe cómo se las gasta ese ciudadano.

Antes de que Vázquez pudiera seguir tirando de la madeja, don Elías comenzó a toser y a ahogarse en sus propios fluidos, como si alguien desde dentro le estuviera sacando las entrañas de su enorme cuerpo. Se dio cuenta de que había salpicado de sangre la camisa del periodista, pero no pudo hacer nada porque siguió escupiéndola, echándola por la boca como un surtidor y tiñéndosele de rojo los dientes.

El somier de mi madre olía a pescado podrido, a sal y algas, tras meter debajo de la cama las cosas que habían encontrado en el puerto. A excepción de la película, el almanaque y Tilda, no sabían a ciencia cierta si el resto de piezas serían las correctas. Si completarían un puzzle. Había alguna relación entre los artilugios marinos y *La vida tiembla,* esa conexión con el mundo de los pescadores. Pero el resto eran fragmentos inconexos. Mi madre también había metido el cuento de hadas de la librería, por si servía de algo, e incluso la muñeca canaria de cara de carne, que sólo la sacaba por las noches para dormir abrazada a ella.

Cosme le había dicho junto al mar que Gabriela era una espía. Mi madre trataba de entender el papel que Gabriela tenía en el Gran Juego.

Guillermo la había dejado con la muñeca en mitad de la calle, cerca del conservatorio. Se marchó sin despedirse, sólo poniendo el índice sobre la boca indicando que le guardase el secreto. Gabriela salió a la hora en punto y se encontró con una niña asustada en medio de la nieve. La reconoció. La había visto cuando era más pequeña y los Lumpén y mis abuelos aún se trataban como iguales. Antes de que todo cambiara. Mi madre le confesó que no sabía volver a casa. A pesar de aquel momento juntas, de que Gabriela la rescatase, la niña sentía por la señorita Lumpén el mismo miedo que sentía por los desconocidos. O incluso más. A mi madre se le erizó la piel cuando Gabriela le quitó la ropa para ponerle el pijama.

Guillermo había dejado a la niña junto al conservatorio para que Gabriela la encontrara. Había arrastrado a Gabriela en Nochevieja a la calle La Luna y la había emborrachado para que estuviera dispuesta a hacer cosas que no suelen hacer los sobrios. La había dejado sola en mitad de los hombres para que Cosme se la llevara. Mi tío sabía todo eso. Por eso advirtió a mi madre. Le dijo que aunque a partir de entonces la señorita Lumpén también estaría en el puzzle, no podía contarle nada, que le dejara hablar a él. Mi tío sabía que Gabriela no era más que la espía de Guillermo, y precisamente por eso se lo contó todo aquella noche en la buhardilla. Por un lado, por las ganas de incluirla; por otro, porque al fin él tenía algo que quería Gabriela, que hacía que Gabriela le buscase. Acercarla así. Deseaba tenerla atrapada en la historia y en él. Estaba cansado de vislumbrarla en la casa de los Lumpén, con todo aquel arsenal de intuiciones y de sonidos que era verla sin verla, poseerla de lejos, no poder dar el salto.

Por eso se marchó de la buhardilla de Tilda para llamarla y contarle que su siguiente paso sería ir a la librería. «No sé si quieres formar parte de esto —le dijo mi tío con los mismos nervios del que no sabe si le rechazarán una propuesta de matrimonio—. Pero si te interesa la locura que te he contado, puedes acompañarnos». Hubo un silencio de bosque antes de un incendio. «Estoy interesada —contestó secamente Gabriela al otro lado del auricular—. Pero tendrá que ser otro día. Hoy tengo que ensayar». Gabriela y las notas del piano tocadas al azar en el salón por Guillermo mientras ella sujetaba el teléfono. Gabriela, que Cosme quería que fuera parte del Gran Juego y parte de su vida, llevarla con ellos a rastrear el mapa invisible. Pero nadie le iba a robar la herencia de Perotti a su hermana, porque mi tío sabía que de nada servía una ecuación larga cuando se miente simplemente en el resultado final. Únicamente hace falta cambiar la coma de sitio o un dos por un cero.

EL DEL TRES DE ENERO FUE EL PRIMER SOBRE QUE llegó por correo. Así lo harían los siguientes, dejarían de aparecer en cualquier sitio insospechado y llegarían a las manos de mi madre por vía postal. Sus padres nunca miraban en el buzón porque todas las facturas siempre las mandaban al bar. Era Cosme quien lo abría de vez en cuando.

De todas formas, mi madre nunca dejó de buscar, entre las patas de las mesas del bar, dentro del bote donde mi abuela guardaba la harina, prendidos en los balcones donde se secaban las palmas de Ramos, en las cajas de cerillas, en el interior de su armario junto a los calcetines, enterrados en la tierra de las jardineras de la terraza, en la estufa de la casa de Tilda. Todo lugar era un buen escondite y mi madre no dejaba de imaginarse huecos.

Mi tío trataba de estudiar mascando pipas, con el mundo nevado y su hermana pequeña revolviendo toda la casa, entrando de vez en cuando en el cuarto para tirar de él y seguir el Gran Juego.

Mi tío apagando el flexo, dejando sin hacer los trabajos de Martín, leyendo el sobre que tenía de destinataria a mi madre y que ahora llegaba por correo.

Gabriela se los encontró a los dos esperándola a la puerta del conservatorio.

—¿Quieres venir?

Hizo un leve gesto con la cabeza que indicaba asentimiento y se marchó con ellos. El paraguas le colgaba del brazo.

PEROTTI DESEMBARCÓ EN URUGUAY AÑOS DESPUÉS de dejar a una negra azulada llorando por él en Haití. Saltando de barco en barco, con las manos despellejadas de cualquier trabajo que le ofrecieran en cubierta, había visto más mundo del que pensaba que existía. Cada vez que llegaba una carta, cambiaba de sitio y buscaba en los mercados.

El judío Moses había gastado la mitad de su fortuna en construir en Montevideo el edificio más alto que se había visto en el país. Tenía forma de plancha y ocupaba una esquina entera. Decían que el arquitecto al que se lo había encargado era un borracho. Nadie quiso mudarse allí porque tenían miedo que el viento, al soplar fuerte, lo tirara abajo. Así que Moses vivía solo en el último piso. Ni siquiera su mujer y sus hijos se atrevieron a acompañarle. Paseaba por las noches entre las plantas vacías, subiendo y bajando escaleras con una vela. Perdió todo lo que había ganado con el negocio del hilo y dormía en las alturas.

Su hijo mayor se casó por poderes con una extranjera. Cuando esta llegó, fue a ver a Moses. Le dijo que su marido y ella vivirían en el rascacielos. Le dijo que trasladara el almacén a la planta baja.

La gente empezó a coger confianza y a habitar el edificio. En poco tiempo, todos los pisos estuvieron vendidos. Moses comenzó a tratar a Clotilde como si esta fuera su hija y no su marido. Pasaban las horas charlando y comiendo pan ácimo. Los dos generaban los recelos de la familia. Cuando Moses murió, se lo dejó todo a ella.

Perotti llegó hasta el edificio con forma de plancha arrastrando un equipaje muy pesado. Soltó los bultos junto al mostrador y le preguntó al dependiente. El muchacho le señaló el fondo del almacén. Era una inmensa estancia formada por millares de bovinas de hilo.

La tía Clotilde estaba sentada en uno de los pasillos. Sentada en una especie de trono de madera, llena de plumas y perlas, rodeada de hilos. Perotti no la veía desde que era niño. Ambos quedaron mirándose largo rato. Clotilde se levantó y se abrazaron.

—¡ESE HOMBRE HA HECHO LO PEOR QUE UNA persona puede hacer: reírse de un músico que está tocando! —gritó Martín Lumpén de pie en El Suizo, señalando a otra mesa.

Cosme fumaba y asentía.

Un día antes, las hermanas de ambos se habían abrazado, mi madre buscó la cercanía de Gabriela a pesar de toda la desconfianza que le producía, de saber que conspiraba contra ellos, de querer echarla de allí porque aquello era sólo de Cosme y de ella.

El hombre del cabaret pidió perdón, más por miedo a una pelea que por cualquier otra cosa. Miró hacia el trompetista del escenario, juntó las palmas de las manos y bajó la cabeza en señal de disculpa. Luego continuó la música y Martín volvió a sentarse.

—¿Qué te estaba diciendo?

—Que si nos vemos menos es porque ahora tienes que estudiar —dijo mi tío intentando emular el mismo tono ácido con el que Lumpén le había soltado aquellas palabras—, y yo te contaba lo de mi hermana y Cuba.

—Ah, sí.

Un día antes, había comenzado a caer aguanieve cuando la señorita Lumpén salió del conservatorio. Gabriela y mi madre iban cogidas del brazo bajo el paraguas. Cosme caminaba junto a ellas silbando con la capucha de la trenca puesta. Tilda le había dicho a mi madre que un espía era una persona que con disimulo y secreto observa o escucha lo que pasa, para comunicarlo a quien tiene interés en saberlo. Que disimulo era el arte con el que se oculta lo que se siente, se sospecha o se sabe. Mi madre se imaginaba que Gabriela, bajo la ropa, llevaba sogas, lupas y frascos de veneno. Intentaba alejarse de ella por rencor y por miedo, pero la señorita Lumpén le apretaba el brazo para que se quedara quieta bajo el paraguas y no la mojaran los trapos de agua. Mi madre sabía que tenían que jugar sin mostrar el juego, como hacían Perotti y ella con el ajedrez. De vez en cuando trataba de buscar la mirada de Cosme bajo la capucha y le guiñaba un ojo para demostrar que estaban juntos contra Gabriela.

Mi tío, en su cuarto, había leído en alto la pista que les había llegado por correo. *Los invisibles*. Simplemente eso.

—Los mapas —dijo Cosme.
En la habitación sonaba «Ticket to ride».
—No —contestó mi madre.
Ella sabía perfectamente dónde tenían que ir.

AL SALÓN NO ACUDÍA DEMASIADA GENTE DEBIDO al mal tiempo. Casi nadie salía de casa. La mayoría de los limpiabotas estaban fuera fumando. Solían ser pequeños como los jinetes de los caballos de carreras. Parecía que el estar siempre agachados ante la gente les empequeñecía el cuerpo. Muchos arrastraban esta postura desde la infancia.

Aquella tarde, algunos habían salido de ronda con sus cajones por las cafeterías y los hoteles. Mi madre, al llegar, les saludó con mucha pompa, como había visto hacer a Perotti todas las navidades. Los limpiabotas le devolvieron el saludo riendo.

El extraño trío se quedó quieto ante ellos sin saber demasiado bien qué hacer.

—Quiero que me lustren los zapatos —dijo Gabriela cerrando el paraguas y entrando en el salón. Fue como si entrara una bailarina. Gabriela recta que nunca miraba hacia el suelo. Los hombres pequeños estaban acostumbrados a esta lejanía. Pero no a las mujeres jóvenes.

Mi madre y Cosme entraron tras ella. Gabriela se sentó en uno de aquellos sillones marrones parecidos a los de los barberos y posó su pie sobre la huella de madera. Mi madre observaba aquel cajón abierto con el betún, los cepillos y los trapos y se preguntaba si algo de eso pertenecería al Gran Juego. Los invisibles dentro de la ciudad que era un mapa invisible. «La gente piensa que no están, pero están y lo oyen todo. Son los invisibles, Cucuruchito. Muchas veces tiene más poder un limpiabotas que el director de un banco», le decía Perotti. La niña alargó la mano como tratando de coger algo del cajón, probablemente algo brillante, aprovechando que el limpiabotas estaba concentrado en mover a velocidad de relámpago la gamuza sobre los zapatos de Gabriela y el resto seguía en los soportales fumando y mirando la lluvia blanca y espesa. Antes de que pudiera hacerlo, mi tío la detuvo en seco.

—No —le susurró Cosme—. Eso sería como robarles el pan.

Y mi madre, avergonzada por lo que casi hizo, siguió buscando. En una esquina había un cajón viejo y roto. Era de madera oscura con ribetes de metal dorados totalmente oxidados por el tiempo. La niña se lo señaló a Cosme. Sí, eso debía de ser. O eso, o guardarse al limpiabotas en el bolsillo y meterlo bajo la cama como habían hecho con la miniatura de Estambul.

—¿Quieren para algo ese trasto? —preguntó mi tío aprovechando que Gabriela cambiaba de pie.

—¿Eso, míster? No lo sé. Lleva tanto ahí que ni sé de quién era. Deberíamos tirarlo a la basura.

—Se lo compro —dijo la señorita Lumpén desde las alturas.

Mi madre, Cosme y el limpiabotas la miraron con sorpresa.

El tiempo había empeorado y el aguanieve se había convertido en una tormenta furiosa. A mi tío ya no le valía únicamente la capucha y se iba resguardando por los soportales. Aunque había insistido en ser él quien llevara el cajón, mi madre le había quitado la idea de la cabeza, clavando en él las uñas, apenas abarcándolo con los brazos. Gabriela y ella lo escoltaban bajo el paraguas. La chica elegante y la niña flaca y pálida con la ropa deshilachada. Un trueno hizo que mi madre, sosteniendo todo aquel peso, se asustara, diera un saltito y refugiara la cabeza en el vientre de la señorita Lumpén. Gabriela la apretó junto a ella con el brazo que le quedaba libre. La abrazó de la forma confusa del que no está acostumbrado, porque no quiere, a las caricias.

Ulises llegó empapado a la calle La Luna. El bar le reconfortó porque olía a café.

—Jefe, Cosme me anda buscando. ¿Estará por aquí?

Mi abuelo buscó un trapo seco bajo la barra y se lo tendió para que se quitara la lluvia de encima.

—No, aprovecha las vacaciones para estudiar. Estará en casa con la nena. Vendrán más tarde a recoger la cena.

El hijo del librero se había quitado las gafas y las secaba con el trapo. Más tarde, para Ulises, era una eternidad. No solía hacer planes a tan largo plazo.

Riera le explicaba a Ausencia el estado de salud de don Elías, que aquella tarde no había ido al bar. El doctor Ángel Mones le miraba de reojo porque sabía que el viejo concejal no decía más que paparruchas. Pero la camarera le escuchaba con atención, sujetando con una mano la bandeja vacía.

Guillermo Lumpén se apartaba el mechón cobrizo de los ojos y partía cerillas en una mesa alejada de la de los periodistas. Releía sus papeles y apuntaba a lápiz. Aquellos días necesitaba soledad.

Un relámpago iluminó la calle y todos los parroquianos volvieron sus cabezas hacia el cristal de la puerta.

—PEROTTI OS DEJÓ LAS PISTAS.

Gabriela deambulaba por la buhardilla, mostrando por primera vez interés en aquellas cosas. Paseaba sus dedos largos y blancos, las plumas del cisne, por las teclas de la máquina de escribir, la rosa de los vientos, las cuerdas de los títeres, las esferas de los relojes.

—Al chico de la librería le dio la película que quería que vieseis. Puso la nota en el almanaque. Probablemente lo que tengáis que buscar son rastros que él mismo ha ido colocando. Falta saber si habréis escogido los correctos. También cómo encajan o qué es lo que abre ese puzzle.

Todo eso Cosme ya lo sabía. Pero le gustaba que Gabriela se lo fuese diciendo. Para empezar, porque era la conversación más larga que habían tenido desde que eran niños. Porque amaba su cerebro hecho para comprender las cosas. O tal vez aquello ya lo supiera Gabriela mucho antes, antes de Nochevieja y de que él mismo se lo explicara.

—Pero hay alguien más que está implicado, os manda las notas y vigila vuestros movimientos.

Sí, Gabriela, y probablemente vosotros sepáis algo de eso.

Mi madre entró por la puerta de la buhardilla. Había ido a enseñarle a Tilda el cajón de limpiabotas, pero la escritora enana la había echado de allí con gestos nerviosos alegando mucho trabajo, y a la niña tampoco le había importado. No quería dejar demasiado tiempo solos a Cosme y a Gabriela. Por si acaso.

La señorita Lumpén se paró ante una especie de sarcófago.

—Es un kinetoscopio —se adelantó a explicar mi tío—. El precursor del proyector cinematográfico. Se trata de una banda de película que avanza tras un visor individual, frente a una bombilla eléctrica, creando la ilusión de movimiento —dijo Cosme abriendo las puertas del aparato y enseñando sus entrañas—. Edison la registró en la oficina de patentes como una máquina que podía hacer para los ojos aquello que el fonógrafo hacía para los oídos.

Mi tío entendía las matemáticas, el lenguaje secreto de las máquinas y por qué funcionaban las cosas. Era un idioma preciso y perfecto. Por eso le gustaba Gabriela. Quería saber cómo era el mecanismo de Gabriela, cómo funcionaba por dentro. Por qué ella se escapaba al conocimiento.

La señorita Lumpén miró la antigua máquina de cine.

—Es tarde.

—Sí, sí, claro. Nosotros también tenemos que irnos. ¿Verdad, nena?

Mi madre, mientras se ponía el abrigo, se acordó de pronto.

—¡El cajón!

Lo había dejado olvidado en la otra buhardilla.

Tilda abrió con los minúsculos ojos entornados y una cara distinta a la que tenía siempre. Una cara que cambió de golpe y se convirtió en una mueca cuando vio que la que estaba en la puerta era mi madre. La niña aprovechó la estupefacción de la escritora enana para colarse dentro. Tilda la perseguía por la buhardilla y le decía que se fuera, miraba asustada la hora en su collar de relojes, cogía a la niña por el brazo e intentaba expulsarla.

—Que sí, Tilda, que ya me voy, que sólo quiero el cajón —decía mi madre revolviéndose sin comprender demasiado qué le pasaba a su diminuta amiga—. ¡El cajón!

Sonó el timbre. La pelea entre las dos se detuvo en seco. A la escritora le caían pequeñas gotas de sudor por la frente.

—Escúchame. Métete en la cocina y no salgas —le dijo Tilda empujando a la niña al rincón de los fogones y encerrándola.

Mi madre se quedó quieta allí dentro. No entendía nada y, además, no había logrado coger el cajón.

Fuera escuchó voces. No era la de su hermano, pero se le parecía. Mi madre abrió un poco la puerta y metió el ojo en el espacio que se había formado entre la manilla y el marco. Desde allí lo vio todo.

Junto a Tilda había un hombre de traje que llevaba bajo la axila un rollo de tela. Dejó sobre el escritorio un costurero redondo. Tilda la observaba callada, atenta a cada uno de sus movimientos. Tenía las mejillas encendidas y los ojos agrandados.

—Le he traído este nuevo tejido. Es rojo y brillante, como me escribió que le gustaría. ¿Resulta de su agrado?

La escritora asintió con la cabeza.

—Entonces podemos empezar.

El hombre abrió el costurero y sacó un metro amarillo. Tilda cogió una silla y se puso de pie sobre ella. Lentamente comenzó a desbrocharse la camisa. Dejó caer su falda hasta los tobillos. Se quedó desnuda, únicamente cubierta por una enagua blanca y mínima. Sus piernas rollizas, con la carne enrollándose en sus rodillas redondas porque no tenía espacio para estirarse. Sus brazos que parecían cercenados por la mitad, rematados por unos puños rechonchos y unos dedos ridículos. Sus pechos como pliegues del cuerpo temblando bajo la enagua. Un bebé que se sostenía sobre dos piernas. Un recién nacido con cara adulta, atemporal, y los labios pintados. Un pequeño monstruo. Tilda mostrando toda su deformidad.

El hombre le quitó con cuidado el collar de relojes. Aquel fue el primer roce. Se puso tras ella y comenzó a tomarle las medidas, como siempre. Un dedo apretando contra el hombro el principio del metro, deslizándolo sobre la espalda. Tilda con los ojos cerrados, temblando sin frío en la buhardilla de estufa de hierro llena de diccionarios, saboreando con la piel aquella huella en el hombro. El hombre movía las manos sobre su cuerpo, rozándola apenas. La vida que se te va en algo tan nimio como el tacto de un alfiler. Una mujer casi desnuda ante un hombre que la tocaba en silencio. Tilda sin atreverse a abrir los ojos cuando él se puso frente a ella y le pasó el metro por los pechos, por la curva de la cintura, deslizándolo por el muslo hasta la rodilla. Ese querer tocarse sin tocarse, todas esas palabras que no se dicen. Tilda deseando lo inaccesible. Quién ama un monstruo. Qué monstruo se deja amar. El hombre inclinado ante ella mostrándole su nuca, aquel olor caliente. La escritora enana aspirando fuerte para intentar tenerle dentro. Acariciando después los trajes que él le confeccionaba, los vestidos que le mandaba envueltos en papel de seda azul. Eran los hijos que salían de aquel ritual de amor furtivo. Tilda pasaba los dedos por los hilos que él había cosido, por los botones, por las costuras. Ponía los dedos donde antes sabía que habían estado los de él. La vida que se desdobla.

Cuando el sastre se marchó, mi madre ni siquiera tuvo reflejos para cerrar la puerta de la cocina. Tilda se dio la vuelta y se quedó mirando aquel ojo en la rendija. Había compartido su secreto con la niña. Esa soledad rota.

Cuando Perotti murió, lo primero que pensó mi tío es que a partir de entonces le tocaría hacer más tiempo de niñera. El viejo distraía mucho a la nena. Pero luego vio a su hermana sentada sola en la mesa de siempre del anciano, con los pies colgando, despeinada, esperando a un muerto. Parecía una viudita. Lo último que Cosme se iba a imaginar es que la muerte de Perotti le proporcionaría una coartada para acercarse a Gabriela.

Mi tío no le había preguntado a mi madre por qué había tardado tanto en la buhardilla de Tilda porque, al fin y al cabo, era tiempo ganado a solas con la señorita Lumpén. La niña llegó tratando de abarcar el cajón con los brazos, trayendo de casa de la escritora enana unos ojos alucinados. Gabriela desapareció calle arriba nada más salir del portal de Perotti. Había cesado la tormenta. Mi madre se alegró de que al fin se marchara la espía, suspiró aliviada y quiso saber si Cosme también sentía esta pesadez ante su presencia. Mejor dicho, insistía en que le dijera que, efectivamente, Gabriela molestaba entre ambos pero era un sacrificio necesario. Mi tío no dijo nada, se limitó a arrodillarse para meter el cajón bajo la cama con bastante esfuerzo. Mi madre, que hasta entonces se había olvidado de contarle la historia del libro, lo recordó de pronto: la editorial derruida, el regalo de cumpleaños, Perotti y Tilda. Cosme apuntó estos datos en la libreta del inventario y se marcharon juntos al bar. Estaba oscureciendo.

En la entrada de la calle La Luna se había formado una especie de barro con el agua que los parroquianos habían traído en sus zapatos y los goteos de los paraguas. Mi madre resbaló como una patinadora en las baldosas negras y blancas y mi tío la sujetó al vuelo. Era la hora del tránsito entre los que iban y venían, entre los clientes de la noche y los del día, ese intervalo de personas y tiempos. Aurelio el mecánico se quitaba con un palillo la grasa de las uñas, aquella medialuna oscura que le coronaba los dedos. Mi abuelo le servía jerez en un vasito pequeño.

Al fondo, dos universitarios estudiaban sentados en una mesa, usando el bar como biblioteca. Mordían las plumas y tomaban cafés muy cargados. Le hicieron señas a Cosme para que se acercara y mi tío dejó el periódico usado sobre la barra.

Antes de llegar donde estaban sus compañeros, vio a Guillermo rodeado de fósforos rotos, inmerso en sus papeles. Guillermo Lumpén. El que les espiaba porque quería sacar la exclusiva de la herencia de Perotti. Guillermo sobornando a su hermana con una muñeca. Guillermo robándole a Gabriela. Guillermo, qué feliz fui partiéndote la cara.

—¿Tú también estás estudiando? —le soltó mi tío, que quería que el periodista se diera cuenta de su presencia, que quería que Guillermo se riera de él sin sospechar que era Cosme quien reía, quien sabía de toda su trama y aún así disfrutaba de Gabriela.

A Lumpén le sobresaltó la voz de mi tío. Instintivamente, recogió las hojas sobre la mesa y las metió en el maletín marrón en pocos segundos. Lo hizo de la misma forma que alguien desnudo se taparía con una toalla al escuchar una voz desconocida cerca del baño. A Cosme le extrañó tanto secreto.

—No, Cosmecito, eso te lo dejo a ti, que aún tienes mucho que aprender —contestó Guillermo apartándose el mechón cobrizo de los ojos—. Veo que hoy no quieres pegarme. Lástima. Fue un magnífico espectáculo. Creo que a tu padre le encantó.

Mi tío le sonrió con los dientes apretados. Se volvió para marcharse a la mesa de los estudiantes y entonces… ¡Pum! Un ruido como de derrumbe interrumpió el transcurso del bar. Mágico García se retorcía en el suelo como un gato panza arriba. Se quejaba y se llevaba las manos a la espalda. El viejo indiano, al entrar, había resbalado con el barro de la puerta. Mágico García, que convertía las caídas en un estruendo. Mi abuelo salió de la barra para ayudarle, deseando, en el fondo, que se hubiera roto todos los huesos. Otros hombres acudieron al rescate, entre ellos Guillermo, que se levantó como una exhalación de la silla para socorrer a su abuelo.

Cosme aprovechó las circunstancias. Quería profanar a Guillermo de la misma forma que el periodista le profanaba a él. Arrancarle las entrañas y los secretos. Mi tío aún estaba cerca de la mesa de Lumpén, y apenas tuvo que caminar hacia atrás un par de pasos. De pie, girado hacia la puerta, parecía uno más de los que estaban contemplando la escena, pero movía los dedos dentro de la cartera marrón intentando sacar alguna hoja. Con el rabillo del ojo vio algo que hizo que el corazón se le detuviera durante un momento. En la primera página de los papeles de Guillermo, escrito a máquina y con letras mayúsculas, traía «El Gran Juego». Sin poder evitarlo, mi tío introdujo la mano entera en la cartera, birló un par de papeles y los arrugó metiéndolos rápidamente en el bolsillo de la trenca.

—Joder, parece que has visto un fantasma —le dijo uno de los estudiantes cuando al fin mi tío se sentó a su lado, sudando y pálido, con los ojos abiertos sin pestañeo.

—Es que me ha impresionado mucho la caída del viejo.

LA BOMBILLA DE LA COCINA OSCILABA EN EL TEcho, el grifo del lavadero goteaba y se escuchaba la discusión de un matrimonio en el patio de luces. Mi tío y mi madre leían los papeles de Guillermo y comían la tortilla francesa de la cena.

Cosme había introducido la mano en la cartera y había cogido las dos páginas del final. Unas páginas escritas con una Olivetti. En la última estaba fechada la muerte de Perotti, se describía con precisión su buhardilla y el ritual con el que se abrió. *En la estancia se oía el tic tac del los relojes, había empezado a llover, en la claraboya golpeaban las gotas de lluvia y ocho hombres y una niña miraban cientos de paraguas oscuros. «Esto, señores, es la tristeza», dijo Vázquez.*

En el párrafo siguiente estaban detallados todos los objetos que se encontraban en la buhardilla, palabras muy juntas, como hormigas apiladas, apenas separadas por comas, que a mi madre y Cosme les costó leer. Era imposible que Lumpén hubiera podido memorizar todo aquello en la escasa media hora que había estado allí, que hubiera catalogado los artilugios que estaban escondidos en el fondo de los estantes o guardados en los baúles. Por lo tanto, tuvieron la confirmación de que efectivamente era Guillermo quien había estado entrando, la persona que había activado el ventilador. Guillermo o tal vez alguien más. Tal vez incluso Gabriela hubiera estado allí antes de Nochevieja. Cosme comprobó, con cierto escozor, que el catálogo que Lumpén había redactado era mucho más completo que el que él mismo había elaborado. Más detallado, más hermoso.

El inventario de la buhardilla era lo último que estaba mecanografiado. El resto de la página, incluso sus márgenes, estaba garabateada con lápiz y constituía unos apuntes confusos. Mi madre y Cosme dieron un respingo al ver sus nombres escritos. Las fechas y las horas de alguna de sus entradas a la buhardilla, la carrera que estudiaba Cosme, *con la niña en la mesa, ningún parentesco que se conozca, bodega jabonería Venecia*. Eso fue lo único que pudieron entender. El resto eran palabras tachadas o ilegibles, escritas en una letra críptica, como si el destinatario de ellas fuera únicamente la persona que las había garabateado.

La otra página era una lista de nombres. Una lista cortada que empezaba sin más al principio, que parecía una continuación de la hoja anterior, la que Cosme se había dejado en el maletín. Dos nombres llamaron poderosamente la atención de mi madre y mi tío. Los dos últimos. *Clotilde Perotti. Jorge Perotti.* El que les precedía era un nombre extraño: *Moses Levitin.*

Mi madre dijo que no conocía a ninguna Clotilde, que no sabía si Perotti tenía hermanos. Que no, que a Guillermo no le había dicho nada a pesar de que le hubiera comprado la muñeca, que se lo juraba. Cosme pensó que aunque fuera Gabriela quien se lo hubiese contado, era imposible que en tan poco tiempo hubiera podido redactar todas las hojas de su maletín marrón. Hacía ya bastante que Guillermo lo llevaba con él. Y qué era aquella lista de nombres. ¿Tanto trabajo para sacar la exclusiva de una herencia? El grifo goteaba y mi tío trataba de extender las páginas arrugadas sobre la mesa de la cocina, las alisaba con las manos por si alguna palabra se hubiera escapado en un pliegue, intentando entender por qué Guillermo conocía el Gran Juego, por qué lo escribía. Qué era todo aquello. En qué estaban metidos.

A LA MAÑANA SIGUIENTE APRECIÓ OTRO SOBRE en el correo. Mi tío había bajado al buzón en zapatillas. Al otro lado del portal se sentía el aliento del hielo.

Cosme entró en casa con los pies congelados. Se metió en la cama de mi madre tiritando, envolviéndose en las sábanas. La niña emanaba un calor de estufa que le reconfortaba.

—Despierta, anda, que hay otra nota.

A Cosme le podía la pulsión del juego. Tenía toda la sangre palpitándole en las sienes.

Mi madre se desperezó, y los dos leyeron la carta con letras góticas acurrucados bajo las mantas.

Busca el sol. Pero dónde podrían encontrar el sol en una ciudad cubierta de nieve.

GABRIELA COLGÓ EL TELÉFONO. LE DIJO A COSme que iría más tarde. Observó el piano del salón, mudo sin ella. La señora Lumpén apareció preguntando por la llamada.

—Era para mí. Una compañera del conservatorio —la misma capacidad innata para mentir que su gemelo.

Gabriela clavó los ojos en el teléfono, ya mudo sin Cosme como el piano sin ella, y mentalmente pidió perdón a Dios, si es que existía, por lo que estaba a punto de hacer. Era la primera vez que Gabriela Lumpén se disculpaba ante alguien.

Mi madre trataba de escarbar en su memoria. Apretaba los ojos y los puños intentando concentrarse, pero no veía nada allá dentro. «Piensa, piensa», le decía Cosme. Gabriela había retrasado la cita, por lo que no tenían prisa por ir a ninguna parte. Además, no le apetecía andar vagando por la ciudad con aquel frío y sin ninguna referencia. Cosme temía que la niña acabara poniéndose enferma. Era un milagro que no lo hubiera hecho ya. Así que decidió que los dos se quedaran otro rato en la cama.

—El sol… el sol… —repetía mi madre, balanceándose, sentada sobre la colcha con las piernas cruzadas.

—Sí, nena, el sol. —Mi tío estaba más nervioso que de costumbre, más excitado por los descubrimientos en las hojas de Guillermo—. ¿La clave de sol?

—¿La clave de qué?

—Nada, déjalo. Eso no debe de ser. O sí, quién sabe. De momento tendremos que apuntarlo.

Cosme se levantó de la cama para ir a su cuarto a buscar pipas. Mi madre, mientras tanto, seguía diciendo cosas, gritándolas para que su hermano pudiera oírlas al otro lado del pasillo. ¿El reloj de bolsillo de Perotti? Era pequeño y dorado como un sol. ¿El sol que aparecía en las etiquetas del concentrado de cacao que servían en el bar? Mi abuelo nunca le dejaba probarlo.

—¿Qué? ¿Qué ha sido lo último que has dicho? Es que no te he escuchado —dijo Cosme entrando de nuevo en el cuarto y zambulléndose entre las sábanas junto a la niña.

—El sol de mamá.

—¿Qué sol de mamá?

—No sé —contestó la niña encogiendo los hombros—. Mamá siempre dice que echa de menos el sol.

—Ah, pero eso debe de ser porque extraña Cuba.

La niña subió las cejas como dos orugas que sortean un obstáculo.

—¿Cuba?

—Sí, Cub…

Cosme de pronto la miró sorprendido. Como si por un momento olvidara con quién estaba hablando. Era demasiado pequeña para recordar el momento en que todo cambió. La niña ni siquiera había notado el cambio. Nunca se preguntó si alguien se lo había contado. Simplemente, ella formaba parte. Pero quién, cuándo pudieron contárselo. A sus padres apenas les veía. Quién se molestaba en hablar del pasado con una niña pequeña. Mi abuelo le enseñaba los domingos por la mañana la caja que escondía las ruinas de su imperio, pero sólo le transmitía el sentimiento, no la historia. El sentimiento de lucha que mi madre debía de tener, que debía de ir gestando en su cuerpo diminuto, como si eso fuera realmente la herencia que le traspasaba y no el contenido de la caja.

Mi tío dejó el puñado de pipas sobre la mesita.

—¿No sabes que tú y yo nacimos en Cuba? —le preguntó a la niña entre las sábanas.

Mi tío no se acordaba demasiado de sus primeros años en La Habana. Ni siquiera de mayor logró recordarlos con exactitud porque nunca le sobrevino la nostalgia de la infancia. Apenas unas estampas inconexas, olores, sabores y la imagen clara, clarísima, de cómo eran sus padres entonces. Así habría de recordarlos siempre, incluso después de la muerte de ambos. La juventud de sus padres y la luz espesa era todo lo que le quedaba a mi tío de cuando era niño. Más tarde encontraría la brújula y comenzaría su vida al otro lado del mundo.

En parte, Cosme había dilapidado en su cerebro su infancia ya que en casa jamás se hablaba de la isla. No porque la pena o la nostalgia evitaran a mis abuelos hablar de ella, sino porque no tocaba, porque estaban demasiado ocupados tratando de sacar adelante esta vida como para andar pensando en la anterior. Mi tío jamás oyó en su casa un lamento ni un reproche.

Precisamente por su falta de recuerdos, Cosme decidió utilizar las palabras de otro cuando comenzó a contarle a su hermana aquella historia que mi abuelo narraba, que le había explicado cien veces a su hijo, sobre todo en los tiempos del hotel. Por eso mi tío, entre las sábanas, habló con las palabras de su padre.

«En La Habana el calor era dulce y por la calle, cerca de La Tacita de Oro, convertían el azúcar en agua para poder calmar la sed. Eran las doce del mediodía y, mientras los demás aprovechaban su cuartito de hora para tomarse un trago, yo iba hacia la playa para nadar unos minutos y sentir cómo las olas me iban lamiendo el sudor. Allí no hacía falta toalla, porque al salir del agua, ya casi estabas seco y sólo te quedaba un rastro de sal pegado sobre los hombros.

Fue entonces cuando le vi, al recoger mi ropa de la arena. Era delgado como la hierba seca y tan pálido que casi se veía a través de él. Iba mal vestido, con la camisa por fuera, y aquello me pareció un signo de mala educación. La playa estaba llena de gente, pero él sólo me miraba a mí. Y tuve miedo. Pensé que era uno de esos espíritus que me contaron de niño, uno de esos que vienen a robarte la buena suerte. En Cuba les llamaban por nombres extraños, pero seguían siendo los mismos. El diablo viaja por todo el mundo y se pone muchas máscaras. Cuando vi que se dirigía a mí, intenté correr por la arena, pero los pies se me iban hundiendo y creo que cada vez caminaba más despacio.

—¿Usted no de aquí, verdad? —me dijo con un acento que yo casi no puede entender. Hablaba raro y supuse que era el dialecto de los brujos.

—No. Y usted tampoco.

—No. Acabo llegar en el barco mediodía. Alguien me dar esto para usted.

Ni siquiera me había dado cuenta de que en aquellas manos huesudas llevaba un paquete envuelto en papel marrón. En él estaba escrita a lápiz una dirección que no era la mía, unas señas que correspondían a Pinar del Río.

—Lo siento, pero se debe equivocar de persona —y en aquel momento sentí alivio porque sabía que si aquel hombre era la muerte o un mal espíritu, no venía a llevarme a mí.

—¿No usted el dueño de Almacenes El Encanto? En su tienda decirme que estar aquí.

—¿Pero qué es lo que quiere de mí?

El terror había vuelto a mi garganta. El mismo que sentí cuando era niño y mi madre me mandó al mercado a por unas alpargatas para mi hermana cuando ya estaba anocheciendo y me quedé perdido con el burro en mitad de la noche, creyendo que iba a morir porque me devoraría la oscuridad como un animal salvaje. El mismo que me entraba cuando tenía que dormir en el trastero de la tienda al llegar a Cuba, entre las escobas y los recogedores, viendo las sombras que se dibujaban en la pared y que parecían llamarme por mi nombre. El mismo que me atrapaba cuando regresaba a casa de madrugada por las callejuelas de La Habana vieja después de haber estado jugando al dominó con el sabio Reinaldo y que me contara aquellas historias sobre Mabuya, la Endemoniada y la mariposa de la muerte. "Puedes controlar lo que conoces, pero lo que no conoces siempre te controla a ti".

—Miguel el de Terresa me dijo que yo dar usted este paquete. Que usted tener medios para hacer llegar.

Debió comprender que tenía que seguir hablando al ver mi cara de asombro, porque cuando me nombró al niño con el que antiguamente jugaba a los bolos en el pueblo, me quedé petrificado como si fuera una de esas conchas que se encuentran en la playa.

—Venir juntos en el barco. Como sabían que él venir para Cuba, mandar que entregara paquete. Cuando empezaron las fiebres me lo dar, decir que se lo entregara a usted para llevar a destino.

—Y Miguel...

El hombre negó con la cabeza.

Se llamaba Alexander, aunque eso lo descubrí después, cuando le invité a casa a comer y le pedí perdón por la desconfianza. Venía de Rusia, pero había cogido el barco en Italia. Mientras Alexander devoraba el arroz con frijoles y tostones que habían preparado mis mucamas, me explicó que había estudiado en la universidad, que para mí era como decirme que era rey de algún imperio.

Gracias a eso había conseguido un pase para dar un seminario en Nápoles y así pudo escapar.

—¿Escapar de quién?

—De guerra.

Yo entonces ignoraba que a los hombres inteligentes también se les mandaba a morir con un Mosin-Nagant en la mano, porque para un dictador no hay nada más poderoso que un soldado, ni siquiera un científico, un diplomático o un país entero que quiera vivir. Pero a mí en aquellos tiempos la guerra que estaba librando el mundo me quedaba muy lejos, apenas llegaba a rozarme la espalda.

Cuando le dije por qué había sentido miedo de él en la playa, soltó una gran carcajada. "Bueno, no extraña que en Cuba confundir a un ruso con un espírritu".

Cuba era una isla pequeña y llena de amigos, apenas bastaban cuatro personas para mover sus hilos. Yo conocía a alguien que conocía a otro alguien y le hablé de aquel chico de aspecto enfermizo que había ido a la universidad. "¿Pero ese sabe hablar español?", me preguntó. "¡Mucho mejor que tú el ruso", le contesté. De esta forma Alexander se convirtió en el maestro de Santa Clara y nunca faltó a nuestra casa el día de Nochebuena. Pero eso pasó mucho después.

Aquella noche, cuando Alexander se quedó dormido en el cuarto de invitados, decidí poner en orden mis asuntos y así poder ir hasta Pinar del

Río al día siguiente a entregar el paquete. Tenía que hacer el encargo de unas telas de flores verdes y lunares amarillos. Como sabía que al negro Cirilo, mi proveedor, le gustaba mirar las estrellas y contar que Dios las pega con papel de arroz para que no se caigan del cielo, supuse que a esa hora seguiría despierto, sentado en el balcón de su casa, levantando la falda a su mujer y tomando limones empapados en ron. Cogí el teléfono, negro y riguroso como un cura, y me puse a marcar el número en la rueda. Pero cuando me descolgaron, no me contestó la voz ronca del negro Cirilo, sino otra que me gritaba y me deshacía.

—¿Pero quién llama a estas horas? ¿No sabe que esto es una casa decente?

Aquella voz me resultaba familiar, pero no por su textura, sino por su acento. No hablaba como el negro Cirilo, ni como el sabio Reinaldo, ni como Alexander, ni como Wong el de la lavandería. Aquella voz se parecía mucho a la mía, aunque fuera de una mujer.

—¿Y sabe usted con quién está hablando? Probablemente yo sea el dueño del edificio donde vive o de toda la ropa que tiene en el armario.

—El edificio donde vivo es mío y toda la ropa puede quedársela, aquí hace demasiado calor.

Y sin más me colgó. Comprobé el papel donde tenía apuntado el número de teléfono, y me di cuenta de que en vez de marcar un 6 había marcado un 8. Como pensaba, no era nadie de la casa del negro Cirilo, sino otra mujer a la que no conocía pero cuya voz yo había escuchado en otros lugares. La única mujer que, desde que yo llevaba pantalones largos, se había atrevido a gritarme.

Vigilé el sueño de Alexander y pensé que era la primera noche desde hacía muchos meses que dormía sin el bamboleo del mar. Sin embargo, el que estaba mareado entonces era yo. Me dormí imaginando el cuerpo que no puede ver a través del teléfono.

A la mañana siguiente, y como a mí no me gusta conducir porque tengo miedo de matarme yo mismo y prefiero que me maten otros para echarles la culpa, cogí un tren hacia Pinar del Río. Además, hacer solo un viaje tan largo significaba mucho tiempo sin hablar. Tuve suerte de que a mi lado en el tren se sentara doña Ritica, que era una mujer carnosa con un vestido de telas caras. Me dijo que iba a ver a sus sobrinos y a llevarles unas chucherías, porque la gente del campo lo estaba pasando bastante mal y había que endulzarlos un poco. Con cierta vergüenza me contó, poniendo su mano enfundada en un guante delante de la boca, que a su marido le había dado por los casinos y los americanos. Me preguntó por el paquete que yo llevaba en el regazo, y en aquel momento pensé que al regresar a La Habana debería mandarle un telegrama a Teresa, la madre de Miguel, para darle mis condolencias. Mientras doña Ritica y yo hablábamos, por la ventanilla iban desfilando plantas grandes como cocodrilos.

Aquel día hacía más calor de lo normal. Era uno de esos días volcán, en los que el sol parecía lava. Cuando salí del tren, tenía la chaqueta tan arrugada por el viaje y el sudor, que decidí quitármela. También me quité el sombrero, que se me había quedado pegado a mi frente. Era nuevo y del color de los limones.

Llegué hasta la dirección que indicaba el paquete: una casa blanca y cuadrada como un palacio pequeño, con el jardín lleno de palmeras y una verja enorme que lo rodeaba todo.

—¿Qué desea? —me preguntó un negro de labios muy rojos ataviado con una especie de chaqué y unos guantes blancos.

"Pobre, le han vestido de criado. Sólo los comemierda quieren ridiculizar la miseria de los demás para sentirse más afortunados", pensé.

—Vengo a ver a su señor. Dígale que es alguien que viene de España.

Me dejó en la verja y, entre los barrotes, pude ver cómo se dirigía hacia una hamaca colgada entre dos palmeras donde reposaba un hombre con el sombrero tapándole le cara. Con dos dedos se subió el ala y miró hacia donde estaba yo. Era un hombre rollizo y rosado como un cochino.

Al regresar, el criado me dijo que su señor estaba indispuesto y que me atendería en otra ocasión.

—¡Me cago en la madre que lo parió! ¿Qué se piensa? ¿Que le vengo a pedir trabajo al señorito? ¡Apártese usted, joven!

Y entré a aquella finca como un toro que ve una bandera roja.

—Escúcheme —le dije al hombre de la hamaca—, si usted es rico, yo también. Yo aquí no vengo a pedir nada, sino a dar. Si no llevo la chaqueta puesta es porque tengo calor por todos los kilómetros que he tenido que recorrer para verle. Le vengo a entregar un paquete que viene de nuestra tierra. ¡Y levántese para hablar conmigo, coño!

Aquel comemicrda se puso tan nervioso que se enredó en la hamaca y se cayó al suelo como si fuera un sapo gordo. Esa fue la primera vez que vi a Olegario. Resultó que era de mi misma provincia, de un pueblo cercano al mío, y se había embarcado a Cuba unos años antes que yo con los zapatos roídos por las ratas. Nos pasamos la tarde sentados en el porche tomando daiquiris y explicándonos el uno al otro cómo habíamos hecho nuestras fortunas. Cuando le conté la historia de Alexander, a quien en la playa confundí con un espíritu, nos reímos mucho y bebimos tanto que a los dos se nos olvidó el paquete.

"Ay, compadre, pero no me pregunte por las mujeres. Las mujeres atrás, viejo, y cuanto más lejos mejor. Por Dios, no me amargue el ron". A Olegario hacía años que le había dejado su esposa. Fue entonces cuando empezó a aprender los placeres de la cama, y no tuvo ningún reparo en contármelos, a pesar de que a mí me incomodaba bastante escucharlo. Yo sólo le había preguntado si uno se enamoraba de lo que se parecía a él mismo, o mejor dicho, si uno se enamoraba de la persona que le recordaba aquello que amaba. Porque entonces yo de amor sabía poco, pero sabía que había uno y no me quería equivocar.

"Eres un buen hombre. Quítale ese ridículo traje a tu empleado o todos pensarán, como yo lo hice, que eres un comemierda". Prometió hacerme caso, nos abrazamos, le di mis señas en La Habana para que viniera a visitarme y nos despedimos.

Al llegar a casa miré el reloj del salón, que tenía Neptuno y su tridente y la espuma pétrea del mar, y comprobé que era una buena hora para llamar a una casa decente. Así que por segunda vez en mi vida decidí equivocarme de número de teléfono.

—¿Quién llama?

—¿Será más amable ahora? Es más temprano.

Hubo un silencio. Pero yo sabía que me había reconocido.

—Depende de lo que quiera usted.

—Que me hable.

—¿Qué le hable de qué?

—De lo que usted quiera, pero no se calle.

—Las mujeres honradas no hablan con desconocidos.

Por lo tanto, no me quedó más remedio que presentarme y contarle mi vida. Le hablé del olor a manzanas que conocí en mi infancia, de los monstruos que veía en las sombras y de las telas indias que me hicieron rico. Le dije que en mi despacho tenía un bote de mermelada lleno de fotografías de mi hermana favorita y que solía dibujar en un papel todos los árboles de mi pueblo para que no se me olvidara ninguno. Luego mandaba estos dibujos a mi familia y me los devolvían en otra carta, pero corregidos. Me tachaban los que habían sido talados, o los que se secaron o los que había partido un rayo, y me añadían a lápiz los que habían nacido y los que habían sembrado. Así sabía cómo iba cambiando mi mundo.

—Yo me llamo Haydeé —me dijo.

—Miente.

—Me llamo Omara.

—Miente.

—Me llamo Ena Lucía.

—Miente.

—¿Pero por qué dice que miento?

—Porque sé que usted es del mismo sitio que yo y allá esos nombres no existen.

Entonces me colgó, avergonzada como estaba por su mentira. Yo sabía que su voz me traía los recuerdos de mi madre, de las mujeres que iban al lavadero que había junto a mi casa y la de mis hermanas cuando se ponían nerviosas el día de la verbena. Era una voz que compartíamos ella y

Olegario, y yo y todos los que habían cogido un barco en aquel puerto del Norte para escapar de la pobreza. Y sin embargo, era más hermosa que todas aquellas voces juntas.

La seguí llamando cada tarde, cuando llegaba a casa. A veces se me pasaba la hora, y tenía que salir antes de los Almacenes El Encanto, por lo que mis empleados empezaron a pensar que estaba enfermo y mis mucamas cuchicheaban en la cocina. Cada vez que hablábamos, me la imaginaba apoyada en algún mueble, con los dedos jugueteando con el cable enroscado del teléfono, con aquellos dedos de uñas rojas que me acompañaban durante todo el día. Acabó por confesarme que había venido a La Habana a cuidar de su madrina.

—¿Está enferma esa madrina suya?

—No, es que le gustan mucho los hombres.

Me contó que su madrina había recibido una gran herencia de su primer marido, que era empresario del azúcar, y que se había casado con el segundo, que era mucho más joven que ella, para poder hacer lo que le diera la gana. Lo había abandonado en una de las provincias y se había venido a La Habana para comportarse como los machos. Se traía a los hombres a su casa porque le gustaba revolcarse con ellos en sus sábanas de seda. Ahora, que ya estaba muy vieja, iba por la casa desnuda empapada en perfume. Se asomaba a la ventana a tirarles besos a los mulatos.

—Pero yo no soy así —me dijo ella casi con vergüenza.

—Lo sé.

No podía salir de casa porque tenía que vigilar a la anciana, evitar la deshonra de que intentara seducir a algún muchacho o que saliera al balcón vestida únicamente con sus enaguas.

Una tarde, antes de llamarla, sonó el teléfono y yo me sentí desgraciado por tener la línea ocupada y no poder hablar con ella. Y volví a escuchar de nuevo, tras el auricular, una voz que hablaba como yo. Era Olegario.

—El paquete era para usted.

—¿Pero se ha vuelto loco, compadre?

—Le digo que el paquete era para usted. Ahora me tengo que marchar de viaje, pero en unos días ya se lo mandaré por uno de mis sirvientes. Con Dios, hermano.

Sin más, Olegario me colgó. Yo ya empezaba a estar harto del teléfono y la distancia, de no poder coger a un hombre por la pechera y hacerle hablar o no poder estrechar la mano de una mujer y descubrir cómo le olía el cabello o cómo eran sus pasos cuando caminaba.

—Ayer por la noche se murió madrina. Esta mañana fue su entierro —me dijo aquella misma tarde.

—Muy bien. Pues mañana mismo nos vemos. Quedaremos en el Mamey y tomaremos chocolate.

—Yo a usted no puedo verle.

—¿Por qué no?

—Porque ya me prometieron a otro hombre.

Yo no sé si La Habana estará más cerca del paraíso o tal vez más lejos, lo que sí sé es que allí Dios se presenta de otra forma. Porque el cielo que conocí en Cuba es fucsia y ámbar, y tiene más luz, y todos los colores están vivos y te llaman. Paseaba por la calle Salud mirando las nubes amarillentas y ese cielo resplandeciente que lo envolvía todo, pensando que desde aquel día el mundo sería un lugar menos soportable, menos soportable sin ella. Fue cuando entendí que no había cruzado un océano para rendirme.

—¿Oiga?

—Dígame.

—Usted me dice su dirección y mañana por la tarde, a las cinco en punto, yo paso por debajo de su ventana. Voy a llevar un traje blanco y un jacinto en la solapa. Si le gusto, entonces nos casamos.

—Pero...

—A las cinco en punto.

Fui hasta La Habana vieja y saqué a empujones de su siesta al sabio Reinaldo, que era viejo y pellejo, cejijunto, muy negro y medio enano. "Usted me tiene que ayudar a mí". Me puse mi mejor traje blanco y Reinaldo se vistió con su chaqueta de domingo, que tenía dos agujeros en los codos. Los dos esperamos en la esquina de la calle Oquendo con Soledad y cuando mi reloj de bolsillo marcó las cinco en punto, caminamos debajo del balcón. No me atreví a mirar hacia arriba por el miedo a verla y que el corazón se me parara. Caminaba muy cerquita de Reinaldo, para así parecer yo más alto.

—¿Le gusté?

—Me gustó.

—Entonces nos casamos.

—Pero yo ya le he dicho que no puedo.

—No se preocupe, a su prometido y a su familia déjemela a mí. Sólo hay un problema. Y es si usted ama a ese hombre.

—¡Pero si ni siquiera le conozco! Mi padre me escribió para decirme que ya me había prometido con un hombre de La Habana.

—¿Y usted pensaba casarse con un hombre al que no conoce?

—Usted piensa casarse conmigo y tampoco me conoce.

Llamé a Alexander para contarle que me casaba, pero que no podía invitarle a la boda. Le expliqué que la ceremonia se haría en una ermita pequeña en lo alto de la ciudad, mirando al mar, y que solamente irían amigos muy íntimos que actuarían como testigos. "No quiero que lo sepa nadie, porque ella estaba prometida a otro hombre y lo mejor es que no se enteren de que se ha casado. Luego ya veremos cómo arreglamos este deshonor". Le dije que le llamaba a él porque me había traído suerte, ya que el día en que apareció en la playa fue el mismo que la conocí.

El día de mi boda me ajustaba los gemelos y jugaba con la muñeca para saber si los había puesto bien. En mi tienda colgaba un cartel que decía "Cerrado por defunción". Así nadie preguntaría nada, porque los cubanos temen a la muerte más que a la vida. Me arreglaba el pelo con las manos delante del espejo, me miraba el mentón para comprobar si estaba bien afeitado. Temía que cuando ella me viera de cerca y sin el sabio Reinaldo, fuera a arrepentirse. Cuando me dijo que pensaba casarme con ella sin conocerla, le respondí que yo era el más afortunado de los hombres porque la primera vez que viera a mi mujer estaría tan hermosa como una novia.

Cuando estaba a punto de irme, llamaron a la puerta. Le había dado el día libre al servicio, así que abrí yo mismo. Me encontré con un negro de labios muy rojos que ya no tenía guantes blancos, sino que llevaba las manos desnudas y en ellas un paquete envuelto en papel marrón, el mismo que yo había llevado a Pinar del Río. Ya me había olvidado de él.

Había una pequeña nota en el exterior. *Ya le dije que era para usted. Ahí se lo devuelvo. Su compadre: Olegario*. Como me sobraba algo de tiempo y la curiosidad me picaba como un chinche, decidí desenvolverlo en la mesa del salón y que aquél fuera mi último acto como hombre soltero. Estaban abiertas las cinco ventanas que daban a la calle y por ellas se colaba el olor del mar. Dentro del paquete había una carta y una cajita negra. Al abrirla, descubrí dos anillos plateados, uno más grande que el otro. "Pero quién me mandará a mí esta baratija", pensé. La carta estaba escrita con una letra casi infantil, y decía:

Querido amigo Olegario:

Te envío estos anillos que he comprado con la dote de mi hija. No son de oro, pero tampoco corren buenos tiempos. Como ya sabrás, la salud de tu mujer no es muy buena y, por su edad, no durará mucho. Cuando muera, mi hija se quedará sola allí. No me fío demasiado del dinero que su madrina le pueda dejar porque tengo miedo que se lo haya gastado todo en "sus vicios". Tú ya me entiendes. Aquí mi hija no puede regresar porque no tenemos nada que ofrecerle, este país se está muriendo. Me han dicho que allí hay un hombre de buena posición que también es emigrante como ella, de un pueblo que está cerca del nuestro. Te ruego que le lleves estos anillos y que le ofrezcas su mano. Ese hombre es un rico comercial de La Habana y posee los Almacenes El Encanto».

AÑOS MÁS TARDE, MIS ABUELOS, QUE HABÍAN decidido casarse antes de saber que estaban prometidos, que habían burlado de aquella forma al destino, se embarcaron rumbo a su patria. Llevaban a sus hijos consigo. Mi madre era un bebé que roncaba en los brazos de mi abuela. Mi tío andaba inquieto por el transatlántico, paseando por la cubierta y espantando a las gaviotas. Exploraba los camarotes y las bodegas. Hasta que encontró la brújula. El capitán, que se había hecho amigo de mi abuelo, le explicó a Cosme su funcionamiento. Nada tocaba la aguja y, aun así, apuntaba siempre al Norte, independientemente de la posición del instrumento. Algo invisible debía dominar no sólo aquel barco, sino el resto del universo. Aquel fue el principio del amor de mi tío por la ciencia, por todo ese cúmulo de explicables prodigios.

Mi abuelo había decidido tomarse unas vacaciones, palabra que no sabía qué significaba, como si hubiera estado escrita en cirílico. Mi abuela se lo había pedido una tarde; se lo había pedido muchas tardes. Mi abuelo se pasaba los soles en El Encanto. Las lunas las dedicaba a administrar las rentas de los edificios. Desde niño, lo único que había hecho había sido trabajar, y de rico no se le había ido la costumbre. Pero ahora tenía una familia y ya iba siendo hora de volver a casa. Al menos por un tiempo, tal vez un año. El periodo exacto para poder controlar los negocios desde ultramar sin que se le desbarataran.

Cuando llegaron, a mi tío se le antojó que aquel país era como las fotografías: estático y sin color. Una suma de blancos y negros que olía a cebolla, de gente que se tapaba con abrigos baratos. A Cosme y a mi madre no les sentó bien el nuevo frío. Mis abuelos les dejaron en el hotel, al cuidado de las limpiadoras, y se marcharon al pueblo. Esa palabra tan importante. Ese fantasma hermoso que había acompañado a mi abuelo, esa promesa. Todos necesitamos una patria, como el barco necesita la brújula: la aguja imantada que siempre señala al Norte, el punto de referencia por el que guiarse. Volvieron al hotel de la ciudad aquella misma noche. Mi abuelo llegó con la cartera vacía; había dejado en el pueblo los billetes, varios paquetes de medias y un par de juegos de café de porcelana.

Para que no se retrasara en las clases, decidieron apuntar a Cosme en un colegio de pago. Allí conoció a Martín y empezó su infancia.

Una tarde mi abuelo regresó a la habitación y dijo que agarraran bien las maletas porque aquello era ya lo único que les quedaba.

COSME RECORDABA BIEN ESOS DÍAS, ESE TRAJÍN, la palabra revolución, el rechazo de los parientes del pueblo, mi abuelo expulsado de todos sus mundos, mi abuela sentada sobre la maleta en la estación de autobuses con mi madre en brazos, mirarse sin saber a dónde ir. Mi abuelo contando constantemente los billetes, comprobando el tiempo que les quedaba. Mi abuela desvistiéndose y vendiendo la ropa. Mi abuelo metiendo en una caja el reloj de oro, los pendientes de topacio, prefiriendo el hambre a la deshonra, al olvido, a que les arrebataran las ruinas de su imperio, eso que era lo único que le quedaba para dejarles a sus hijos, porque para mantenerlos aún tenía sus manos, manos que ofrecía por las calles, por el puerto, manos con las que tenía que volver a casa metidas en los bolsillos.

Entonces apareció Mágico García. Hacía años que había vuelto de América del Sur. Su hija se había casado con el juez Lumpén y su nieto jugaba con Cosme. Por eso conocía la historia de mi abuelo. A Martín era al único que le importaba un pito que su amigo se hubiera vuelto pobre de pronto. Le dijo que se quedara a vivir en su casa, que compartirían la cama y la comida. Le dijo que sería su hermano, y el de Gabriela, y el de Guillermo, pero que realmente sólo él sería su hermano. Por más que lo miraba, no entendía por qué su familia le decía que Cosme había cambiado.

Mágico García le ofreció a mi abuelo el bar que tenía en la calle La Luna. Hacía poco que se habían marchado los anteriores regentes.

—Pero esos son unos intereses de esclavo.

—Es lo que hay, don.

—¿Usted se piensa que yo no sé hacer negocios?

—Lo que yo me pienso es que la desesperación siempre es buena aliada para hacer tratos, y que cuando sólo se tiene una opción es la que se coge. Si es tan buen negociante, debería saberlo. ¿O cree que a sus años le van a salir muchas más oportunidades?

Mi abuelo entendió y le dio la mano a García. No iba a permitir dejar de mandar dinero al pueblo, porque así lo había hecho siempre. No iba a permitir que Cosme dejara el colegio de pago. No iba a permitir que años después mi madre no tuviera la misma educación que su hermano. La mandó a un colegio donde los padres de sus compañeras poseían bares pero no trabajaban en ellos. Mi madre, que les olía a aceite. Mi abuelo se quedó tras la barra y, poco a poco, fue perdiendo la forma de hablar que había adquirido en Cuba, acercándose a sus viejas palabras, alejándose aún más de los indianos.

Mi abuela entró a la cocina de la calle La Luna y le pareció solitaria y enorme. Ella, que jamás había cogido una sartén. Se puso el mandil e intentó aprender cómo se encendían los fogones y se aprovechaban las sobras.

La escritora enana revolvía la achicoria en el agua caliente. La papelera de su buhardilla estaba llena de tiras rizadas de finísima madera; los despojos de sacarle punta a un lápiz. Mi madre, enfundada en una chaqueta de lana gris, estaba sentada en el suelo mirando hacia la claraboya, más ausente de lo normal. Cosme la observaba de reojo, fumando junto a la estufa de hierro. La había vestido de prisa, poniéndole capas de ropa como a una cebolla, le había hecho torpemente una trenza. La nena apenas había hablado desde que habían salido de entre las sábanas, ni siquiera en la buhardilla. Mi tío pensó que tal vez la había sacado demasiado deprisa del sol de Cuba para meterla en la nieve.

Entre mi madre y Tilda no había rastro de lo que había sucedido con el sastre, como si la niña lo hubiera enterrado en la mente. La escritora había pasado la noche sin dormir, con los ojos fijos en el techo, el único lugar de la casa donde no había palabras. Necesitaba ese silencio. Lo que hacía que su amor por el sastre fuera real era precisamente su calidad de furtivo, de espejismo privado, ese finísimo hilo de oro. Temía que si alguien lo nombrara, todo se rompiera. Porque lo que no se nombra, no es. Al menos no es en el mismo mundo en el que existen el resto de cosas. El amor de la escritora sobrevivía y flotaba en el universo de lo indefinible. La niña lo había visto, pero no lo había entendido. Tilda se sintió aliviada de haber compartido su secreto con un pozo de agua.

Los papeles arrugados de Guillermo estaban extendidos sobre el escritorio. La escritora iba pasando sus dedos rollizos por las marcas de la Hispano Olivetti. Levantó su cara de garbanzo y detuvo la mirada en los diccionarios de la estantería. En la claraboya comenzaron a estrellarse mariposas transparentes. De nuevo el aguanieve. Mi madre ni siquiera pestañeó.

—¿Has descubierto algo? ¿Conoces alguno de esos nombres? —preguntó Cosme.

—Clotilde era la tía de Perotti.

—¿Su tía?

—La hermana de su padre.

Tilda definió este concepto con una dignidad tal como se explicaría lo que significa «sofocracia».

—Pero no encuentro ninguna palabra que exprese cómo Perotti hablaba de ella —continuó Tilda con los ojos fijos en los diccionarios, como si intentara recordar cada cosa que estuviera en ellos.

Mi madre salió por un momento de su ensimismamiento. No conocía a ninguna Clotilde.

—¿Y cómo hablaba de ella? —siguió inquiriendo Cosme.

—Como se habla de los fantasmas.

—¿Con miedo?

La escritora enana dirigió sus ojos minúsculos hacia Cosme.

—¿Con perturbación angustiosa? No, ni mucho menos.

Antes de que Tilda continuara contando, se oyó el sonido del timbre y los tres miraron a la puerta. Pero no era allí donde sonaba. Alguien estaba pulsando el botón redondo de la buhardilla de enfrente.

—¿Pero quién...?

Cosme apaciguó a las mujeres pequeñas con un gesto de la mano y, con los pies en punta, se dirigió hacia la mirilla. Con el ojo izquierdo vio frente a la puerta de Perotti una espalda recta y mojada, un moño con trapos de agua, unos hombros temblando de frío. Llegaba temprano. Si mi tío lo hubiera pensado mejor no hubiese salido de esa buhardilla, porque sabía que tenía que proteger la existencia de Tilda. Pero Cosme no pensaba, y ella estaba al otro lado, húmeda y fría. Así que mi tío salió al rellano y cerró la puerta tras de sí rápidamente, como el que no quiere que se escape el gato.

La niña aprovechó la ausencia de Cosme y se sentó junto a Tilda. En voz baja le pidió, por favor, si podía explicarle la palabra «revolución».

Gabriela Lumpén se volvió cuando escuchó el portazo tras ella. Era como si el aguanieve la hubiera empequeñecido o apaciguado. Había algo asustadizo en sus ojos de estatua. Al volverse hacia él, Cosme descubrió que Gabriela llevaba algo en el brazo. Llevaba la cartera marrón de Guillermo.

LA MAÑANA DE AÑO NUEVO, GABRIELA SE DEScalzaba y ponía los pies envueltos en medias rotas en los azulejos brillantes de su cuarto de baño. En la puerta charlaban Cosme y Martín. Gabriela abrió el grifo del lavabo y dejó correr el agua caliente, mientras se iba quitando los prendedores que le habían quedado en el pelo y el espejo le mostraba una mujer que no había dormido.

Guillermo apareció en el umbral del baño. Llevaba puesta una bata con escudo muy similar a la que tenía Martín. El atuendo de los Lumpén cuando dormían.

—¿Te contó algo?

—Sí. Me lo contó todo —dijo Gabriela con los ojos fijos en la mujer del espejo.

—¿Y qué te dijo?

—Me dijo que me quería.

El mayor de los Lumpén disimuló una sonrisa.

—¿Eso fue lo que te dijo?

—Sí.

—Pues vaya novedad.

—Lo será para ti.

—Está bien, Gabriela, lávate la cara que aún debes de estar borracha. ¿No recuerdas si te contó algo más?

—No sé exactamente, Guillermo, lo que para ti es suficiente.

Gabriela Lumpén bajó los ojos hacia el grifo. El chorro de agua caliente iba llenando de vapor el baño.

EL RELOJ MARCABA LAS DOCE DE LA NOCHE Y Gabriela Lumpén iba tragando las uvas cadenciosamente, acompasada con las campanadas, de la misma forma precisa en la que tocaba cada nota al ritmo de un metrónomo. Cuando cesaron, Martín se levantó de la mesa escupiendo pepitas y pellejos, les dio dos besos a sus padres y desapareció por la puerta con la felicidad de alguien a quien le han levantado una condena. Minutos después, Guillermo le puso a su hermana un abrigo por los hombros.

Cuando Gabriela Lumpén entró por primera vez en la calle La Luna sintió una punzada de asco en la nariz y el estómago. Un lugar vulgar y grasiento lleno de ruido. Aquello era muy distinto al concierto de Año Nuevo al que Guillermo había prometido llevarla. «No te he mentido, sólo es una música diferente. Aprende a escucharla. Aunque sin esto, te será difícil», le dijo su hermano acercándole un vaso de la barra. El resto fue confuso. Todo se convirtió de repente en un tiovivo gigante. El miedo, el vértigo, el olor a sudor, dejar de controlar las manos, los dedos, alguien que le tiraba del brazo, la calle, el vómito, Cosme, el frío.

Gabriela nunca había oído hablar del Gran Juego hasta aquella Nochevieja, mareada en la cama de Perotti, rodeada de artilugios, con Cosme sentado en el suelo. Mi tío no le había dicho que la quería; ni siquiera en el portal le había puesto su trenca sobre los hombros porque eso sería como tocarla. Solamente se atrevió a dejarle su abrigo por la mañana, de regreso a casa, envalentonado por una noche de confesiones. Pero Gabriela, aquella noche en la buhardilla, mirando la capucha de Cosme, mirando su nuca, escuchando su voz acuosa esparciéndose entre la máquina de escribir, el ventilador, los relojes, la rosa de los vientos y los baúles, había oído que la quería.

Hay algo extraño en lo que sienten los gemelos. Pueden estar caminando cada uno en ciudades opuestas en el mapa y notar un vacío en el estómago, síntoma de que el otro está cayendo. Pero no es algo concreto, sólo son presentimientos. Martín y Gabriela vivían ignorándose, pero intuyéndose. La música de su hermana, de alguna forma, entraba en Martín. Cosme, de alguna forma, entraba en Gabriela. Y de esa extraña manera, ella leía en mi tío como podía hacerlo su mejor amigo. Sólo había que prestarle atención. Como cuando era pequeña. Como en Nochevieja.

DEJARON LA CARTERA MARRÓN MOJADA ENCIMA de la cama de Perotti. Mi tío no podía dejar de pensar que era una trampa. No le había dicho nada a Gabriela de las hojas que había robado el día anterior, y la señorita Lumpén, de pronto, aparecía con aquello. Ambos se miraron. Los dos eran jóvenes, tenían pecas en la nariz y vestían a cuadros.

—Por la mañana, cuando fui a la habitación de Guillermo para despertarle y desayunar con él, ya no estaba. Probablemente le habrían llamado del periódico al amanecer. Se debió de marchar muy deprisa, porque dejó esto sobre el escritorio.

Gabriela abrió la cartera con sus dedos níveos y sacó el manuscrito que mi tío había visto en el bar. Las tres palabras inmensas en la primera página. «El Gran Juego».

—¿Lo... lo has leído? —titubeó Cosme.

—No. Me fui rápidamente del cuarto. Luego llamaste tú, y decidí traértelo.

—¿Por qué?

—¿No sabes leer? —dijo Gabriela señalando con desdén las tres palabras del título.

—Eso no era lo que quería decir.

—Pues di lo que quieres decir y no pierdas el tiempo. Guillermo volverá a casa tarde o temprano. Lo más probable es que a la hora de la cena, y para entonces quiero que esto vuelva a estar sobre su mesa.

Parecía que algo, puede que al aguanieve, la había empequeñecido o apaciguado y a ella no le gustaba esta nueva forma de sentirse indefensa. Hablaba de forma exhortativa y seca, como los generales. Había cierta acidez en su garganta. Gabriela nunca empleaba ese tono porque generalmente no le hacía falta. Porque generalmente no se sentía débil y confusa ante nadie. Pero había descubierto que Cosme la quería y ella, como era impenetrable, no se lo había quedado para dentro sino que este sentimiento le había rebotado y secretamente se lo devolvía a mi tío como si estuviera reflejado en un espejo.

—Está bien —contestó Cosme, incapaz de desobedecerla—. ¿Quieres que lo leamos?

—Es vuestro juego. Pensé que estarías ansioso por leerlo, no por hacerme preguntas absurdas. Si quieres, me marcho y te dejo solo.

—No, no, no. Quédate conmigo.

Así mi tío le dijo la frase que siempre había querido decirle. Así sin más, perdido en la trampa, perdido en el juego.

Cosme cogió el manuscrito y, con cuidado, comenzó a pasar las hojas como si estuviera separando sin romperlas las alas translúcidas de algún insecto. Las primeras páginas eran un resumen de varios artículos de Guillermo Lumpén. Crónicas sobre inundaciones, conciertos y corridas de toros. Gabriela los conocía todos, casi se los sabía de memoria. Sintió una punzada al reconocer las palabras de su hermano y un fruto amargo le pasó por la boca. Mi tío pensó que tal vez hubiera algún patrón en aquellos textos, pero decidió mirarlos todos para revisarlos con calma más tarde. Después de los primeros artículos, había varias páginas en blanco. Y más artículos. Y más páginas en blanco. Tuvieron que pasar más de veinte hojas hasta encontrar una escrita en mayúsculas con las letras gigantes del título. Escrita para no pasar desapercibida. Empezaba con la palabra Cosme.

Cosme, si te crees que no me doy cuenta de cuándo me faltan páginas, es que eres más estúpido de lo que creía. Supongo que las cogiste cuando se cayó mi abuelo. Hay que ser ruin para aprovecharse así de la desgracia de un anciano. Además de un ladrón muy torpe, claro.

Gabriela, espero de corazón que no estés leyendo estas líneas. Espero, por tanto, que Cosme no las esté leyendo, porque eso significaría que tú se las has dado. Espero estar escribiéndolas para nadie.

Hubo un silencio de tumba en la buhardilla de Perotti. Ni siquiera se escuchaba la circulación de la sangre de Gabriela porque se le había parado.

ENTONCES SE DETUVO LA NIEVE.

ENTRARON EN LA CALLE LA LUNA COMO DOS CAracoles que van dejando babas de tristeza en las baldosas blancas y negras. Mi tío se derrumbó en una de las mesas y ni siquiera se quitó la trenca. La niña vio a su padre tras la barra distribuyendo vino rojo en vasos pequeños. Su padre, aquel hombre que le parecía enorme y que una vez había llevado un jacinto en la solapa. Su príncipe destronado. Algo punzante le tocó el corazón.

Mi abuela freía filetes cuando sintió un calor en las piernas y descubrió a mi madre abrazada a sus rodillas.

—¿Qué te pasa, nena? —preguntó mirando hacia abajo—. Ponte para atrás, que estás muy cerca del aceite.

—Lo siento, mamá.

—¿Qué sientes?

—Que eches tanto de menos el sol de Cuba.

Mi abuela creyó que las tripas se le deshacían, como si alguien hubiera pulsado un botón y la hubiese vaciado. Un desmayo dentro del cuerpo.

Dejó la espumadera en la encimera y se arrodilló para estar a la altura de mi madre.

—Yo no echo de menos Cuba. A mí nunca me gustó aquello. Cuando digo que echo de menos el sol, es porque me gustaría estar afuera, con vosotros. Yo, aquí dentro… yo ni siquiera… ni siquiera os veo… crecer.

Mi abuela comenzó a atragantarse. Tenía las piernas inflamadas por las varices. Las lágrimas le iban cayendo sin prisa. Abrazó a mi madre como intentando protegerla, intentando meterla de nuevo dentro de ella.

—Lo siento, hija. Yo sí que lo siento. Las cosas salieron así.

Los filetes se quemaban y mi madre y mi abuela lloraban abrazadas mientras un humo gris se esparcía por la cocina.

LAS TECLAS NEGRAS Y BLANCAS DEL PIANO. LOS dedos de Gabriela. El salón en la penumbra de la hora de la cena. El sonido de las llaves, unos pasos por la alfombra. Gabriela dejó de tocar. Se quedó quieta mirando el teclado. Fue como Guillermo lo supo. Sin decir una palabra, se marchó del cuarto y dejó a solas la espalda de su hermana.

ERA VERANO Y MI MADRE VAGABA ABURRIDAMENte por el bar. Se acurrucaba tras la barra, en un rincón, para no molestar a su padre; quieta en la cocina junto a la pila de platos sucios que se acumulaban en el fregadero; tropezando con Ausencia mientras deambulaba entre las mesas. De vez en cuando, el doctor Ángel Mones la llamaba y le daba un caramelo de leche de burra que se sacaba del bolsillo.

Perotti llegó con su paso lento y el sombrero bailándole en su cabeza de alfiler. Mi madre le sonrió con los dientes que aún no se le habían caído.

—Cucurucho, hoy me tengo que beber muy frío el vino porque tengo la garganta seca —dijo el anciano antes de tomar un sorbo de la copa, con el arrugado cuello húmedo por el sudor—. Igual llega un tiempo en que no tengamos calor ni frío. Puede que después de siglos nuestra piel logre adaptarse a todas las temperaturas, porque no paramos nunca, porque seguimos sumando. De la misma forma que al ser humano le nacieron los pulgares, puede que con los siglos nos salgan alas. Ahora nos parece insignificante la vida de las mariposas, pero piensa que algún día nosotros seremos mariposas para otros.

Un portazo despertó a mi madre. Le había reconfortado volver a ver a Perotti en sueños, volar de nuevo a sus recuerdos como si ya tuviera las alas que decía el viejo. Le hubiera gustado decirle que ella también había viajado en barco.

—Vístete, que hay una nueva pista —Cosme dijo estas palabras con hastío, entrando en la habitación de su hermana con la nueva carta que había encontrado en el buzón.

—Pero aún no hemos encontrado el sol.

—Bueno, buscaremos las dos cosas.

La ciudad exhalaba el vaho del deshielo. Los abrigos del perchero del bar ya no tenían escarcha, sino una fina película de frío. Los parroquianos andaban desperezándose, entumecidos como habían estado estos días por la capa blanca que había estado cubriendo el mundo. Se acercaban a la mesa de los periodistas y les preguntaban si era cierto que se había acabado la ola de nieve. «Se fían más de nosotros que de los meteorólogos o los adivinos», comentaba Vázquez con una mezcla de orgullo e ironía.

—¡Ya le queda poco! ¡Ya le queda poco a Fidel! Castro se va a tomar por la puta que lo parió.

Don Olegario entraba al bar con su estruendo de siempre, arrastrando su olor medicinal. Falla levantó la vista del vaso de vino y saludó al indiano. Mi abuelo andaba anotando en su libreta de alquimista y agradeció la visita del hombre que había conocido tumbado en una hamaca y que ahora acudía a la calle La Luna para intentar llenarle los bolsillos y volver a cambiarle la suerte. Mi abuelo le había escrito a Brasil contándole su nuevo destino, y Olegario se había encargado de buscarles cuando regresó a su casa. Tampoco le quedaban más personas a las que buscar.

—Olegario, ¿sabe qué? —dijo mi abuelo inclinándose hacia él en la barra—. Ayer la nena le habló de Cuba a su madre.

La farmacia ambulante miró a la niña, que estaba dando vueltas al arbolito de Navidad junto al baño, como buscando en la maceta o en las ramas de plástico.

—¿Oyó algo en el bar? —preguntó Olegario.

—No. Me contó Cosme que se lo había explicado él. Intenté hablar con ella cuando fui a casa y le llevé a la cama un vaso de agua, pero estaba medio dormida. Dijo algo sobre que estuviera tranquilo porque ella era Miguel Strogoff.

—¿Quién?

—No sé. Iba preguntarle si usted conocía al tal Miguel de algo.

—Yo de nada.

—Me preocupa la nena, Olegario.

Martín Lumpén revolvía un café al que había olvidado echarle el sobre de azúcar. Al otro lado de la barra, en el extremo opuesto a mi abuelo y Olegario, le contaba a Cosme que sus hermanos habían dejado de hablarse. Mi tío únicamente asentía. Únicamente volvía a ver a Gabriela marchándose de la buhardilla de Perotti, dejándole atrás para siempre, incapaz de enfrentarse a aquel que la había hecho traidora, porque su sola presencia le recordaba que había cambiado un reino por un simple caballo. Cosme entendió que había abierto la mano y había dejado caer la tiza. La ecuación que nunca lograría resolver, que jamás completaría en la pizarra. Su proyecto a largo plazo, tan largo como la vida, se había truncado. Sintió Cosme el peso del futuro. Se había quedado atrapado en una vida sin Gabriela. Todo lo demás estaba en blanco. El Gran Juego era una gran trampa. La nieve se deshacía y mi tío con ella.

—No pongas esa cara, que es mejor —continuaba diciendo Martín—. Si Guillermo no lleva que pasarais la noche juntos, pues peor para él. Es un antiguo. Y para qué se mete. Cuando dijo que iba a ser periodista y a mi padre casi le da un infarto, los demás no nos entrometimos. Además, tenerle por ahí zumbando alrededor de Gabriela no te conviene. Por lo pronto no les ha dicho nada a mis padres, y con eso ya podemos darnos con un canto en los dientes. Por cierto, como verás, no te he preguntado nada, ni pienso hacerlo. Siempre quise que me contaras ese momento, pero no suponía que sería con mi hermana...

—Gabriela y yo no hemos hecho nada —mi tío tenía la mirada perdida en el café amargo de su amigo.

—¡Joder, Cosme! ¡Que no me lo cuentes, que no te excuses, que no quiero saberlo! Te digo lo de que estos dos no se hablan para que sepas por dónde van los tiros. Yo, en lo que pueda, intentaré ayudarte, que bastante poco he hecho hasta ahora. Qué quieres, en el fondo siempre me resistí a que te gustara esa pavisosa.

Martín Lumpén, en El Suizo, delante de un trompetista que desafinaba, le había confesado a mi tío que su amistad se había hecho fuerte precisamente por el interés que tenía en separarle de Gabriela. Nunca había compartido nada con su gemela; cada uno tenía su cuarto, sus zapatos, su cuchara. La primera vez que Gabriela había entrado en la habitación de Martín para llevarse algo de allí, fue para buscar a Cosme. Y mi tío se dejó robar. Pero eso Martín no iba a consentirlo. Se agarró a Cosme con uñas y dientes, se aferró a él de tal forma que empezaron a igualárseles los rasgos de la cara. Martín siempre supo que no había recuperado a Cosme del todo, sabía que él seguía pensando en aquella sombra lejana que en forma de música se colaba bajo la puerta y convertía a mi tío en piedra cada vez que se lo encontraba por el pasillo.

—Gracias, Martín, pero ya no se pueda hacer nada.

—Peter, a ver si se te quita esa cara de acelga, que ya pareces tan sieso como mi hermana.

Mi madre tiró de la manga de Cosme y le enseñó una bola amarilla que había cogido del árbol. Musitó algo sobre el sol y mi tío encogió los hombros.

—Bueno, yo me lo guardo —dijo la niña, contrariada ante la indiferencia de su hermano—. Tenemos que irnos a por la otra pis… a por eso. —Mi madre miró de reojo a Martín.

—Sí, sí, Cosme, ya sé, te toca hacer de niñera —dijo Martín tomando un sorbo del café sin azúcar y escupiéndolo en una arcada.

Antes de que abandonaran la calle La Luna, mi abuelo le pidió a Cosme que se acercara a la barra.

—Es un personaje de Julio Verne.

Mi abuelo puso cara de no entender.

—Miguel Strogoff es alguien que nunca se rinde, papá.

En la redacción del periódico sonaban las máquinas, los teléfonos, y algunos estaban de pie haciendo tertulia junto a la ventana. Alguien había traído el programa de la cabalgata y se lo iban pasando de mesa en mesa. Guillermo leía con atención la lista de carrozas que iban a desfilar el día siguiente, con la misma atención que la mayoría de periodistas sólo destinan a los asesinatos o a los golpes de estado y que Lumpén usaba para absolutamente todo. Por eso le gustaba a Vázquez.

Mágico García irrumpió en la gaceta con el ruido que se aseguraba de hacer cuando llegaba a los sitios. Se sentó en el escritorio de su nieto y colocó su bastón sobre las rodillas. Solían verse allí, porque la mayoría estaban tan ocupados en saber qué pasaba fuera de la redacción que no reparaban demasiado en lo que ocurriera dentro.

—¿Cómo va el libro?

—Abuelo, Cosme lo sabe.

—¿Qué sabe?

—Al menos sabe que yo lo sé.

En la calle las bombillas de Navidad colgaban grises y apagadas, esqueletos muertos a la luz del día. Había cierto trajín de personas entrando y saliendo de las tiendas con varias bolsas en la mano, y los grupos de niños con zambomba iban apurando el tiempo que les quedaba para pedir el aguinaldo, corriendo de un lado a otro con gorritos de lana. En el Seat 850 aparcado junto a la iglesia se deshacía la nieve y las gotas iban resbalando por el parabrisas como si fueran gigantescas lágrimas. Casi todo el hielo se había fundido y las aceras estaban llenas de agua. La gente caminaba chapoteando.

Mi madre miraba sus zapatos sucios y mojados. ¿El mapa habría dejado ya de ser invisible? Cosme tenía la última pista en la mano, jugaba con ella entre los dedos. Ni siquiera habían abierto el sobre. Cuando sentaron las reglas, habían decidido no empezar con una pista sin haber encontrado la anterior. Mi madre continuaba buscando soles en una ciudad que se estaba derritiendo.

—Vámonos a comer al bar.

—Pero aún no... —replicó mi madre.

—Mañana.

—¿Y si pasamos por la buhardilla de Perotti?

—Mañana.

Desde que Cosme le había dicho que Gabriela no era una espía, parecía que se había metido dentro de su capucha y no quería salir. Mi madre se preguntó si su hermano no habría hecho algo malo, como cuando ella se había quedado con la muñeca y no había dicho nada por si se la quitaban. Porque cuando uno hace algo malo, se esconde ante los que quiere. La niña quiso decirle a Cosme que ella le perdonaría. Pero no dijo nada porque no supo cómo hacerlo. Su hermano ni siquiera le quería contestar a más preguntas sobre Cuba, decía que se lo había dicho todo, que ya no se acordaba del resto. No era justo, porque aquellos también eran los recuerdos de mi madre pero no los había podido guardar en la memoria y nadie se los daba.

Si aquel mediodía hubiesen ido a la buhardilla, habrían descubierto que en ella faltaban muchas cosas. Si le hubiesen preguntado a Tilda, les hubiera dicho que la palabra mañana indica un tiempo que engloba todo lo que ahora no ocurre y no sabemos si ocurrirá.

FALLA ENTRÓ POR LA PUERTA CARGADO DE PAQUEtes. Le entregó a mi abuelo la lista que él le había dado y el dinero de la vuelta. Cuando vieron que mi madre y mi tío llegaban al bar, los dos se pusieron nerviosos, y el ferretero corrió a la cocina para esconder los regalos. Mi abuela le dijo que el mejor sitio era en el armario de las ollas, si es que quedaba espacio. Quedaba; los paquetes eran pequeños.

En la calle La Luna había cierto alboroto de vasos chocando, de cafés de sobremesa, de repletos ceniceros de Cinzano. De la cocina salía el vapor y los olores de los calamares fritos y la sopa de cebolla. Ausencia llevaba con prisa a todas las mesas las bandejas de metal con platos humeantes y bromeaba con el concejal Riera, que se quedaba embobado mirando los pechos de la camarera, relucientes y tambaleantes como dulces de membrillo. Mi abuelo golpeaba las sonoras teclas de la caja registradora, con la bayeta al hombro como el loro de un pirata, con una mano secándose el sudor de la frente y la otra debajo del grifo en el que lavaba los vasos. Mi abuela, en la cocina, llevaba un mandil blanco lleno de manchas de tomate, levantaba las tapas de las enormes cacerolas para olisquear los potajes, con la sal se le inflamaban los cortes en las manos que se había hecho partiendo cebollas, y tenía los dedos llenos de las heridas que le causaban los afilados dientes de las merluzas. Los universitarios, con trencas azul marino y gafitas redondas, se quedaban de pie, con los codos apoyados en la barra y las carpetas en la mano. Los indianos, vestidos con trajes claros como si fuera una clase de etiqueta o de legado, ocupaban la zona cercana a los baños; los periodistas de la gaceta se agolpaban junto a las ventanas de la calle. Falla el ferretero siempre al fondo de la barra, disponible y fiable, como el lápiz que se pone al lado del teléfono. El resto de parroquianos, los que no tenían grupo definido, se hacían hueco como podían. A veces venía de pronto un soplo como de tristeza o de risa, un aire de ceniza y aceite, una compacta fermentación.

En medio de todo el barullo, mi abuelo buscó la pequeña cabeza de mi madre y le hizo gestos con las manos para que se acercara a la barra.

—Espérame despierta esta noche. Intentaré ir temprano. Tú y yo tenemos muchas cosas de qué hablar.

Mi madre, con una sonrisa de dientes diminutos, asintió meneando la trenza, y se subió a un taburete para besar la mejilla de su padre. Aún olía a jabón.

Guillermo Lumpén dejó su abrigo de piel de camello en el perchero de la entrada. Comenzó a moverse por el bar con la elegancia escurridiza de los alfiles. Los peones de una obra cercana pedían cerveza en la barra y dejaban rastros de polvo de cemento en las baldosas negras y blancas. En mitad de la gente, Guillermo y mi tío Cosme cruzaron la mirada. Sin embargo, en los ojos de ambos, en aquellos ojos enredados en mitad del bar, del sonido del hielo, de las caderas de Ausencia, del bigote de cepillo de Falla, no había reproches ni furia. En los ojos de ambos había dolor. El dolor compartido porque los dos sabían que habían perdido a una mujer. Guillermo había utilizado a la dama. Había dejado a la niña junto al conservatorio porque sabía que Gabriela la encontraría y, al devolvérsela a Cosme, este no haría preguntas, ya que cuando pasan cosas buenas uno no busca demasiadas explicaciones. La había llevado a la fiesta de Nochevieja y la había dejado sola con el fin de que mi tío se la llevara. Lumpén había utilizado a su hermana como escudo, defensa y ataque. Pero cuántas veces se revela la dama ante un rey. Cómo gana una pieza la partida si no sabe que está jugando. Y sin embargo lo sabía, pero jugaba con el adversario. Cómo se había dejado Guillermo vencer por Cosme, aquella torre de movimientos burdos. Lo había sospechado cuando ella le dijo en el baño que Cosme le había confesado que la quería, y Guillermo notó por primera vez debilidad en la piel de su hermana. Pero tenía que asegurarse. Si era cierto que Gabriela, como pensaba, jugaba con Cosme, que supiera entonces el precio que significaba cambiarse a las blancas. Había que morir matando, había que planificar una celada. Dejar el manuscrito sobre la mesa de su cuarto, marcharse temprano de casa cuando sabía que ella iría a despertarle y lo vería. Si había que perderla, que la perdiesen ambos. Sabía que Gabriela no soportaría mirar a Cosme porque él era el precio de la traición. Poca recompensa para un Lumpén. Pero tú qué sabes, Cosmecito, cómo se desarrolla el mundo, en qué telarañas hemos estado siempre metidos. Tú qué sabes sobre contar las cosas y descifrar el poder. Por qué alguien iba a querer pasar todo ese conocimiento a los hijos de un tabernero. O acaso a los de un rico comercial con mala suerte. La clave tiene que estar en Cuba. Todo vino de América. Tú qué sabes, maldita torre. Cómo te lo pregunto sin desvelar mi fuente.

Rodolfo el de la imprenta entró corriendo en la calle La Luna. Jadeando, fue hasta la mesa de los periodistas y les susurró algo. Vázquez se encajó con prisa su sombrero austriaco con la pluma roja hacia delante. Al resto ni siquiera les dio tiempo a ponerse los abrigos y salieron del bar en una estampida. Guillermo se volvió, preguntándose qué habría ocurrido. Empezó a oírse un murmullo en todo el bar, como si se estuviera gestando una revolución. Los clientes se levantaban, iban pasando la noticia de una mesa a otra y se formó un grupo de hombres junto a la puerta.

—¿Qué pasa ahí? —peguntó mi abuelo desde la barra.

—Que está ardiendo la casa. La casa de Perotti.

POR LA CLARABOYA DE LA BUHARDILLA SALÍA EL humo. A lo lejos se oía la sirena del camión de bomberos. Un grupo enorme de personas se apiñaba en forma de media luna al otro lado de la calle para ver arder la cumbre del edificio. El doctor Ángel Mones, el concejal Riera, Falla, Vázquez, el fotógrafo Orejas e incluso Ulises, que apareció por una esquina, se habían acercado a ver el fuego y se unían a los desconocidos para observar el espectáculo del desastre. Hacía un día plomizo y el edificio crepitaba. En la acera, varias familias en pijama miraban hacia lo alto. Habían desalojado sus casas y tenían frío y miedo.

Mi madre y Cosme llegaron cogidos de la mano, corriendo, apartando a la gente a empujones. Era cierto, la buhardilla de Perotti ardía. Mi madre intentó entrar, intentó cruzar la calle, alargando sus brazos hacia el fuego, pero Cosme la agarraba mientras ella se retorcía. Al final mi madre se rindió. Una niña que llora abrazada a su hermano entre un grupo de gente que observa un incendio.

Entonces la vieron. Era un pequeño bulto en medio de las personas con pijama. Alguien mínimo y carnoso, un diminuto ser deforme que trataba de sostener unos cuantos libros con unos brazos enanos.

—¡Tilda! —gritó mi madre.

Se acercaron a ella y la encontraron tiritando, con los ojos perdidos. Cosme se quitó su trenca para ponérsela encima. La escritora ni siquiera reaccionó, sólo apretaba con fuerza sus diccionarios. Los curiosos la observaban con extrañeza y cuchicheaban entre ellos.

—Tilda, por el amor de Dios, ¿qué ha pasado? —preguntó mi tío agachándose, cogiéndola de los hombros.

Pero Tilda no contestaba. Estaba llena de terror. Lívida, desencajada, con los ojos hundidos entre las mejillas y la boca retorcida. Nunca se había parecido tanto a un monstruo. Una terrorífica muñeca de porcelana rota. Tilda, aterrada ante el mundo. Tilda descubierta. Le daba más miedo la calle que el fuego.

El camión de los bomberos había llegado.

SE LA HABÍAN ARREBATADO DE LOS BRAZOS. LES cogieron a Tilda para ponerla en una camilla. Pensaron que tal vez estuviera afectada por el fuego. La escritora tenía los brazos agarrotados, llenos de diccionarios, y la cara de garbanzo apretada en una mueca espeluznante. Emitía unos quejidos de animal ante todas aquellas manos que la tocaban.

Eso fue todo. Mi madre y Cosme se quedaron en la calle viendo marchar a la ambulancia. La gente fue dispersándose. Los bomberos salían del edificio. No había sido un gran incendio, el fuego sólo había afectado a los desvanes.

Mi madre y mi tío se sentaron junto al portal. Cosme se preguntó si habría sido él. Tal vez hubiese dejado una colilla encendida. Una mínima brasa podía hacer arder la pequeña buhardilla llena de artilugios. Aquella buhardilla que había desaparecido para siempre. Ese pensamiento llenó a mi tío de espanto. Se metió la mano en el bolsillo de la trenca, que le habían devuelto para tapar a Tilda con una manta que la cubría entera, y cogió un puñado de pipas. Los bomberos, con guantes, iban sacando los escombros del edificio bajo la atenta mirada de mi tío y mi madre que veían desfilar ante ellos los restos de aquel minúsculo imperio. La niña no podía dejar de llorar. Todo destrozado. Todo reducido a cenizas, a hierros retorcidos, a madera quemada. El telescopio, los mapamundis, las bolas de cristal, las bicicletas de alambre, el baúl lleno de plumas y perlas, los dibujos, los violines, las cometas chinas, los títeres, los trajes de terciopelo, los monóculos, los relojes. Los paraguas.

—Supuse que estarías aquí.

Los dos hermanos sentados en la calle levantaron la cabeza. Don Elías, que se tapaba la boca con un pañuelo de lino, les estaba hablando.

—Tenéis que perdonarme, pero creo que me estoy muriendo.

El abogado emanaba un fuerte olor a gasolina.

—Perotti me salvó la vida. Al menos, en parte.

Mi madre se sentía minúscula en la enorme silla de cuero del despacho de don Elías. Cosme y ella estaban sentados enfrente del abogado, al otro lado de la mesa. La estancia estaba llena de diplomas, retratos en óleo, escenas de caza y alfombras persas. Sobre la mesa ordenada había pisapapeles, plumas, un abrecartas y varias carpetas de cuero. Elías les había pedido que le acompañaran hasta allí. Cosme y mi madre, que aún tenían en el cuerpo el horror del incendio, se miraban sin comprender. Un reloj de pie marcaba la hora.

—Esto tenía que haber durado más, pero, como ya os he dicho, tengo miedo de estar muriéndome. Ángel dice que puede que funcione el tratamiento, que tal vez lo hayamos cogido a tiempo, que puede haber solución. Pero no lo sabe a ciencia cierta y tal vez nuestra amistad sea la que le avive la esperanza. Por lo pronto, dejar de beber, o dejar de beber tanto, ha ayudado bastante. Y eso también se lo debo a Perotti.

—Perdone, don Elías —dijo mi tío carraspeando e irguiéndose en la silla, intentando adquirir la compostura que se debe guardar ante un abogado—, pero no entiendo nada.

—Es lógico. Ahora os lo explico —dijo Elías tosiendo y tapándose la boca con un pañuelo de lino.

Perotti había ido al despacho una mañana de octubre. Se quitó el sombrero de su cabeza de alfiler, encendió un Farias y le dijo al abogado que estaba muriéndose. «¿Yo?», preguntó Elías, extrañado de que un carcamal viniese a anunciarle la muerte. Perotti le contó que aquella enfermedad la había visto muchas veces en sus años de tránsito por el Caribe. Empezaba con pequeños síntomas, luego se hacía imparable y devoraba a los hombres como una fiera. Viendo al abogado en el bar, el anciano había reconocido los indicios en su cara abotargada, en sus movimientos torpes, en la forma crispada con la que cogía los naipes. «Ojalá me equivoque, Elías. Usted hable con Mones y luego me cuenta». Días después, el abogado llamó a Perotti. Ángel le había anunciado los resultados de las pruebas con cara de funeral.

—Si no hubiera sido por él, no habría descubierto que estoy enfermo. Perotti a cambio, como favor, me pidió que le llevase su testamento.

Cosme se revolvió en la silla de cuero. La herencia.

—¿Mi hermana es la heredera? —preguntó de sopetón, olvidándose por un momento del incendio, de Gabriela, de las pistas.

El abogado asintió poniendo las manos sobre su enorme barriga. Mi madre, que aún olía a humo, no entendía nada. Ella no olvidaba. Obsolescencia, birlibirloque, cataclismo. La ciudad es un mapa invisible. ¿Dónde estaba el puzzle? Su hermano aún tenía en el bolsillo un sobre cerrado.

—¿Y por qué ha tardado tanto en decírnoslo, don Elías? —inquirió Cosme.

—No he tardado nada —corrigió el abogado—. Al día siguiente de abrir la buhardilla de Perotti os dejé la primera nota. El Gran Juego es la herencia.

VENÍA TODO APUNTADO EN LOS CUADERNOS QUE les mostró don Elías, escritos con la letra picuda de Perotti. Cada uno de los contenidos de las notas, los lugares exactos donde tenía que dejarlas. Al abogado no le había sido difícil pasearse por el bar e ir escondiéndolas, colarse en la cocina para buscar los almanaques, meterlas en la cartera de mi madre, en el baño, en la mesa, introducirlas por debajo de la puerta, enviarlas a la librería y la confitería. Les confesó que las últimas las había tenido que mandar por correo porque había sufrido una recaída y apenas podía moverse de casa. Le había ordenado a su secretaria que echase las cartas en el buzón.

—Como veréis, hay mucho más —dijo pasando rápidamente las hojas de los cuadernos, llenas de nuevas pistas, nuevos escondrijos—. Pero no sé cuánto tiempo me queda.

El abogado llegó hasta la página final de la libreta. Le dio la vuelta para que mi madre y mi tío pudieran verla y, con su dedo gordo de uñas cuidadas, les señaló la última frase. *Quema la buhardilla*.

Don Elías se metió la mano en el bolso de la chaqueta y extrajo un cuaderno más pequeño. En él Perotti le había apuntado todos los objetos que tenía que rescatar antes de prenderle fuego a su casa. Y la advertencia de que, por favor, por favor, aquello era importante, se acordara de sacar a Tilda de la buhardilla de enfrente. Perotti le había dejado una copia de las llaves porque sabía que la escritora no le habría abierto la puerta al abogado.

Don Elías roció con gasolina la buhardilla; él sabía cómo se movía el fuego, venía de una familia de pirotécnicos. Dejó caer una cerilla y se metió en la casa de Tilda. A la enana ni siquiera le dio tiempo a reaccionar ante aquel hombre gordo que entraba en su buhardilla. Don Elías la cogió en volandas mientras Tilda agarraba los diccionarios del escritorio y chillaba como un cochino. La bajó en brazos por la escalera, corriendo, mientras arriba comenzaban las llamas. Cuando la dejó a salvo en la calle, desapareció para que nadie le relacionase con el fuego.

Mi madre y Cosme escuchaban todo este relato con la boca abierta.

—Perotti me dijo, como creo que ya sabéis, que todo tenía que ser un gran secreto. Me advirtió, sobre todo, de Mágico García. Dijo que lo más probable es que viniera a sonsacarme. Al fin y al cabo, yo era su abogado y tenía las llaves de su casa. Como Perotti supuso, Mágico vino a proponerme un trato.

A Mágico García le gustaba ser dueño de las cosas. Cuando se hizo rico en Uruguay, comenzó a oír rumores del Gran Juego. Era un murmullo que se escuchaba por los salones de billar, en las copas de coñac delante de la chimenea, en los despachos. Decían que era una conspiración de los judíos. Decían que se venía jugando desde hacía mucho tiempo. Decían que el dueño de un rascacielos estaba implicado. García quería meterse en aquella conjura de poder, en aquel grupo de los selectos. Fue recopilando pruebas, nombres, contrató detectives. Pero ninguno le supo decir nada concreto. Habían perdido la pista en la Española y decían que probablemente le había cedido el testigo a su sobrino. Porque así funcionaba el Gran Juego: pasando de uno en otro. Cuando García regresó a su ciudad años después, se encontró con Perotti y le reconoció el apellido. Apenas podía creerse su suerte, pero la suerte le había acompañado en todos y cada uno de sus negocios. Por eso le apodaban Mágico. Invitó a Perotti a tomar algo en el establecimiento que tenía en la calle La Luna. Fue así como el anciano comenzó a parar en el bar de mis abuelos; le gustó el ambiente. Pero Perotti se negó en redondo a contarle algo al indiano sobre el Gran Juego, por muchas propuestas que le hiciera.

Mágico García le ofreció dinero y locales. La negativa constante de Perotti hizo que el indiano pensara que aquel juego era mucho más poderoso de lo que imaginaba. Cuando murió el viejo, pensó que al fin le serían reveladas las respuestas. Suponía a quién le había dejado Perotti el testigo, porque sólo hablaba con ella, como si la estuviera preparando. Había escuchado decir que algunos se metían en el Gran Juego siendo niños. El extraño comentario de la nena el día que fueron a abrir la buhardilla confirmó sus sospechas. La hija de los dueños del bar era un blanco fácil. Sería divertido birlarle el secreto. Ni siquiera tendría que sobornar a sus padres; se lo robaría y así sería más placentero. García ya estaba viejo y torpe para indagar y perseguir, por lo que decidió buscarse un aliado. Su nieto Guillermo, que sabía investigar y era listo como las ardillas, no tardó en interesarse por el Gran Juego. Mágico le contó todo lo que sabía, le dio los papeles que había estado recopilando, la información y las indicaciones. Guillermo Lumpén supuso que aquel sería un magnífico libro, al fin el libro que estaba esperando escribir. Los entramados de poder, las telarañas que dominaban el mundo, todo al descubierto. Se pasaba horas revisando informes, recabando pistas, espiando a Perotti. Cuando este murió, todo se aceleró. Lumpén se pasaba los días siguiendo a Cosme y a su hermana, aquellos dos idiotas que ni se imaginaban lo que tenían entre manos. Mágico García decidió cubrirse las espaldas. Contrató a don Elías como segundo espía. El abogado aceptó el soborno, como Perotti le había encargado hacer, y le dio a García las llaves de la buhardilla. Las llaves con las que Guillermo entraba y salía.

—Las llaves fue lo único que le di —continuó el abogado—. Algo tenía que ofrecerle para que no sospechara. El resto del tiempo me hacía el loco y le contaba que seguiría investigando entre los papeles. Perotti me había hecho prometer que le guardaría el secreto. Además, confieso, me había pagado generosamente los servicios. Lo que pueda ofrecerme García no me importa demasiado. Uno no puede traicionar sin más a un hombre que le ha salvado la vida. Temí contárselo todo al indiano, porque el alcohol no es bueno para guardar secretos. Intenté beber menos, se lo debía a Perotti. Ángel me dijo hace unos días que eso contribuiría al tratamiento. Así Perotti volvió a salvarme.

El reloj de pie marcaba las horas.

—La verdad es que me he divertido mucho con todo esto —dijo don Elías sonriendo como un niño.

El despacho olía a barniz y a humo. Una niña y un muchacho miraban con los ojos abiertos a un abogado que les hablaba de conjuras internacionales.

—Pero… ¿y el puzzle? —preguntó mi madre con un hilo de voz.

—Para eso os he traído. Cosme —dijo el abogado mirando a mi tío—, Perotti me indicó que lo que le voy a dar ahora a tu hermana era exclusivamente para ella. Si eres tan amable…

Mi madre le cogió los botones de la trenca cuando se levantó. No quería desprenderse de su hermano, no quería dar sola aquel paso. «Tranquila», le susurró Cosme dándole un beso junto al oído.

En la antesala del despacho, la secretaria de don Elías hacía el crucigrama del periódico. Mi tío le sonrió. Cosme sentía que se mareaba, le dolía muchísimo la cabeza. No había vivido todo aquello para rendirse. Le preguntó a la secretaria si podía usar el teléfono.

—Gabriela, sé que no quieres hablarme. Pero estamos a punto de resolver el misterio. Pensé que te gustaría saberlo.

Al otro lado del auricular, en la casa de los Lumpén, sólo se escuchó silencio.

Don Elías quitó uno de los cuadros de caza, dejando al descubierto la caja fuerte. La abrió y sacó unas llaves, un paquete, y varios sobres cerrados con lacre púrpura que posó encima del escritorio. Acarició la cabeza de la niña y se marchó por la puerta. Mi madre entendió. Estaba hundida en la silla de cuero, con las piernas colgando. Rasgó el paquete y encontró una carta. Una larga carta escrita con la letra picuda de Perotti.

Querida Cucurucho, queridísima Cucurucho:

Si has llegado hasta aquí es porque has completado el puzzle, el mapa invisible que no conocías. Me hubiera gustado estar ahí para verte, pero comprendí que era mejor ampararte la soledad después de mi muerte.

Déjame que te cuente una historia. Para eso tengo que presentarte a alguien a quien tú no conoces. Es mi tía Clotilde. Ella fue la que me salvó. Aunque aún no lo sepas, eso es lo que hace la gente: salvarse. Nos vamos salvando los unos a los otros, sin casi darnos cuenta, porque eso y sólo eso es el mundo y la vida. Nos damos coordenadas para poder atracar el barco en el puerto. Casi nunca hablo de Clotilde porque quiero guardármela entera para mí. La conocí cuando murió mi padre. Me dijo que a partir de entonces yo estaba en el Gran Juego. Era algo que hacía muchos años había empezado, de lo que ella había formado parte y ahora me tocaba a mí continuarlo. Sólo yo podía hacerlo y era un gran secreto. El Gran Juego es casi como un gran puzzle. Necesita muchas piezas. Mis propias piezas. Ellas formarían una llave que me permitiría entrar donde debía hacerlo. Me dijo que me iría mandando pistas desde el otro lado del océano y que el mundo era un mapa invisible. Durante años me quedé esperando sus cartas. Era por lo que me acostaba y por lo que me levantaba. Por aquellas cartas con pistas ocultas que me llevaban a extraños lugares, a hurgar entre las cosas y encontrar las piezas. Lo primero que descubrí fueron los dibujos de mi padre. Mi madre los tenía en la cocina para avivar la lumbre. Las pistas me llevaron a rescatarlos. Supongo que los habrás encontrado en la buhardilla. Tienen todos los colores cambiados.

Un día llegó una carta distinta. No había en ella ni rastro del Gran Juego. Contenía algunos billetes y mi tía me decía que los gastase en irme a Santander a ver una corrida de toros. Yo iba a hacerlo, pero cuando estaba en el puerto, delante de los barcos, la emoción fue tan grande, Cucurucho, la emoción del mundo al otro lado, de aquella inmensidad que desconocía, que con el dinero de Clotilde me embarqué en otro viaje más largo. Le escribí que iba a Cantabria, porque no me atreví a decirle la verdad. Llegué a Haití, que era donde se dirigía el barco. Yo ni sabía qué era aquel lugar. Me quedé solo en una pensión, sin dinero. Finalmente me armé de valor y le escribí a Clotilde para confesarle mi engaño. Ante mi sorpresa, me contestó con una carta sin reproches, una carta que contenía una nueva pista del Gran Juego, como si nada hubiese pasado. Así que decidí seguirla. Continué siguiendo todas las pistas que me llevaban hasta los distintos lugares del mundo que ellas me marcaban. Revolvía en los mercados, en las cantinas, en las personas, en las casas. Lo iba guardando todo, me metía en los barcos con aquel equipaje tan pesado, las piezas de mi puzzle, del gran puzzle, del

Gran Juego, cada día con el corazón más ancho porque estaba convencido de que me encontraba muy cerca de desvelarlo. La última pista contenía tres palabras: «plumas y perlas». Supe entonces que tenía que ir a buscarla. No fue muy difícil: tenía su dirección escrita en el remite de todas sus cartas.

La encontré en la planta baja de un rascacielos, en un almacén de hilos. Me dijo que ya estaba muy vieja y tenía ganas de abrazarme, por eso me había escrito. Clotilde me habló de Moses, su suegro. Fue quien la introdujo en el Gran Juego, de la misma forma que su padre había hecho con él. Creyó que Clotilde era la indicada porque fue ella quien le salvó. ¿Ves? Ya te lo dije. Eso es lo que hacen las personas, salvarse. De distintas formas. Verás, yo nunca creí en la maldad gratuita y, sin embargo, a medida que fueron pasando los años, cada vez fui encontrándomela en más sitios. Si uno logra vivir lo suficiente ve más de lo que quiere o acaba pensando que lo que ve es justamente lo que hay, porque la decepción pesa tanto que acaba consiguiendo que lo fundas todo en ella. La mayoría de la gente que conocerás en tu vida te defraudará, en mayor o menor medida, no serán siempre lo que tú esperarás de ellos. Estas desilusiones no tienen por qué convertirte necesariamente en una mala persona, pero sí pueden hacerte mezquina. Conseguirán que seas avara en sentimientos, que olvides la nobleza porque simplemente no la recibes; que nada te proteja contra la maldad porque cuando los demás han caído en ella, tú no has tenido otro remedio que seguir queriéndoles, aunque sea menos.

Y aun así, a pesar de todo esto que te estoy diciendo, nunca te fíes de otra salvación que no sea la que te den las personas. Ya lo irás entendiendo. Pero volvamos de nuevo al encuentro con mi tía. Clotilde me contó entonces lo mismo que yo te voy a contar a ti.

El Gran Juego es el puzzle. El que yo logré armar me descifró a Clotilde, y me descifró a mí mismo. Mientras has estado jugando, he estado contigo. Así vencimos a la muerte. Al igual que Clotilde logró vencer la distancia de océanos que nos separaba. Me mostró, sin que me diera cuenta, todo lo que la conformaba: el mundo al otro lado en el que ella había vivido, la oscuridad de los paraguas negros que era el recuerdo de su padre, los relojes que arreglaba el hombre del que realmente estaba enamorada y cuyo sonido le iba marcando la vida, las máquinas de escribir y los botes de tinta con los que me redactaba las cartas, los trajes de terciopelo que llevaba su único amigo al que acabaron encerrando por loco, los cuadros que pintaba su hermano, las bicicletas de alambre que coleccionaba su suegro, las máquinas que desafiaban a la magia. Y más, mucho más. Me mostró el mar, lo que contenía, cómo se medía y dominaba; me hizo vivir en él. La música, el entramado de las estrellas. Pocas cosas recuerdo del mundo que de alguna forma no estén ligadas a mi tía Clotilde. Algunas pistas no llevan a ninguna pieza concreta, únicamente inician tu búsqueda. Sólo tú decides cuál es la correcta. Cada uno encuentra lo que quiere encontrar. Si te digo que busques la música, que busques el sol, eres tú quien lo hallas en ti, pero de alguna forma soy yo quien te lo he mostrado. Cuando alguien te enseña un truco de magia en la rebotica de una farmacia, recuerdas el truco, pero también al maestro. Ambos quedan ligados para siempre. Mientras el truco siga repitiéndose, todo permanecerá. Hay lugares o personas concretas, objetos que tienes que encontrar. Clotilde me los fue indicando, igual que yo a ti. Deseaba que recordaras lo que te había contado, que quedara siempre en ti, que encontraras los lugares y personas que me conformaban, que hallaras algunos sitios que quería que conocieras, cosas que quería que vieras porque temí que nunca lo hicieras, que nadie te llevara, que te los perdieras. Y yo te los enseñé. ¿Ves? El truco del mago. Eso fue lo que hizo mi tía Clotilde conmigo. Mostrarme todo ese mapa invisible que yo no podía ver pero estaba a mi lado. Acompañarme y vivir en mí. Ese mapa invisible que era ella y que descubrí que también era yo.

El Gran Juego es la inmortalidad que nos vamos pasando. No sé quién lo ideó, no sé quién lo inventó, ni estableció sus reglas. Pero fue listo: algo secreto que sólo te compete a ti. Algo importante. Quién no se hubiera embarcado en esa aventura. De qué otra forma podrían lograrlo. Durante mucho tiempo se rumoreó que el Gran Juego pertenecía a los poderosos. Probablemente porque estos eran los que tenían más ansias de seguir viviendo; el resto tenían que concentrar sus fuerzas en sobrevivir.

Clotilde murió muchísimos años antes de que tú nacieras, Cucurucho, y sin embargo ahora la conoces. He tenido que hablarte de ella, al igual que ella me habló de Moses, y que tú tendrás que hablar de mí cuando transmitas el Gran Juego. Nuestras vidas siempre van a estar ligadas. Permaneceremos.

El dinero que me mandó mi tía para embarcarme a Santander no fue mucho. Yo podía haberlo ahorrado o pedido prestado como lo hicieron otros. Sin embargo, lo más probable es que jamás lo hubiera hecho. Durante mucho tiempo pensé que era Clotilde quien me había cambiado la vida, pero fui yo. Yo decidí saltar de isla en isla, yo fui consiguiendo trabajo en los barcos. A ti nadie te obligó a seguir mis pistas, eres tú la que has querido llegar hasta aquí. A veces sólo necesitamos un empujón. Sólo una chispa de luz para ver lo invisible. Toda esa belleza, todo ese valor.

No te engañes, Cucurucho, lo peor que te puede pasar en la vida no es estar sola, sino no saber estarlo. Aquel que está desamparado es porque nadie le ha alumbrado la soledad. Todos vivimos y soñamos solos, hay una parte de nosotros que jamás podremos compartir ni mostrar. A lo largo de mis viajes apenas tuve compañía, únicamente fugaces compañeros. Pero lo cierto es que nunca me sentí tan solo como cuando era niño y vivía con mi madre. Déjame adivinar: no te has sentido sola mientras estabas en el Gran Juego. En cierta forma, porque yo estaba contigo. Pero también porque sabías que eras parte de algo. Puedes vivir junto a una persona durante décadas y no sentir que formas parte de ella, que estáis juntos en algo, aunque este algo sea inconcreto, impreciso, innombrable. Sentir que no sumas es la mayor de las soledades. Te lo he dicho desde el principio: quería acompañarte después de mi muerte, lo que hacemos los unos con los otros es salvarnos, ir dándonos coordenadas. Ese es el resultado del puzzle.

Durante muchos años estuve inmerso en el Gran Juego. No sé cuánto tiempo has estado tú. Espero que poco. Las instrucciones que le di a Elías eran para algunos meses. Si lo dispuse así es porque no quiero que cometas mi error. Nunca fui más feliz que con el Gran Juego, buscando pistas, con el corazón en la boca, descubriendo, desvelando. Tanto es así que al final decidí vivir en él, en mi buhardilla, rodeado de todas las piezas que había ido recopilando con el tiempo y que me ayudarían a construir mi mapa. Y en cierta forma así fue. Pero yo no quiero eso para ti. Quiero que tu vida sea muy ancha y llena de personas que no sean fantasmas. Con el Gran Juego sólo ha empezado a ensancharse. En parte, por eso quemé la buhardilla. Espero que no te hayas asustado con el incendio. Sólo eran mis recuerdos. Recuerdos que no quiero que te atrapen como a mí. Le pedí a Elías que, antes de quemarlos, guardase algunos. Los más valiosos.

El otro motivo por el que quemé la buhardilla fue Tilda. Supongo que ya la habrás conocido. También forma parte de mí. A ella nadie le alumbró la soledad, y creo que yo llegué tarde. Pensé que la única forma de hacerla salir sería quemándolo todo. Intenté decírselo de muchas formas, pero nunca logré que me hiciera caso. Es muy testaruda. Y tiene miedo. Explícaselo por mí y también pídele perdón. El abogado te habrá dejado unas llaves. Son para ella. Le compré un piso pequeño no demasiado lejos de nuestras buhardillas, para que no sea demasiado fuerte el cambio. Pero un piso para que viva como una persona. Está lleno de diccionarios y de nuevos libros donde pueda buscar palabras. También allí es donde mandé a Elías que guardara los objetos que rescató de la buhardilla. Debes ir a recogerlos.

Clotilde no me dejó una gran fortuna, como muchos creen. Ni siquiera era rica. Cuando Moses murió, le legó su pertenencia más valiosa: el Gran Juego. El dinero se lo quedaron su marido y sus cuñados. Entonces su esposo quiso castigarla, quiso acabar con aquella mujer tan libre que le había ordenado dónde vivir y que le había robado el amor de su padre. La gente le decía que la española le dominaba, hablaban de la extraña relación que le había unido a su suegro, de aquel comportamiento misterioso que comenzó a tener tras la muerte de Moses recibiendo cartas, escapándose, coleccionando raros objetos. Por eso su marido se volvió huraño. Los únicos lujos que le permitía eran sus vestimentas, porque a él le encantaba verla así. Clotilde tenía que mendigarle el pasaje a su esposo cada vez que venía a verme. Mi tía se gastaba todo en comprarme regalos, en llevarme a hoteles, en darme pastas. No pudo mandarme dinero suficiente para poderme pagar un billete e ir a verla; no podía mantenerme, no podía llevarme con ella, pero esperaba que el Gran Juego me acercara, cuidarme de esa forma. Cuando su marido murió, continuó su venganza y únicamente le dejó a Clotilde el almacén de hilo que, por entonces, ya era un negocio ruinoso. El resto de la herencia fue directa a sus sobrinos. Por eso el dinero que me tocó a mí de Clotilde tam-

poco fue mucho. Lo que tenía ahorrado lo conseguí con mis múltiples trabajos. Y poco o casi nada me queda de él. La mayoría lo he gastado en el piso y los diccionarios de Tilda, y en pagarle al abogado. Pero, si todo ha salido como supongo, Elías tiene algo para ti. Me imagino que Mágico García le ha estado pagando generosamente para sonsacarle lo que te estoy contando. Coge ese dinero, es tuyo. Dáselo a tus padres, les vendrá bien.

En el bar les molestabas a todos. Siempre sola entre las mesas. Te elegí a ti, Cucurucho, porque tú me salvaste. No pienses que es al contrario. Al verte, pensaba: «Mira, sigo viviendo». La vida es imparable. Sigo viviendo en ti. Sigo viviendo ahora. Otros vendrán. Tú has venido.

Por eso debes continuar el Gran Juego. Recae en tu mano. Debes de transmitir este secreto y sus claves. Espero que hayas visto el mar y el cine. Espero que hayas conocido los rincones de una ciudad que estaba oculta para ti. No te ciegues nunca, míralo todo, descubre el universo bajo tus pies. Espero que hayas observado la belleza y la miseria de la que se compone la vida. Espero que hayas creído en seis cosas imposibles antes del desayuno. Y hay algo que quiero que recuerdes siempre, que nunca me cansé de repetirte. Las personas jamás dejamos de sumar. Así lleva siendo desde el principio de los tiempos, así continuará. Somos legado y promesa. Somos el cúmulo de nuestros padres, abuelos, ancestros y amigos. Somos el resultado de personas que vivieron hace siglos. Somos los que vienen detrás de nosotros. Somos retales. Somos infinitos. Somos suma. Somos suma de muchos.

Epílogo

Recuerdo con exactitud la noche en que mi madre me contó esta historia. En el salón, junto a la ventana. Estaba nevando y la nieve avivaba su memoria.

Me costaba imaginarla siendo niña. Cada vez que encontraba una fotografía en blanco y negro, y la veía tan pequeña, con la trenza deshecha, los zapatos sucios, la falda deshilachada, en mitad de una cocina grasienta, apenas la reconocía.

También me resulta difícil pensar en mi tío Cosme como en un muchacho enfundado en una trenca. Él, con su enorme barriga y su gigantesca carcajada, metido en su despacho de la universidad con su tabaco de pipa y sus inventos. También me cuesta trabajo imaginármelo sin mi tía Gabriela.

Yo nací cuando mis abuelos eran muy ancianos y hacía años que se habían jubilado, por lo que nunca llegué a conocer el bar.

Mi abuela al final pudo ver el sol y cogernos a todos en brazos. No se perdió ni un paso de ninguno de sus nietos. Sin embargo nunca llegó a quitarse aquel mandil sucio. Se pasaba las horas en la cocina de casa, y comía de pie junto al fregadero. Ese era el vago recuerdo que yo tenía de ella.

Mi abuelo, como Perotti, logró vivir casi cien años. Nos contaba historias del bar y de Cuba, y hablaba de un tal Miguel Strogoff, que, como ellos, no se había rendido nunca. Ese era el vago recuerdo que yo tenía de él.

Ausencia no llegó a casarse. No sabemos si por aquel amor furtivo que sentía por Guillermo Lumpén. A mí tampoco quiso decírmelo. Ahora alquila las habitaciones de su casa a los estudiantes y come naranjas mientras escucha la radio. Sigue llevando unas zapatillas viejas en el bolso cuando sale de paseo y siempre ha acudido puntualmente a todos los funerales de mi familia.

Martín vive en Nueva York. Mi tía Gabriela suele quejarse de las astronómicas facturas de teléfono que paga por culpa de las largas conferencias que mantiene Cosme con su gemelo.

Guillermo sigue aquí. Hace poco le hicieron Hijo Predilecto de la Ciudad. Fuimos todos a la ceremonia. La noticia salió en la portada del periódico que dirige. Guillermo ha sido extremadamente amable respondiendo a todas mis preguntas, teniendo en cuenta que yo me negué a responderle ninguna de las suyas.

Ulises desapareció sin dejar rastro. Nadie supo qué fue de él. Mi tío Cosme suponía que al fin habría conseguido cazar uno de esos trenes que se dirigían a París. Pero parece ser que ahora Ulises ha vuelto. El otro día le vieron en la librería con su hermano.

Tilda nunca logró salir de casa. En una imagen remota de mi infancia, recuerdo que mi madre me llevó a ver a una mujer diminuta que apenas pudo mirarme porque las arrugas le habían cerrado casi por completo sus pequeñísimos ojos. Murió poco tiempo después. Entre mi madre y mi tío se repartieron sus diccionarios. Están en el salón de casa, junto a un kinetoscopio, un gramófono, una Underwood y un astrolabio.

Mi madre, en mi niñez, me colgó en la habitación un cuadro con un fragmento de Lewis Carrol:

Alicia se rio: «No tiene sentido intentarlo —dijo—: no se puede creer en cosas imposibles». «Yo más bien diría que es cuestión de practica», dijo la reina. «Cuando yo era joven, practicaba todos los días durante media hora. Muchas veces llegué a creer en seis cosas imposibles antes del desayuno».

Siempre pensé que, de alguna forma, este fragmento contribuyó a que años más tarde me decantara por el oficio de escribir. En aquella época, en mi infancia, yo solía hurgar en el armario de mi madre y me preguntaba para qué diablos guardaría ella en un baúl un viejo almanaque, una miniatura de Estambul hecha de jabón, pedazos de boyas rotas y un cuento infantil de color azul. De la misma forma que todos nos preguntábamos por qué mi madre y mi tío Cosme, cada Navidad, cuchicheaban entre ellos y se reían a escondidas. Mi tía Gabriela lo sabía, pero no nos decía nada.

El nombre de Perotti me sonaba. Alguna vez mi familia había mencionado «el dinero de Perotti». Mis abuelos no pagaron con él las deudas y trabajaron hasta el final. No cogieron nada de aquel dinero porque decidieron guardarlo todo para mi madre.

Mi madre no habla de Perotti porque, probablemente, también se lo quiere guardar entero para ella. No supe realmente quién había sido Perotti hasta la larga noche en la que mirábamos nevar por la ventana. Con todo el aturdimiento que me causaba aquella historia, sólo acerté a preguntarle por qué me lo contaba. «Para que lo escribas». Así fue como mi madre me dio la bienvenida al Gran Juego.